导演处女作

赵刚 著

远方出版社

图书在版编目（CIP）数据

导演处女作 / 赵刚著. -- 呼和浩特：远方出版社，2025.3. -- ISBN 978-7-5555-2148-8

Ⅰ.I247.5

中国国家版本馆 CIP 数据核字第 2025J7B326 号

导演处女作
DAOYAN CHUNÜZUO

著　　者	赵　刚
责任编辑	武舒波
封面设计	鸿儒文轩·末末美书
出版发行	远方出版社
社　　址	呼和浩特市乌兰察布东路 666 号　邮编 010010
电　　话	（0471）2236473 总编室　2236460 发行部
经　　销	新华书店
印　　刷	三河市华东印刷有限公司
开　　本	880mm×1230mm　1/32
字　　数	177 千
印　　张	9
版　　次	2025 年 3 月第 1 版
印　　次	2025 年 3 月第 1 次印刷
标准书号	ISBN 978-7-5555-2148-8
定　　价	68.00 元

如发现印装质量问题，请与出版社联系调换

目 录

上 部
001

下 部
155

上　部

　　记者：能谈谈你的经历吗？在此之前你想过会拍电影吗？

　　眼前这位女记者年轻漂亮，坐下后没有任何的寒暄，单刀直入地递出了问题。导演对此有点不大适应，掏出一根烟问她，抽烟吗？她摇了摇头，等你开始回答我再抽。

　　导演没再坚持，用打火机点上香烟，再缓缓吐出。一根香烟在手，导演从容了一些。

　　导演：如你所知，我本来是一个作家。与众多的作家一样，我也是从阅读走上写作之路的。我小时候喜欢看小说，什么小说都看，青春、武侠、悬疑、动物、童话等等等等。看得多了，内心就会有一些冲动，想写。尤其看了一些著名作家的小说之后总感觉有些地方写得不对，就想自己动手写。有一天在阅读一部世界名著的过程中真的开始写了起来；我用一支铅笔头在那本世界名著的页面空白处看一段写一段，或者把不喜欢的段落涂掉，留下我写的文字。我从一开始就不是为了成为作家而写作，完全是因为不满其他作家写得太差而奋起写作的。这一点咱们必须实话实说。

我家门前有一条路，小时候我并不知道这条路通向哪里？写了四十年小说之后我终于知道了，沿着这条路我可以一直走到瑞典。我在这条路上走了四十多年，走得欢欣鼓舞任劳任怨。可是有一天我突然厌倦了。我不断地问自己，你要去的地方真的是你想去的吗？汗就下来了。我觉得我为小说辛苦操劳了四十年应该够了，我应该有比去瑞典更好的选择：譬如去巴黎看一场电影，去非洲追一只猎豹，去北极看一次极光，或者就近买一套别墅开一家民宿，用以安放自己的肉身与灵魂……

于是某一天，一个厌倦了写作的作家突然想拍一部电影了。就是这样。

记者： 在此之前你是否受过关于电影的专业训练？

导演： 没有。我受到唯一的专业熏陶就是看电影，这一点和普通人一样。

记者： 这可有点非同寻常。我们知道拍电影是一门需要专业经验和专业技术的创作，你是如何弥补自己在专业上的欠缺的？

导演： 我说不大清楚。那些所谓的专业素养于我而言并没有障碍。譬如在电影中要呈现出一个画面，我立刻就能知道机位应该架在哪个方向，镜头与人物大致的距离是多少等等。我不知道这是不是一种天赋，我天生具备这种能力。

记者： 听起来你似乎对电影这门艺术有着天生的敏感。

导演：我并没有刻意强调这一点。相反，因为我不是专业出身，甚至可以说是一个与电影工业没有丝毫关系的圈外人，所以在工作中我总是十分小心，从不自以为是。

记者：你在电影圈里遇到过自以为是的人吗？

导演：你开玩笑吗？比比皆是啊！尤其面对我这样一个没有专业经验的新导演，大部分电影人都是一副高高在上的姿态。即便是刚从电影学院毕业的学生、包括那些从没拍过片子的人在我面前也是一副很不屑的样子。他们说话的口吻往往是这样的，你应该……你不应该……

记者：谈谈你具体的工作吧。你的电影是讲什么的？

导演：是一个人寻找并修复自我的故事。

记者：这似乎是一个具有哲学意味的主题。

导演：误会了，我没那么深刻。具体的故事情节设计是一个孩子遭遇到父母离异，随着父母的分手他也一分为二；一个跟着父亲，另外一个跟着母亲生活。

记者：他们是双胞胎。

导演：不，他们是一个人。

记者：这我不明白。

导演手里的香烟已经燃到尾部，烟头上的烟灰积攒了很长的一截，微微弯曲的形状，一点风吹草动便会灰飞烟灭一般。他盯着记者看了一会儿，下意识抬手要抽烟，一抬手烟灰掉落下来。他这才发现烟已经熄灭，便直接把烟头摁进了烟缸里。

导演处女作

导演：我给你说个故事吧。

一个孩子三岁时父母协议离婚了，协议的结果是房子归母亲，孩子归父亲。离开家的那天一早父亲开始收拾东西，把换洗衣服和一些零碎用品放到一只行李箱中。在此过程中母亲一言不发，长时间站在窗口前发呆，似乎痴迷于窗外的某一处景色，或者刻意划出与某人、某种关系的隐秘的切割线。父亲很快收拾完了，走到桌子前喝了一口水，然后大声对在一旁玩耍的孩子说，今天爸爸带你去游乐场玩好不好？孩子还不知道大人已经离婚的事实，就算知道大概也不会明白离婚这事本身究竟意味着什么。他当时正趴在地上撅着屁股玩着一辆玩具汽车，他把小汽车摁在地板上连续摩擦两三下，一松手汽车就能自行跑出很远……听到爸爸说要带他去游乐场，他一把扔掉了小汽车跑到父亲的身边。爸爸一手提着行李箱一手牵着他准备出门时，妈妈突然反悔了。她面对着窗外冷冷地说，你要走可以，把孩子留下。爸爸一愣，你开玩笑吗？妈妈也不多话，反身拎了一把椅子堵着房门坐下了。爸爸傻了，说这都是协议好了的，也公证过了，你这时反悔没有法律依据。妈妈扭着脖子，我不管！爸爸说你现在情绪不稳定，孩子我先带着，你如果真想要孩子我们以后再商量。你看这样行了吧？妈妈说我不管！反正孩子你得留下。那天爸爸说了很多的好话，始终不能说服妈妈，爸爸无计可施只得留下孩子悻悻而去。孩子却不愿接受这样的结果。爸爸说好要带自己去游乐场的，怎么突然又变卦了呢？他在妈妈怀里号啕大哭，拼命挣扎。妈妈紧紧地搂着他，勒得他连呼吸都疼了。在爸爸拉开房门闪身而出的刹那，孩子内心生出一股怪异的力量，从身体里迸发出另外一个自己，摇摇晃晃地朝着爸爸跑了过去，哭喊着爸爸！爸爸！爸爸一回头，眼泪就下来了，蹲下身，一把将他揽入怀中……奇异的一幕就此开启，爸爸和妈妈一个在门里一个在门外，两个人的怀中各抱着一个他：妈妈怀里的他朝着爸爸的方向拼命地挣扎，哭喊着爸爸，爸爸；爸爸怀里的另外一个他则伸着一节藕段一般的小胳膊使劲地朝着妈妈的方向一张一抓，嘴里叫着妈妈，妈妈……那个孩子的记忆从这一刻开始生发，至今他都记得爸爸怀中那个孩子——他看不到自己——那天他上身穿着一件浅绿色T恤（妈妈上个星期刚给他买的），哭起来像一只苹果虫，嘴巴张得老大，可以塞进一个完整的苹果。他觉得爸爸怀中的那个孩子哭得比自己好看，于是更加伤心地大哭起来……也就是在那一刻他一分为二，一半被妈妈紧紧搂在怀里，另一半则跟着父亲远走高飞。

父亲就此从他的生活中消失了。其时他的记忆尚未形成，后来对父亲几乎没什么印象，直到现在"父亲"一词对于他也是概念一般的存在。相比父亲，他对那个在爸爸怀里号啕大哭的小男孩的印象更为深刻和清晰，至今都记得他身上的那件浅绿色T恤和因为哭泣而大张起来的嘴……他后来一直跟着母亲生活，说他们娘儿俩相依为命也不为过；他们分别是对方的依靠、支撑和救命稻草。他们以此对抗现实。

记者：这是真实的故事还是电影？

导演：既是故事也是电影。

记者：如果是电影你想表达什么？

导演：整部电影都是围绕一个人对自我的寻找而展开，从少年到青年，直至老年，一个人一直在自我追寻的旅途中……

记者：他后来找到了吗？

导演：电影有一个圆满的结局。

记者：你认为在电影创作的过程中，哪一个环节最重要？你在制作电影过程中遇到的最大困难是什么？

导演：电影（制作）的每一个环节都有困难，每一个困难都需要全力以赴地解决。当然在项目启动之前，写出一个好剧本显然更为重要。

记者：剧本是你自己写的吗？

导演：当然！别忘了我是一个作家。

记者：剧本完成后满意吗？有没有请专业人士帮你把把关或者提点意见？

导演：因为是第一次拍电影，心里多少还是有点不踏实。剧本完成后也想找业内的编剧朋友帮忙提提意见。但是大部分人都推辞了，也不知道什么原因，只有一个老大姐答应帮忙看看。她读了剧本后非常激动，数个小时中连续给我打了三次电话，对剧本赞不绝口，也提了一些中肯的修改意见。这是项目之初唯一给过我温暖和帮助的人，我一直心存感激。

记者：对于新入行的电影导演而言，争取项目投资尤为艰难。很多的新人导演为了拍一部片子导致倾家荡产的例子比比皆是。请问你是如何解决项目资金的？

导演：资金的确是最让我头疼的问题。剧本完成后我全力以赴地争取项目投资，除了自己身边熟悉的有钱人之外，我也尽可能地将自己的触角向外伸展，但是一圈奔波下来却一无所获。就在我一筹莫展之时，一个意外的机会让我捞到了一根救命的稻草……

记者：你找到钱了？从哪儿找到的？

导演：你没注意到我的用词"一根救命的稻草"。当然开始时我也以为那根稻草就是上帝。

我与那根稻草认识是在两年前的上海国际电影节上。

那年的上海国际电影节上，我的一个导演朋友主持其中的一个论坛单元，我受邀前去给他捧场。那场活动乏善可陈，只有短短一个下午。活动结束后有一个老板请吃饭。那天是在哪家饭店我已经记不清了，但是那宏大场面却记忆犹新。一个大包间里的一张巨大的圆桌，足足坐了30个人。人员构成也有意思，30多个人中有一多半是老男人，高矮胖瘦不等，从外表看不出他们的身份，但是不像是影视圈中的；另外一小部分是衣着光鲜的年轻女性，似乎是三线以下的女演员，其中一两个人长得我似乎有点印象。很多人几乎互不相识，却挤在同一桌酒桌上了，所以刚开始大家都很矜持，不怎么说话。主持酒局的是一个四十岁左右的当地商人，胖胖的，说一口嗲嗲的上海方言，脸上始终笑眯眯的，看着都让人觉得生活有了希望。

酒宴开始后权胖子先端起酒杯说，"很荣幸和诸位老师相聚，感谢大家光临小店。请大家举杯"！众人起立端着酒杯，口中嚷嚷着谢谢权总，一口喝干了杯中酒。一杯酒下肚后权总对我的朋友说，"江导！在座的都是你我的朋友，很多人互不相识，要不我们给大家介绍一下吧"！

我的朋友就把他带来的几个三线女演员挨个介绍了一番。然后轮到权总介绍那一群中老年男性。本来我也没把那拨人放在眼里，听权总一介绍吓了一跳；看他们貌不起眼的，个个都是企业家什么的。他们名下的企业名字很陌生，但是每人投资的影视剧却有耳闻，其中有一些还挺红的。女演员们首先坐不住了，权总每介绍一个她们就哇啦哇啦地上前敬酒。这一圈酒喝下来，每个人都满心欢喜嘻嘻哈哈的特别快乐。等权总介绍完了，全场却哑然了。

刚才我说过，这一桌人当中一半是我朋友带来的，剩下的另外一半是权总的朋友，但是等我朋友和权总把全桌人挨个介绍了一遍后，却有一个小个子中年男人没有得到任何一方的介绍。我朋友以为他是权总的朋友，权总以为他是我朋友带来的，最后大家停下吃喝与嬉笑，场面顿时陷入极度的尴尬。小个子男人也是一脸的尴尬，吭哧吭哧起身道，"不好意思诸位！我以为这是电影节组织的活动就跟着来了。我不知道是私人聚会，我先告退。

不好意思，不好意思"。一边说一边退下座位准备离开。

这时权总哈哈一笑，说这位朋友请留步！起身走到他的座位前，将他按回到座位上。相聚是缘分，既然来了就是朋友。一回生二回熟嘛！

权总这一番举动有礼有节有量有度，不由得让我心生敬意。

小个子男人更是非常感动，激动地双手抱拳，"谢谢权总雅量！我恭敬不如从命"。然后转身对全桌人又说了一句，"今天消费由我承担"。

紧接着后面的一句话看似豪爽实则江湖。首先你走错了场合，主人雅量留你你老老实实地坐着就行了，不用废话的。再何况，能召集30多个有头有脸的人坐在一起的东家会用得着你买单吗？不是说你有没有买单的能力，而是你根本不具备买单的资格。

这个小个子男人的形象在我心里一落千丈。

权总则哈哈一笑，根本没接他的话，伸手虚引，"您坐，您坐"！

逐渐升温的气氛因为这一番插曲稍稍放缓了一下节奏，但是并没有耽搁太久，席间的气氛重新热络起来。启动者是在座的女演员们。想想也是，每一届国际电影节都是影星和影人的云集之所，除了带着作品被电影节正式邀请的一部分演员和导演之外，一些二三线的演员也会削尖脑袋跻身其间。他们把电影节当成了扩展人脉的好机会。他们的首要目标是结识一些导演，尤其国际大咖级别的导演，希望能在他以后导演的影片中谋取一两个小角色，要是一步登天成为主演，在来年的某个重要的国际电影节上成为万众瞩目的焦点，那就更好了。除了导演，演员们也希望能顺便结识一些著名电影投资人、制片人等等，目的还是想通过这层关系在他们以后投资的电影中谋取一些机会。所以面对眼前的一拨影视投资人她们自然不会放过。一个女演员一手操起手机一手端着酒杯款款走到一名秃顶中年男人面前说，"是栾总吧"！

被称为栾总的赶紧起身，"不敢！您是"？

女演员说我叫某某，上个月我们在海南电影节上见过，当时你和一位大导演在谈话，我没好意思打扰。想不到今天又见到了，我敬你一杯！

栾总客气地，"不敢，我敬你"！

两个人轻碰了一下杯，一饮而尽。

酒喝完了，女演员却没有离开。她对栾总说，"栾总我们加个微信吧"！

在这名女演员的带动下，马上就有人揭竿而起，主动出击，每人瞄上一两个对象开始穿梭敬酒。演员方阵和投资人方阵两方一拍即合，席间顿时欢声笑语、蝶舞翩跹、满室飘香。

在这一轮热闹之下，倍感寂寞的就是我和小个子男人了。演员们都瞄着那些投资人、制片人，对我和小个子男人几乎视而不见。小个子男人几次端起酒杯想主动出击某个对象，因为没有把握又放下了。几次之后就瞄上了我，端起酒杯走到我面前，"你好！我敬你一杯"。

上　部

　　我前面说过,我对小个子男人没好感,况且他本来的首选敬酒对象肯定不是我,之所以最后锁定我,那是没人理他,不得已才找上我的。而且还可以确定一点,我只是他操练技术借此打开局面的一个工具和对象,所以根本就不想跟他喝。但是伸手不打敬酒人,出于礼貌,我还是站起身举起杯面无表情地跟他碰了一下,象征性地抿了一口。他却像"缺心眼"似的,一仰头把酒干了,然后看到我浅浅地只抿了一口酒,脸上有点挂不住了……

　　权总注意到了我们俩,起身招呼我的朋友,江导,我们也赞助一下吧!

　　我朋友连连应着,应该的!应该的!

　　两个人端起酒杯一饮而尽。

　　如此一来我没法推辞了,硬着头皮把半杯红酒一口灌了下去,这才给小个子男人解了围,使他得以全身而退。其实我不愿与小个子男人喝酒,除了有点看不起他之外,还另有一个原因。此前我说过我要拍的电影缺少资金,而眼前就坐着一干影视投资人,这对于我是一个千载难逢的好机会。可是我跟他们素不相识,即便同处一桌相互也隔着十万八千里一般,如何打破这一分距离并将我的用意准确传达给他们,并争取最大的可能,是我此刻顶级的愿望。因为有此"不良企图",我对眼前无干的人和事就没有多少兴趣,在态度上有点冷落小个子男人。现在目标明确,我必须在最短的时间内拉近自己与这帮投资人的关系。可如何才能做到这一点呢?首先我不可能自说自话,这既不符合规矩也显得

导演处女作

吃相难看,哪怕拉不到投资也不能这么干的。既然自己不便直言,就得找另外某个人代言,这是唯一可行的办法。在座的人当中除了我的那位导演朋友再无其他熟人,无论从哪方面衡量他都是最合适的人选。可是我的这位朋友此刻坐在权总的身边,与我相隔遥远,我连跟他咬个耳朵,说点悄悄话的便利都没有。我在座位上急得抓耳挠腮不知如何是好。最后只得拿起手机给他发了一条微信,简略地告诉了他我的意图,让他帮忙说说话。这边一按发送键,他那边手机滴滴一响,他埋头看了一眼手机继续跟权总聊着天,像没看到似的。隔了一会儿,我看他没任何反应,就又给他发了一个"?"。短短的时间我连发了五个问号,最后他实在熬不下去了,停下与权总的聊天,拍了一下手,"诸位!我有个事要说一下",指着我说,"这位是我的朋友,是一个著名的作家。他的小说在国际上获过很多的奖,同时也是一个著名的编剧,与他合作过的有大名鼎鼎的伊朗导演阿巴斯……"经过此前一番你来我往的相互试探,投资人的兴趣已经成功聚焦在了那几个女演员身上,刚刚激起的热情被硬性中断让他们很是扫兴,兴味索然地听着,根本没把我朋友的介绍当回事,直到听到阿巴斯的名字才一起转过脸看了我一下。我朋友继续说道,"他目前转型做电影了,手上正筹拍一部院线电影,在座的诸位如果有兴趣可以相互合作……"

一个投资人插话问,"赵老师的电影是什么题材的"?

我赶紧起身把自己的项目简略地介绍了一下。当时我实在太紧张了,感觉成功唾手可得,兴奋和紧张交织之下(也可能是酒喝多了)慌不择言地又补充了一句,我的电影是艺术片,与国内所有的导演的作品都不一样,肯定比张××的电影强!

另外一个投资人似笑非笑地说了一句,"张××老师我们认识,可是我们不认识你啊"!

一句话逗得全场哈哈大笑。我顿时无限尴尬,杵在当场不知如何是好。

最先发问的那位是个善良的人,见状起身端起酒杯朝我举了一下,"我敬赵老师一杯!等会儿加个微信我们保持联系"。

我的眼泪差点没掉下来,赶紧抓起酒杯把酒喝了。

我坐下后,朋友的微信也到了,"你闲着没事说什么艺术片啊,找死啊"!?

我回了一条,那怎么办?

他回道,"别乱说话,再找机会"。

我后来就没再说过话。

本来以为我不说话了,下面还有机会与投资人沟通,可直到散场也没一个人搭理我,连那个说要跟我加微信的投资人后来也没理我。那天的30多个人当中,我只加了一个人的微信,还是那个小个子男人的。

这一趟上海之行闹得我灰头土脸的,也让我对自己的未来产生了一丝怀疑。此前我对自己所面临的问题和困难的预估是否太过乐观了？拍电影对于我究竟是不是一份恰当的选择？那几天我思考了很多，越思考人越沮丧。有一天我接到了一个电话。电话里的声音很陌生，来回说了半天才听明白原来是在上海认识的那位小个子男人。他问我这两天有没有时间？他想来南京了解一下我的电影项目，并表达了潜在的合作意图。这对我简直是雪中送炭，刚刚被上海国际电影节浇灭的热情瞬间又熊熊燃烧起来。我说在的，在的。你任何时候过来我都热烈欢迎！

两天后小个子男人如约而至。我们坐下来后先聊了一些浅显的话题，从各自的经历，到对电影的认识，以及各自喜欢的音乐，都无所不谈。他告诉我他真名叫郭霄云，是一家化妆品企业的老总，企业主营一款面膜产品。据他称，该款面膜在目前国内市场占据前三名的销售额度。我没料到眼前这位貌不起眼的小个子男人——哦，不对！应该称郭总——居然是一家知名公司的老总。联想到在上海第一次见面时，他的低调和安静愈发地让我敬佩。

聊了一会儿后郭总提出看看剧本。我以为他要休息，掏出事先打印好的剧本放在茶几上，说郭总你把剧本带回去慢慢看，看完我们再联系。

他说不用带回去，我就在这儿看吧。你也别走，我如果有疑问可以向你随时请教！

他这么一说我只好坐下了。

他坐在沙发上看起了剧本，一页一页地翻着，神情专注，看得十分仔细,一根手指在稿纸上滑动着,眼睛看到哪里手指便滑向哪里。这种阅读习惯像刚识字的孩子,我小学一年级时见过很多小朋友都是这样读书(课本)的。我坐在一边抽了根烟,一根烟抽完之后见他才翻了三五页,就把脑袋靠在沙发上想休息片刻,不料脑袋一靠上椅背便睡着了,还做了一个梦。我梦见自己在一个黄昏来到一个简易的码头上准备赶一班轮船,我要乘这艘轮船去马赛——我为什么要去马赛呢?有几个朋友来送我。轮船还没到,我和朋友们站在码头上说着闲话,前方的水面上有微微的光亮——水的光亮。

这个梦做得匪夷所思,我不知道自己为什么要去马赛?那几个来送行的朋友平时与我也不是太近,虽然在梦中他们与我之间情深意笃。他们说轮船还要有一会儿才到,想请我去不远处一家小酒馆喝点酒,但是我知道轮船就要来了,我没有时间和他们喝酒了……他们执意相请,我坚辞不从,一着急就醒了。我睁开眼睛发现房间里暗淡无光,唯一的光源来自窗户,在窗户前郭总背对着我在抽烟。我说怎么这么暗?边说边坐了起来。

郭总转过身,"醒了"?

我诧异地,是天黑了吗?我睡了多久?

"三个多小时,我剧本都看完了"。郭总走回来随手打开灯。

我说真不好意思!

郭总摆摆手,一边翻着剧本一边问我,"这部电影的预算大概是多少"?

我说了一个数字。

他点点头,"这部电影我投了"。

我没想到他会这么爽快。此前我接触过两三个投资人,来来回回不折腾两三个月是不会有结果的。所以对他的决定有点恍惚,反而觉得不真实,我怀疑是不是还在刚才那个梦里。我屏住呼吸强压住激烈的心跳对他说,郭总您是不是再考虑一下?不用这么快做决定的。

他摆摆手,"事情就这么一个事情,不用那么婆婆妈妈的,就这么定下来吧。对了!演员人选这块儿你有什么计划"?

他这么一问我顿时有数了,瞅准话头对他说,郭总你是投资人,对演员这一块儿有什么指示尽管提出来,我一定照办!

我觉得这份投资来得太容易,按照业内惯例衡量如此轻易得来的投资一定夹杂着某些不便直言的条件,譬如投资人要安排自己的亲戚担当一个角色,诸如此类等等,而经他之手安排而来的演员不是相貌怪异就是毫无表演经验的菜鸟。我也想好了,只要他推荐的演员还能忍受,即便打落牙齿我也会无条件地接受的。郭总那么爽快,除了这种回报方式我也想不出别的招了,总不能让我以身相许吧?

郭总挥了挥手,"你是导演,演员这一块儿你做主,我不干涉"。

我有点难以置信,追问了一句,那郭总还有别的什么要求吗?

他沉吟了片刻,"如果可以能不能给我们的产品宣传宣传,譬如给一两个镜头,你们圈内叫那个什么来着"?

产品植入?

"对!就是这个意思。当然,这是在不影响整个电影的艺术水准的前提条件下的,我们还是要以艺术为先"。

我长吁了一口气。产品植入相比强加演员那简直就不算个事。我可不是那种为了艺术宁愿饿死的艺术青年,把自己的电影当命似的,镜头里揉不得一粒沙子。只要你给钱,就是揉在电影里一镜头大象我都不会吭一声的。我对郭总说,这没有任何问题。翻开剧本对他道,你看电影的第一个镜头是早晨女主站在阳台上眺望远处的群山。拍这场戏时我们可以让她戴着面膜眺望群山如何?很多年轻女性都是敷着面膜睡觉的,早晨刚睡醒起来还没来得及取下面膜,逻辑上说得通。

郭总一拍大腿,"这主意不错,就这么定了"。

我还是有点不放心,再次追问,郭总你是当真的?

郭总笑了,"放心吧!我没必要大老远跑南京来跟你开玩笑"。

我们分手时,我还问了他一个问题,你为什么会来投资我的电影?你为什么会找我这么一个新手?

郭总微微一笑,"那天在酒桌上所有人对我都很冷淡,只有你跟我喝了一杯酒,让我很温暖"。

这话说得我羞愧不已。其实那天我对他也很冷淡,甚至内心还有点看不起他。至于那杯酒也是他主动找我喝的，我只是没拒绝而已。我觉得当时我应该对他再好一点的。想想那天在上海，一桌 30 多个人，贵人就坐在我身边，我却势利地舍近求远地自取其辱，我简直不配这一份投资和他的慷慨。

在选演员工作展开之前我先"活捉"了一位副导演。

小说一开头就告诉过大家，我是一个半路出家的导演，没受过系统的专业训练。虽然在电影上我自觉无师自通，并不需要系统的专业训练，但是出于保险起见我还是想找一个专业上能为我把把关的副导演，有这么一个人待在身边会让我觉得安全。我的意思是，事情我可以自己干，不过得有个专业人士陪在我身边给我壮胆。

被我活捉的这位副导演名叫戚少伟，是我少年时的朋友，我们俩既是邻居也是朋友。戚少伟妈妈是一所中学老师，爸爸是一名研究所高级工程师，他们家在我们那条街上堪称"名门"。戚少伟从小学习成绩就好，跟他相比我就是个学渣，可我们总是能玩到一块儿。现在想想，我那时一无是处，很多同龄人喜欢玩的东西我都不会，像下围棋、打游戏，等等。我平时干得最多的是读书，还喜欢胡思乱想。戚少伟既不喜欢下围棋、打游戏，也不喜欢读书和胡思乱想，他跟我在一起最大的快乐就是可以自由地说话，一个人能呱嗒呱嗒说一整天，有应答无应答都无所谓。他会把自己最新经历的所有事情都挨个诉说一遍，什么他爸和她妈吵架了，什么家里来了一个亲戚了，昨天晚上家里除了烧茄子还烧了虎皮青椒、炸丸子、韭菜炒鸡蛋、西瓜皮炒毛豆米……他除了喜欢吃西瓜皮之外也很喜欢吃西瓜皮炒毛豆米中的毛豆米……他说话的时候我不是在看书就是在发呆。奇怪的是听他说话我居然不嫌烦。长大之后我尤其喜欢话多的人、擅长唠叨的人和爱嚼舌头根的人，平时只要见到这类人我打心眼儿里喜欢，跟见到亲戚似的，会穷尽一切手段笼络之，或将他们一网打尽纳入我的朋友圈。18岁那一年我忽然爱上了下象棋，我每天吃了晚饭之后就去找一个名叫小军的少年棋手下棋。他是我一生中遇到过的象棋绝顶高手，我和他下过半年的象棋，一盘没赢过。每次下棋时他都会叽里呱啦地说个不停，"就你这臭棋还跟我下？我让你一条大'车'还带老帅不动弹的。哟！还敢跳马，我'打断'你的马腿你信不信？还拱卒？你也不看看都什么时候了，等你把卒子拱上来天都黑了……"每次下棋我都输且输得口服心服心花怒放。小军因为棋艺高超后来被招去了省队，我就不爱下棋了。我由此发现一个事实，我之所以喜欢上下棋，完全是因为小军，我享受的是在下棋过程中他滔滔不绝毫无节制的自言自语、自说自话，而这大概率是戚少伟对我长期熏陶的结果。

  我和戚少伟的友谊经过小学和初中阶段，到高中阶段才戛然而止，有效交往足足延续了长达七年多的时间。我们升上高中后的某一天，戚少伟妈妈毫无预兆地找我妈妈谈了一次话，意思让我不要老找戚少伟玩，不要耽误戚少伟的远大前程云云。我妈把

导演处女作

这个意思转述给我时我都傻了。咱们先甭管谁找的谁,我就想知道我是怎么耽误她儿子的远大前程的?我何德何能?我气得要去找戚少伟,被我妈拦住了。既然人家都这么说了,我们就别再往上凑了吧。我和戚少伟就这样结束了七年半的友谊。我后来对戚少伟没有任何怨恨,对戚少伟妈妈却相当的反感,有时迎面遇到也装着没看到,仰首而过。不仅如此,我甚至对她所从事的职业丧失了好感,觉得中小学老师素质普遍低下。这一认知延续至今,即便后来我哥哥成了一名中学老师也没能改变我的这一认知。最后一个感触是,男人之间再坚固的友谊也经不起长时间的婆婆妈妈(个人观点,不接受反驳)。

我和戚少伟就此一拍两散。他后来在远大前程的道路上高歌猛进,很快在高考时露了一小脸。他的高考分数并不高,但是考上的学校却很牛——北京电影学院。大学四年经常有一些与明星的合影照片在邻居中流传。大学毕业后,他被分到了一家南京的电影公司,拍过一些介绍南京特色小吃的纪录片,有一些素材后来还被收进了"舌尖上的中国"系列片,让他名噪一时。

再后来听说他离开了那家公司,做起了房地产,也有一说是专职在家炒股,还有一说是他自己拍电影直接把版权销售到海外,总之是发了。这一点我深信不疑。

当我决定为自己找一个帮手时,我脑子里首先想到的人选就是戚少伟。他是电影学院科班出身,完全可以弥补我专业上的不足——如果我有的话。此外他还是我唯一能够得着的人。问题是我们失去联系几十年了，现在他在哪里？我又上哪儿才能找到他？我准备哪天抽个时间去南京电影制片厂找一下试试。虽然得到的信息显示他已经离开南影了，我顺藤摸瓜应该还能找到一些线索的。

目标有了，行动轨迹也已经确定，但是我迟迟没有落实计划。自从投资确定之后我陡然忙碌起来，从早晨起床到晚上睡觉一刻不停地在忙，偶尔闲下来还想不起自己究竟在忙什么？都说拍电影费钱，以我的经验，拍电影不仅费钱更费时间。

有一天下午我受邀参加一个朋友公司成立的酒会。他的公司在城西文化产业园内。那天我和两个朋友一起去的，进园区大门时，一个穿制服的保安身体绷得笔直地给我们敬了一个礼。我们中的一个人被吓了一跳，不满地对保安说你这是干吗，搞得那么夸张有意思么？

保安，"这是我们领导的要求，有客人进出必须敬礼"。

我朋友，"你领导有病"！

保安不乐意了，"你说什么呢"？说着就往前凑。

我的朋友被无辜吓了一下，本来就有气，见对方还跟自己治气，更加的怒不可遏了，身体也一阵阵向前动弹着，被我和另外一个朋友死拖活拽地拉走了。

我们刚走了没两步听见那个保安又在后面喊了一声，"等等"！

我们站下了，心里还想，这个保安有点不省事啊！

小保安（特指他的身份）盯着我问，"你是姓赵吗"？

我说是啊!

保安,"你还记得我吗"?

我说你谁啊?

"我是戚少伟啊!他边说边把帽子摘下"。

我呀的一声快步凑上前抄拄他的手,啊!怎么是你呀?眼前的戚少伟脸色暗淡、神色苍老,脑袋上光秃秃的已经没几根头发。从外形观察,他几乎就是五十岁以上的中年大叔了,实际上他跟我是同年,满打满算今年不过四十岁出头。

走到前面的两个朋友不耐烦地催我,"快走吧!我们要迟到了"。

我朝他们挥挥手,你们先去吧,我一会儿去找你们。

戚少伟说,"你有事先忙吧"!

我说没关系。你不是在南影厂的吗?怎么会在这里?

戚少伟说,"别提了。北电毕业后,我进了一家南京的电影公司,一开始还不错,也捞到一些拍片的机会。可是好景不长,没过两三年厂子突然就不行了,挣扎了一阵就倒闭了。我借了一点钱做了两年的生意,亏得血本无归。现在背了一屁股债,吃饭都成问题了,只得跑这儿打点小工挣点饭钱了"。

我说你这样也太大材小用了吧!你可是北电毕业的,为什么不干点跟专业相关的事情?

戚少伟苦笑,"电影这一行更新换代很快的,一两年没有作品立刻就被新人顶出圈了,根本没有挣扎和喘息的余地。像我这样的已经算不错的了，我的一个同学以前还在国际上得过奖的，现在在澡堂里给人擦背……"

在我们聊天的过程中不时有人进进出出。每当有人经过，戚少伟都要抬手敬礼。他后来可能意识到有点不妥，婉转地说，"你有事我就不耽误你了，我们以后再找时间聊"。

我说别以后，就今天。我这一阵儿正要找你呢！

"你找我，干吗"？

我要拍一部电影……

"你拍电影，为什么"？他吃惊地问。

我说不为什么，就是想拍。

"那你以前拍过片子吗"？

我说照片算吗？

"别闹！赶紧跟我说说你的电影，什么题材的，时长多少"？

城市题材，90分钟院线电影。

"有投资吗"？

一个星期前刚刚落实。

他张大嘴巴盯着我看了好一会儿，像不认识我似的，眼圈突然红了，不无伤感地说了一句，"你运气真好啊！第一次拍片就有人给你投钱……"

我说怎么样？有没有兴趣过来帮帮我？

他苦笑，"我能帮你什么，我现在就是一个'废物'，连饭都吃不饱"。

我说你来做我的副导演,帮我在技术上把把关。

他一愣,双手一把按住我的肩膀,"你当真"?

我说我没必要跟你开这种玩笑。这一阵子我一直想找你,你是我身边唯一懂电影的,而且我们知根知底……

他一把抱住了我,"好兄弟"!声音都哽咽了。

后来我才理解那天他的失态。一个电影专业出身的人以为这一生都不会再有机会拍片了,然后突然有人塞给了他一次机会……

没做过电影的人无法理解这一点。

当天戚少伟便辞了门卫的工作。他当着我的面给领导打电话说要辞职,立刻生效,让领导派一个人来顶替自己的班,他等五分钟。领导问了他一句什么情况,戚少伟自豪地说,自己要去拍电影了。

挂了电话后我们站在原地抽了一根烟。我没想到他会这么着急地辞职,劝他说其实你可以再干几天,等我安排妥当了你再过来。

他问"你什么意思啊"?

我说我可能给不了你多少报酬。你是不是考虑清楚再决定?

戚少伟说,"我不是为了报酬才跟你的,而且到了我们这个年纪,很多事已经不需要用钱来衡量了,我们需要的是找到一件自己想做的事,并把它做成"!

这话让我挺感动。你想好就行,别后悔!

戚少伟笑着摇头,"我到现在都感觉是在做梦。不管是不是梦,反正这是我最后的机会了,我不想错过这个机会,所以从现在起我会一步不落地跟着你,你到哪里我就跟到哪里,就算这一切只是一个梦,我也要跟着你直到梦醒……"

一根烟很快抽完了,戚少伟并没有等来顶岗的人,便脱下制服跟着我离开了。

电影项目在确定了投资之后就算正式启动了,但是因为我的不专业,做起事来东一榔头西一棒子的缺乏条理,每天忙得焦头烂额,还看不出究竟做了什么。戚少伟来了后把整个流程梳理了一遍,按照轻重缓急制定出了详细的进度表,每个时间段应该完成哪些事情,完成之后应该达到什么样的效果,这些都一目了然,直到这时我们的项目才真正步入正轨。换句话说,项目直到这时才真正启动。所以说能把戚少伟从人海中翻出来绝对是一种幸运。这份幸运既是他的,更是我的。

有一天上午我站在窗户前抽烟,楼下大街上车流翻滚、人如潮涌。我忽然感慨起来,对正在电脑前噼里啪啦敲着键盘的戚少伟说,如果没有你,我都不知道这部电影能不能进行下去?

键盘声停了下来,戚少伟回过头看了我半晌说,"有一个大雨天我回家路过一条小巷子,看见有一条小黄狗缩在墙角,它浑身湿透又饿又冷,身体一个劲地哆嗦着。我走过它身边时它目不转睛地盯着我看,似乎在乞求我带它走。我看着那条小狗当场就哭了。我觉得自己就是那条狗,这么多年我一直蜷缩在这个城市的某个角落,忍受着风吹雨打饥寒交迫,内心一直期待着能有一个人出现并把我带走——所以是你在茫茫城市中救了一条饥寒交迫的'丧家犬'……"

戚少伟为演员招聘专门设计制作了一张海报。海报设计得很漂亮,除了必要的项目介绍之外,还列出了每个演员的人物小传,以及演员的参考照片,然后找自己以前电影学院的同学、同行、熟人等关系,直接发在网上。两天之后,应聘演员的信息像潮水一般涌来,每天邮箱都要收到几十封的应聘邮件。其中不乏一些著名的电影明星乃至成名多年的老一辈表演艺术家。一开始我们每封邮件都看,很快发现太浪费时间。我对戚少伟说这部戏投资人有植入产品的需要,我们先看女一号,定下来后要给投资人过目。

我们把女演员单独列出,挑了一些符合条件者通知试镜。第一天来了十多个女演员。此前在邮件上看她们投送的照片都很有特色,见面后才发现照片与真人之间差距很大。尽管真人与照片有相当大的差距,但是不得不说,女演员们自我调节的经验和能力无与伦比,无论何时何地处于何种状态,一旦面对镜头,她们立刻能把自己最闪光的一面呈现出来。她们前一秒还在吃着泡面嘻嘻哈哈地说笑,"开始"的号令一下,她们瞬间就能转换状态,脸上的情绪和表情没有一丝一毫的多余成分。这可能就是所谓的专业素养。

上 部

  那天一早，我们起床后把客厅简单收拾布置了一下。面试由我主持，一条长条桌横在身前，机器是一台索尼6500两用机，架在三脚架上，戚少伟负责拍摄。八点钟不到来了第一个面试者，是一个十七八岁学生模样的演员。应聘的是女三号。她坐在距离我三米外的一张椅子上，非常紧张地直搓手；我坐在长条桌后面也紧张得不行，两个人长久地沉默着。我想说话来着，可张不开嘴，直到这时我才发现我根本不了解试镜的过程，我应该说什么做什么一概不知。站在相机后面的戚少伟察觉到了我的紧张，从相机后面探出头对她说，"你先做个自我介绍吧"。

  中学生落落大方地一鞠躬，"好的，导演。我叫夏云清，来自山东济南，今年十七岁……"

  戚少伟又从相机后面问，"你今年是高二还是高三"？

  中学生说，"高二"。

  "你是从济南赶过来的"？

  "是的。我刚下火车就过来了"。

  戚少伟再问，"你学过表演吗"？

  她说，"我热爱表演，曾经在学校里表演大赛上拿过一等奖"。

  戚少伟停下拍摄，"好了。就到这里吧"。

  对方连连说，"我还有才艺没有表演呢"！

  戚少伟说，"不用了。你的条件非常不错，我们研究过后会立刻通知你结果。你路程比较远，赶紧回去上课。我们保持联系"!

中学生高兴了,起身朝戚少伟深鞠一躬,"谢谢导演"!

送走中学生后我问戚少伟,人家坐了一夜火车赶过来,被你三言两语地就打发了是不是有点太残忍了?

戚少伟说,"你这就错怪我了,我是为她好。她还是一个学生,看样子是偷跑出来的,肯定没和家里、学校打招呼,说不定现在家里已经报警了,跟她多待一分钟我们就多一分危险。我们是要拍片子的,还是少沾点是非为好"。

我觉得的确是这个理。对他说,我跟你换一下位置吧。我发现我对试镜的要求、程序一窍不通,干脆我来拍,你来主持。

戚少伟说那不行!

我问为什么?

戚少伟说,"剧组导演最大,现在演员试镜,开机以后还有导演监等都属于导演专属位置,无论遇到什么情况你导演的位置都不能丢"。

我说我的确不了解这个程序,要不你先帮忙试几个,我在一边观察一下,等熟悉了整个流程我们再换过来。

戚少伟还是不肯,说不能坏了规矩。

我说我们俩之间还在乎这个吗?我这也是为了节约时间。

戚少伟这才勉强同意。

第二个来面试的是一个30岁左右的女人。中等个儿,头发随意盘在头上,盘起的头发上斜插着一根银簪子,簪子上还挂着一条玉坠。人很热情，一进门便笑吟吟地向坐着的戚少伟喊着，"导演辛苦了"！说着走上前伸出手，"我叫萧乙男"。

戚少伟尴尬地看了我一眼，问你是外地来的？

"我是西安的"。

戚少伟说那你准备一下，准备好了我们就开始。

她说不用准备，开始吧。放下旅行箱和挎包，走到椅子前坐下了。

戚少伟说，"请问你准备面试哪个角色"？

"都行"。

戚少伟懵了，埋头翻了一下剧本，几乎把剧本从头至尾翻了一遍，最后也没能找到想要的结果。他起身走到我身边说，"我们电影里好像没有这种年龄段的女演员，怎么办"？

我这里需要补充说明一下。我们电影中的女性角色有六七个之多，年龄分为十五六岁一档，二十至二十五岁一档，再往上是四十五岁一档，唯独没有三十岁左右的女性角色。虽说通过化妆可以拉近演员本人与角色之间的年龄差距，但是那是特定的条件下的无奈之举，正常情况下还是用适龄的演员出演效果更佳。

我说随便找一场戏让她试一下，然后把她打发走。反正她也不知道，以后问就说试镜没成功。

戚少伟重新回到自己的位置，装模作样翻了一会剧本，对女演员说，"这样，咱们规定一个情境。你去一个陌生的城市旅游，在大街上散步时遇到了一条小狗。你很喜欢它，和它玩了一会儿。

中途不知怎么惹恼了小狗，它瞬间变得凶狠起来，追着你咬……你把这一段演一下可以吗"？

萧乙男埋头思索了一下，抬头回答，"可以"。

戚少伟说，"那就准备"。

萧乙男，"等等"！跑到边上把放在地上的挎包重新背上，然后对戚少伟点点头，"可以了"。

戚少伟，"一、二、三，开始"。

萧乙男瞬间入戏：她背着挎包双手插在口袋里神情轻松地走在大街上，周围是鳞次栉比的高楼，街道两边是一家又一家商场。路过一家商场的玻璃橱窗前时，她对着橱窗上自己的投影拢了拢头发，噘着嘴凑到橱窗玻璃上吻了一下……她在前方不远处遇到一条小狗。她很喜欢这只小狗，蹲下身跟小狗玩了起来，还掏出手机跟小狗拍了一张自拍照……或许是不喜欢与她同框，又或者不喜欢人类的自拍行为，小狗突然恼了，起身张口朝她咬去。萧乙男撒腿就跑，小狗奋起直追，追得她一蹦一跳的，像赤脚在火炭上跳舞。没跑几步她还是被小狗追上了。她退无可退，一把从头上抽下簪子，盘在头上的长发瀑布似的披散下来。簪子笔直地对准小狗。小狗还真被唬住了。它可能以为簪子是一种新式武器，站在不远处拼命地狂吠，却不敢贸然进攻，双方陷入僵持状态。最后萧乙男的伎俩还是被小狗识破了，小狗向前猛地一窜又迅速退回，又一窜再迅速退回。三两次之后小狗便发现那根簪子徒有其表，于是积攒力量向萧乙男发起了致命一击……萧乙男大惊失色,将手中的簪子匕首一般投向小狗,吓得小狗身形一顿,自己拧身再跑,小狗紧追不舍。萧乙男跑了一圈,跑到我身边时眼看被狗追上了,就在小狗伸嘴即将咬到她脚踝的一刹那,她一纵身跳到了我的背上。我当时正埋头在相机后面用镜头追拍着她,根本没料到她会突然跳到我身上,那一股突兀的惯性差点把我砸趴下。更搞笑的是,我被她的表演带入了预设的情境中,她跳到我的背上之后我还伸脚朝狗的方向下意识地踢了一脚……

表演结束,我和戚少伟一起鼓掌。萧乙男面对掌声脸色绯红,也不知道是因为累的还是因为有点不好意思,或者被那只虚构的狗吓得惊魂未定。

表演太精彩了!非常棒!我一边鼓掌一边对她说。

谢谢导演!

我一愣,你叫我什么?

她笑着,"你不是导演吗?不好意思啊!我一开始没搞清楚情况,真以为你是摄影师了"。

我笑着问,你怎么发现的?

一种感觉,我也说不清,说着还看了戚少伟一眼,戚少伟朝她竖起大拇指。大概是受到戚少伟的鼓励,她对我说,"导演你看我都猜出你是导演了,是不是可以给我一个角色了呀?话说得既像玩笑又似恳求"。

我说话既然说到这份上,再隐瞒就不厚道了。实话实说我对你的表演很满意,一看就知道你受过严格的专业训练。问题是我们本子里没有适合你这个年龄段的角色。所以非常抱歉!

她很懂事地,没事,没事,反正以后有机会的,到时候导演别忘了我呀!

我说不会的。我们这儿也忙就不留你了,保持联系吧!

她点头,"导演你忙吧!掏出手机看了起来"。

我以为她要查列车班次购票,就没多打扰她,走到戚少伟身边和他交流了一下萧乙男的看法。戚少伟也觉得萧乙男表演很扎实,还开了一句玩笑,"她不仅演活了自己,也演活了那条根本不存在的狗"。

也就是从这一刻开始,有条不紊的节奏被突然加速,时间飞速运转,演员走马灯似的轮番上场。他们在我面前或哭,或笑,或载歌载舞,甚至是癫狂、痴嗔,向我展示着人生中最为精彩的情绪片段。一个人大声叫喊"我死了";一个人轻声自问"我是谁";一个人打一段太极,另一个跳一段芭蕾……一个一个,一个又一个。我和戚少伟忙得像拉磨的驴一般,连喝口水、撒泡尿的工夫都没有。大概从第五个人表演开始我就觉得有些不对劲,总觉得浑身不舒服,坐也不是站也不是,但是面对走马灯一般出现在面前的演员也没有多想。面试到十二个或者第十三个人时,我实在忍不住了,下意识地跑到洗手间。直到进了洗手间我才反应过来自己被一股尿意憋了太久太久。尿流冲出的瞬间我的心甜蜜地一阵狂跳,甜蜜得忍不住想号啕大哭一场……

这一天忙得焦头烂额的,中午饭只吃了两个包子,都不记得是谁塞给我的了。到晚上快六点我们才面试完最后一个人,演员刚出门,戚少伟就抱着相机的三脚架,哇哇地呕吐不止。我赶紧上前扶住他,没事吧?要不要去医院?

他又干呕了两口才止住,摇了摇头,没事。

我把他扶到椅子上坐下,你吐得也太夸张了,我还以为你怀孕了。

戚少伟愤愤地,"滚一边去"!

我一笑,拍着他的肩膀,你劳苦功高,晚上想吃什么尽管点,犒劳犒劳你。

戚少伟说,"太累,吃不下"。似乎怕我误会,赶紧补充了一句,虽然累但是挺开心的。

在我们聊天的过程中,萧乙男把戚少伟的呕吐物也打扫干净了,还用拖把把地面拖了一下。

看到萧乙男我都恍惚了,我说你不是回去了吗?怎么还在这儿?

萧乙男直起身扶着拖把笑着说,"导演你可真是贵人多忘事。上午不是你让我帮忙看门的吗"?

戚少伟也在一旁帮腔,"今天多亏人家小萧,忙里忙外的一刻都没闲。中午还是人家给我们买了一点吃的,要不然你早饿晕过去了"。转脸对萧乙男,"小萧老师,让他报销中午的餐费"。

我这才反应过来,对萧乙男,应该的!应该的!多少钱我给你。

萧乙男,"真不用!能为剧组出点力也是我的幸运"。

见她执意不肯收钱我也就没坚持,我说那我们一块儿吃个饭吧。萧乙男爽快地说,"行啊"!戚少伟还是有点虚弱,称没有胃口,不想去。我还是把他强行拽走了。不吃等会饿了没人管你,我对他说。

我们在附近找了一家小餐馆随便点了两个菜。我跟戚少伟一人要了一瓶啤酒,一瓶酒没喝一半我就吃不下了,还是觉得累。反观戚少伟却渐渐泛起了精神,越喝两个眼睛越亮堂。我最后扒拉了两口饭说我太困了,先回去睡了。

萧乙男站起身说,"导演我送你回去吧"!

我说不用,你继续吃。

这一夜我睡得沉着而勇敢,一夜无梦。早晨醒来时是七点左右,昨天的疲乏一扫而空,全身像有一股使不完的劲,感觉自己无所不能,好像地球也是我捻动手指而转动起来的。看时间也差不多了,可以起来为今天的试镜做点准备了。于是我翻身起床,穿好衣服就下楼了。

经过二楼戚少伟的房间,我见他的房门还关着,此前他每天都是比我起得早的。我随手拧开房门说,该起床了!一步踏进房间看见床上正睡着的两个人突然"诈尸"一般整齐地坐了起来。两个人一个是戚少伟,另外一个是萧乙男。空气瞬间停滞了,房间里死一般地沉寂。我们三个人相互愣怔着,谁也没说话,然后

上 部

我默默带上房门下楼去了。

三两分钟后戚少伟边趿拉着鞋子边套着上衣冲下楼梯,不好意思!我起晚了。

我坐在桌子前点了一根烟,一口接一口地抽着,没理他。

他舔了舔嘴唇,她昨晚没赶上高铁,我们就……

我说没赶上高铁是原因吗?

戚少伟,"这……"

我说我不是一个循规蹈矩的人,这种破事搁在平时我根本不在乎。可是我们现在是在工作。你也知道现在拍一部电影有多难,我们能得到这个机会就是天上掉馅饼了。现在八字还没一撇呢,副导演就干出了这种荒唐事,你让我怎么说你好呢?!

戚少伟小声嘟囔了一句,"有什么大惊小怪的,这种事在外面多着呢"!

我勃然大怒,外面是外面,我们剧组不允许有这种乱七八糟的事情发生。另外你也想一想,如果你只是一个看大门的,会有这种事情发生吗?

我本来并没想说这么恶毒的话,完全被戚少伟的态度气得失去了理智,嘴一张,话就自己吐了出来。

果然,戚少伟一听到"看大门"三个字脸色顿时变得铁青,"这事已经这样了,如果想让我走你就直说"。

我脱口说了一句,你想走就走,没人拦你。

记者：戚少伟说得没错，你似乎没必要为这事大动干戈。

导演：我当然知道这不算什么事。不说电影圈，就是在现实中，这类事也已经变得稀松平常了。

记者：既然如此，你为什么还要发那么大的火？

导演：我也说不清楚。现在想想可能还是压力太大了，导致了我某一瞬间的情绪失控。你想象不到作为一个导演需承受的压力。所有与项目相关的工作都要身体力行，所有的芝麻小事都要你考虑清楚，一点闪失都不能出现。关键我还是一个门外汉，内心一直诚惶诚恐地怕自己做得不够好，怕自己出错。也正是从那天之后我才悟出一个真相。在剧组里真正有闲情干一些荒唐事情的导演并不多，这种事有时反倒是会发生在那些选角导演和副导演身上，原因仅仅在于他们承受的压力相对较小……

记者：那也未必。圈内有一些导演也是在工作中遇到自己另一半的。

导演：最后成为夫妻的跟我们现在讨论的还是有区别的。

记者：区别在哪儿？

导演：结果。结果成为夫妻的那说明相互之间是有爱的，单纯的潜规则只是利益交换，其中有本质区别。

记者：你说得有道理。这个话题先略过吧，我关心的是那天你和戚少伟争吵的结果如何？你真把他赶走了吗？

导演：当时戚少伟一气之下上楼收拾东西准备离开。然后楼梯响了，下来的是萧乙男。我对萧乙男感情复杂。首先我认为她是一个好演员,我觉得这一类有演技傍身的演员并不需要放低身段迎合导演的,如果连这样的好演员都只能通过非常规的手段获取机会,那么演艺圈的生态肯定出了问题。

萧乙男走到我身边,"导演,能跟你说两句话吗"?她神情淡定从容,看不出一丝的不安和紧张。

有什么你说好了。

萧乙男说,"昨天晚上睡觉前我花了三个多小时看了你的剧本。我想告诉你我看了以后非常震撼。这绝对是一部无与伦比的伟大作品,是每个演员一天24小时都梦寐以求遇到的本子,我愿意无条件参与到这部作品的制作之中来……"

我原以为她从楼上下来是为戚少伟求情的,没料到她根本不按套路地另起一行,直接将问题的中心和重点转移到了一个匪夷所思的方向。而我情绪上还延续着刚才与戚少伟的不快之中,对此完全没有心理准备,所以一时语塞没有吭声。

见我有点愣怔,她又紧追了一句,"希望导演能给我这个机会"!

我干咳了两声,既然话说到这份上我也就直话直说,剧本你也看了,这部戏里并没有符合你的角色。

萧乙男笑了笑,"演不了女角也可以反串一个男性角色。导演敢让我试一下吗"?

我没料到她竟然会提出这么一个建议,这简直太疯狂了。以前的一些影视作品中的确会有角色反串,但是大部分是剧情或人物本身的设置需要，或者是因为那本身就是剧情结构的一部分。在不具备任何用意的前提下，用一个女性演员去扮演一个男性角色倒是闻所未闻。世界上什么样的男演员没有，非要用一个女演员来演？这完全没有道理。这种提议本身很有趣，但是操作的意义不大。所以我毫不犹豫地拒绝了她。这不可能。你如果只是来跟我谈这个事情就不用再浪费口水了。

"我还有一件事情"。

我看着她。

她艰难地舔了一下嘴唇，"昨天晚上的事是我主动的，是我不好，我愿意承担一切责任。你们是多年的好朋友，能聚在一起做点事情不容易，不要因为我耽误了正事"。

我刚要说话，一个人从门口闯进来，"请问这里是××剧组吗"？

我问你是来试镜的？

她说是的。

我和萧乙男相互看了一眼，我长叹了一口气，对萧乙男说，那就这样吧。你去把摄影师叫下来，我们开始工作。

萧乙男一愣，"好的，好的"。一溜烟地跑上楼去了。

接下去几天的试镜波澜不惊。来试镜的演员很多，外在条件都不错，大多毕业于中央戏剧学院、上海戏剧学院、北京电影学院等专业院校。有的已经出演过一些影视剧，也算小有名气了，一试镜却令人大跌眼镜。平时看着一个个都挺精神的,面对镜头时也善于给出对自己有利的角度,可是一到正式表演环节就眼神散乱、神情呆板,秒变成另外一个人;更有甚者连基本的走位都不会,走两步就把后脑勺留给了镜头;台词也多是播音腔和舞台腔,情绪中总有一种一四七不连、二五八不靠的壮怀激烈和慷慨激昂。试镜的结果乏善可陈,不过过程中却有一些意外的小插曲值得一说。

一天下午三点左右来了一位女演员。女演员上身穿一件牛仔衣,下面穿一条白色短裙,头戴一顶棒球帽,一根马尾束在帽子后面。她的脸稍圆,近乎吉祥物,看着还挺喜庆的。一进门,她便热情地跟我打招呼,还对我说她以前读过一篇我的小说云云。寒暄了一阵后试镜开始,她一坐到椅子上脸色突然阴沉下来,身子不舒服似的在椅子上扭了两下,就哭了。她双手捂脸哭得很谨慎,声音不大痛楚不明却很扎心。我和戚少伟直接被她哭傻了,谁也不知道这究竟是什么情况。其间戚少伟上前试着和她沟通,问她是不是哪里不舒服?要不要送她去医院?女孩根本不理他,专心致志地哭着。哭了快五分钟,我忍不住走过去对她说,你如果还没准备好就先准备一下,我们让后面的先试。她仍然不理,持续地哭……我实在没法子了,走到门口把守着门的萧乙男叫了进来,让她帮忙劝劝这个女孩。

萧乙男走到她身边没说两句话就明白了。她先叫停了戚少伟的摄影机,"你把机器先关一下"。然后对我和戚少伟,"你们把眼睛闭上"。

我问干吗？

萧乙男说，"让你们闭上就闭上，哪儿来的那么多废话"！

我和戚少伟只好闭上了眼睛。一阵窸窸窣窣的细碎之声中椅子腿又在地上滑动了一下，吱的一声，然后两个人脚步声交错着向房间深处移动而去。我完全下意识地一睁眼，看到萧乙男扶着她朝洗手间的方向移动……我一下反应过来，原来她是来例假了。这个女孩看起来挺懂事的，实际生活经验却很欠缺，自己生理期期间没有任何预防措施就跑出来……

两个人艰难地走到洗手间门口时停下了，牵着的手也松开了，一起转身走了回来。"吉祥物"笑吟吟地走到我面前，导演我这一段演得还行吗？

我就蒙了。

另外的一件趣事发生在男演员之间。

一天上午来了一个男演员。从相貌来看他长得还挺标致，26岁左右，身材修长，留着一头文艺青年式的长发，人却显得很紧张，感觉后面有一个怪物在追着他似的。进来后他先作了一番自我介绍，"我叫纪方周，同济大学影视学院表演系毕业，现在常住湖北武汉"。介绍完后他从身上摸出一张A4纸毕恭毕敬地递到我面前，导演，这是我的身份证复印件。

纪方周自我介绍时用的是一口浓重的近似于武汉地区方言的普通话，让我很诧异。一名正规电影院校毕业的演员，普通话是专业的基本功，如果连语言这一关都没过，他甚至都没资格从事这一行当的。正疑惑着，他又递过来一页身份证复印件，这一下我直接晕了。我对他说，我们面试演员不需要身份证的。

纪方周说，"我不知道，还专门找了一家打印社复印的"。然后说，"反正已经复印了，就留给你们吧，也表示一下我的诚意"。

我只好收下这张身份证的复印件。

在接下去的表演中他显得愈发奇怪。我给的条件是一个城市白领早晨乘坐公交车去上班；公交车开得很慢，眼看着要迟到了，他的情绪越来越焦急……这一段的表演并没有太大的难度，稍有点表演基础的演员都能轻松地完成。他却不然，把这个角色演得那叫一个尴尬。公交车上的他身子紧缩，看人时头埋得很深，眼神游移神情猥琐，怎么看都有点贼眉鼠眼。在他表演过程中我数次叫停，提醒他你是一个城市白领——其实我想说别像个贼似的，但是没好意思说出口。

这个名叫纪方周的演员演了一半就被我打发走了。我怀疑他根本就没上过电影学院。

这一波面试演员的高峰是在第二天到第四天这三天的时间里，从第五天开始面试演员逐渐减少，到了第六天下午几乎没什么人来了。那天下午我闲得无聊正刷着微信，门口光线一暗进来了两个人，一个四十多岁，另外一个二十五六岁。走在前面的年轻人留着一个板寸头，人挺精干的，一身的凛然正气。我顺手放下手机。两个人径直走到我面前,"请问这里是××剧组吗"?

我说是的。你们俩是一起的吗?试哪个角色?

中年人没接我的话,"我们能跟你单独聊一下吗"?

我问你们是?

中年人没搭我的话,指着身边的年轻人说,"这是我的同事小孙。我们找你了解一点事情"。

现在社会交往中的人已经很少听到"同事"这个词了,能用这个词的应该也不是一般的人。我小心翼翼地问,你们是——

中年人高深莫测地"嗯"了一下,"你心里有数就行了……"

这话说得如此高深莫测,使得他们的身份愈发地模糊不辨了,我还不能再问,心里那个苦啊……

当时萧乙男和戚少伟都在房间里,戚少伟在摆弄着摄影机,以为来人是试镜的演员,正准备开机录像。窗台边上萧乙男手持一柄喷壶在给两盆花浇水,见到来人后停下浇花,拽了两把椅子放到桌子边上,"请坐吧"!

两人相继落座,年轻人还礼貌地对她说了一句,"谢谢"!

一听来人这么说话我也有点蒙。我问来人,需要他们俩回避一下吗?

中年人扭头看了一下,"不用,别录像就行"。

那你请说吧!

"是这样……"中年人摸出一盒香烟掏出一根叼到嘴上,旁边的年轻人掏出打火机叭的一声打着火给他点上。我不由得又打量一下年轻人,这样的眼力见,以后不"高升"都可惜了。中年人狠狠抽了一口烟,嘴里一边喷着烟一边说,"我们正在追查一个嫌疑人。据有关线索显示,他最近乔装打扮成了一名演员,可能来过你们这里。不知道你是否能为我们提供一些这方面的线索"?

我说我每天要接待二三十个来自各个地方的演员,我不可能知道哪一个是罪犯,哪一个是演员,甚至很多人的名字我都不记得,这个忙我帮不了。

中年人扭头朝年轻人使了一个眼色,年轻人从怀中掏出一张照片,放到桌子上,用两根手指将照片推到我面前。"这个人你见过吗"?

我低头看了一眼照片。照片上是一张身份证的影印图像,身份证图像上的主人照片很小,但是我一眼就认出了是前两天来过的一位演员,名字应该叫纪什么的,就是那个怎么演都像个小偷的家伙。再看身份证的姓名一栏,里面赫然印着"纪方周"三个字。我本来已经不记得这个名字了,被硬性地一提醒,想想不起来也不可能了。我的心思就乱了。我觉得事情似乎有点不对,却又说不清楚问题究竟出在哪里,只好装着看照片不敢抬头。

对面的两个人见我一直在盯着照片看有点沉不住气了,年轻人先咂吧了两下嘴,忍不住问,"赵导你怎么说"?

年轻人的声音让我蓦然一惊。在此我有必要补充一点,我这个人身上有很多让人(也让自己)匪夷所思的特质,其中的一项就是对声音特别敏感。从我三岁到现在，近四十年的生命过程中，我对所有听过的声音都有着清晰的记忆。三岁时，我能通过门前的脚步声判断来人是谁。长大后，我能在四五十人的场合中通过某个人说话的腔调或者细微的呼吸声，判断出以后是否能和他发生点什么。我甚至有过利用自己的这份特质进军中国流行乐坛的打算。所以一听到这个年轻警察的声音，我便确定在此之前我对此一定是有所耳闻的。可是在哪儿听到的呢？这个问题其实无须多想，眼前的照片上清楚地印着他的头像和姓名，纪方周。可此刻说话的人是坐在我对面的年轻人，他与纪方周并非同一个人。不仅不是同一人，甚至很多方面差异极大。纪方周是长发，而他是短发；纪方周行为猥琐，他却一身正气。这样大相径庭的两个人如何会拥有相近的声线？而声音是骗不了人的，两个人可以合穿一条裤子，但是绝不可能拥有同一条声带；两个人可以狼狈为奸，却无法共享或者拥有同一种声音。如此一推断，结果便不言自明了。那就是年轻人与纪方周是同一个人。纪方周先以演员的身份来试镜，过程中刻意将自己演得猥琐、可疑，可着劲地把自己往死里糟践，然后再以警察身份、辅之以一身的凛然正气，借追查嫌犯之名找上门来，而这一切不过是在向我展示自己的出色演技。想通了这一点我长吁了一口气，抬起头盯着年轻人，你的表演非常成功，如果没有意外你就是我们的男一号了。

年轻人"啊"的一声站起身，隔着桌子朝我一鞠躬，"谢谢导演"！

中年人倒是挺沉得住气，事情发展到这一步依然稳坐一端，不动声色地打量着我，手中的香烟缓慢地燃着，一缕青烟袅袅上升。他最后连抽了两口扔了烟头，慢条斯理地问我，"你是怎么发现的"？

你们计划得很周全，他上次来留的是长发，这次却剃了个板寸；上次说了一口带有浓厚地方方言的普通话，这一次却操着一口标准的普通话，我几乎被完全蒙蔽了。但是一个人的声音是无法改变的，你恰恰是在声音上露出了破绽……

中年人脸上现出一层笑意，抬起双手鼓起掌，"赵导了不起，佩服，佩服"！

我说看你样子应该也是一名老演员了，自我介绍一下吧！

中年人，"不敢！我叫田留文，是一名业余演员，至今一共出演过30多部影视剧。不过戏路挺单一的，30多部戏出演的都是警察一角，熟悉的人称呼我为'警察专业户'。我和方周是亲戚，他是我的外甥，我是他舅舅。这次我们组团前来，是想在赵导的戏里争取一个角色"。

我说你演得很像，有那么一股味道，不亏"警察专业户"的美名。我们的戏里的确有警察的角色，各方面条件要求跟你比较吻合。不过戏份不是很重，你不介意的话就过来帮帮我。

田留文连连说，"谢谢导演！谢谢导演"！

这天过后，演员面试基本告一段落。在此过程中确定了男一号的演员是我们最大的成绩，另外一个意外收获是萧乙男。

萧乙男是众多试镜演员中的一员,演技没说的,对此大家有目共睹,只是因为这部戏里没有适合她的角色才被我忍痛割爱。这一点我是当场就向她表明了的。照理说得此反馈她应该转身走人了。但是没有,她磨磨蹭蹭的一直没有离开,其间还发生了与戚少伟短兵相接的感情纠缠,最后萧乙男顺理成章地留了下来。作为朋友,我总不至于把她撵走吧?戚少伟是单身,如果能就此修得一场姻缘也算我尽到了做朋友的义务。只是觉得他选择的时机不对……

萧乙男就此驻扎了下来。好在她挺懂事的,也没有白吃饭,平时会帮忙跑个腿买个东西订个盒饭什么的,遇到工作紧张忙碌时也能里外张罗迎来送往的。而且因为她是女性,还能帮助处理一些我们不便出面处理的事情。譬如"吉祥物"遇到"生理期"那事——尽管是表演。如果那天不是她在场,我和戚少伟两个大老爷们不急得跳楼才怪呢!

演员试镜结束那天晚上我跟萧乙男聊天,我对她说这一阵辛苦你了,照理说你在这儿帮忙做了那么多事我应该付你报酬,但是我们资金实在紧张就不付你费用了,你要回哪儿,我帮你订个高铁票吧。

她很敏感地,"导演又要撵我走"?

我说没这个意思,主要是我们这个剧里没有你适合的角色。你在这儿泡着也没有意义,去别的剧组看看说不定能找到一两个角色。

上 部

她笑着,"如果我不愿意走呢"?

我一愣,那你想干吗?

萧乙男说,"没有角色没关系,我可以做点剧务和场务的活儿。据我观察咱们这个剧组也不是特有钱的那种,只要你答应我跟组,我一分报酬都不要"。

可你这又是为哪出呀?我问。

萧乙男说,"我二十岁不到就做群演了。在外面这么多年各种各样的人都见过,有些导演、制片人、副导演,还有一些戏霸、群头们从不把我们这些小演员当回事,但是像咱们这样的剧组是我第一次遇到。你们尊重演员,没有外面那些剧组的习气。我在这儿过得开心,所以请导演让我留下吧!一个剧组会有各种各样的事儿,你们肯定也需要人手的。只要让我留下,我保证听从安排。从今以后导演你让我做什么我就做什么,绝无二话"。

我思索了一下,觉得她的话的确在理,一部戏仅仅靠我和戚少伟是不可能完成的。一个剧组就是一架机器,需要各个组件的完美配合。而无论从哪方面来衡量,萧乙男个人能力都不差,放在机器的任何一个位置都能很好地完成自己的职责,这已经是被事实证明了的。我最后说,你如果不觉得委屈就留下吧!

后来发生的一系列事情证明,留下萧乙男是我最明智的选择。一个月之后,我毫无防备地遭遇到了一次背叛,或者说是遭遇到了一次偷窃。我最信任的人贼一般偷走了我苦心经营的一切……那一阵子是我内心最黯淡的时光,整个人如行尸走肉一般,不吃不喝不言不语不眠不醒,心跳停止,体温消失,对时间也失去了感觉……当时留在我身边唯一的人就是萧乙男,最后也是在她的陪伴、扶持和激励下我一点一点地重新振作起来的……

当然,这是后话,我们先且略过。

通过这一轮的演员面试,大部分演员角色基本确定了,最主要的女一号却依然没有着落。来应聘的女演员接近百名,各种类型的都有,有两三个女演员各项条件都不错,但是我总觉得她们与女一号之间还是差了一点什么。

从面试演员工作启动以来,郭霄云郭总全程高度关注,每天都要和我通一两个电话了解进程。他主要关注的还是女一号的人选。这也好理解,女一号不仅是这部电影的演技和颜值担当,还要承担公司产品的代言(代颜)之责。也正因为如此,我在确定女一号时才顾虑重重。

有一天郭总又打电话来问起女一号的事情,我说还在斟酌之中。他笑了,说,"照你这样半年都不可能确定下来的",沉吟了片刻,"要不我给你加点油门吧"!

我问"加油门"是什么意思?

郭总说,"我三天后去南京,三天之内你必须把女一号定下来。我过去后要请剧组成员和主要演员一起吃个饭"。

我连忙对郭总说,三天时间太紧了,要不你再宽松几天,给我一个星期,我保证完成工作。

郭总哈哈一笑,"就三天。三天后我在金陵饭店请你们吃饭。我马上订包间。"

我以为郭总开玩笑。三天的时间实在太紧张了,女一号能不能在三天中确定都是问题,然后还要把几个散落在祖国各地的主要演员召集来南京起码也要两三天的时间,两件事加起来起码要一个星期。我刚放下手机,郭总的微信就到了。是金陵饭店订餐信息,时间真订在了三天后的晚上。这一下我急了,当即叫上咸少伟、萧乙男,三个人坐下来把所有女演员的试镜的视频逐个筛查了一遍,我们一边看视频一边讨论。怎么说呢?来试镜的女演员有 80 多个,人数虽多质量却弱,大多数女演员属于业余表演爱好者的水平,还有一些连"业余"的级别都不到,就是一些充斥明星梦的女中学生。真正具备一定条件的演员不到二十个,而我们要在这不到二十个人中挑出一个能胜任女一号的演员难度可想而知。每一个演员身上都有闪光点,也有不尽如人意之处,演技好的形体较差,演技形体俱佳的台词功底又弱。到最后我们三个人为其中一个演员还起了争执。争执是在我和萧乙男之间发生的,我倾向一个叫周倩的演员。萧乙男说自己和周倩在一个剧组待过,说她基本不会演戏,就是一个"花瓶"。

我说看试戏的视频她好像还行呀!

萧乙男"切"的一声。"就她这水平?我看你整个不懂表演"。

当时已经是夜里两三点钟了。每一个熬过夜的人都知道,再正常的人熬到夜里两三点钟时情绪都已经不对了。平时沉默的人会变得夸夸其谈，温和的人会显得咄咄逼人。听了萧乙男的话我还没吱声，戚少伟在一旁突然发作了，"说什么呢？天下人都不懂就你能是吧"？

萧乙男说，"我跟你说话了吗？没事一边儿玩儿去"！

两个人就这样轻易地接上了火，然后越说话越多，情绪越来越激烈，到最后两个人拍桌子打板凳地恶吵了起来……

一晚上的工作无果而终，而萧乙男当晚搬出了戚少伟的房间，在客厅的沙发上睡了一夜。

第二天我一早醒来，想到女一号还没有选出有点着急，靠在床头给萧乙男发了一条微信，问她如果不选周倩，女一号定谁合适？

萧乙男回复了一个名字，"吉祥物"。

乍看这个名字，我还以为萧乙男打错字了。这个女孩各方面条件都不出众，其他的女演员中有演技比她好的，有气质比她更接近女一号的，还有在台词、形体等方面高出她一大截的……萧乙男怎么会看中她的呢？转脸一想似乎也有道理。虽然她在单项上无一占优，但是综合素质方面也没有明显的短板……我不敢擅自决定，给戚少伟发了一条微信，问如果把"吉祥物"定为女一号是否合适？我没敢说是萧乙男的提议。

戚少伟回复，"我昨天就想提议她的"。

就这样，折腾了近乎一夜的难题被两条微信轻易地搞定了。世界上很多时候就是这样，人聚在一起真未必能得偿所愿，分开反而能收获奇效。我立即布置萧乙男给包括"吉祥物"、男一号在内几个主要演员联系,让他们两天后务必赶来南京与投资人见面。

接下去的两天我们过得很悠闲,从一阵紧张、忙碌、快节奏的生活中脱身出来后,整个人都轻盈了许多。而人一旦轻盈了就会变得慵懒,我们连着两天都睡到中午才起来,吃过饭就坐下来喝茶聊天。我们三个人坐在一起,聊天却一分两半,我可以和萧乙男聊,也可以和戚少伟聊,但是不能同时和他们俩聊;戚少伟可以和我聊,萧乙男也可以和我聊,但是他们相互不聊。自从那天吵架后他们俩不仅不睡在一起了,也没再相互说过话。本来我借的这幢别墅还有两个房间,但是没有床。我跟萧乙男说过,等接待完郭总我就给她配个床,这两天就委屈她在沙发上睡了。其实我想的是,说不定两天过后两个人气消了又重归于好了。

两天的时间一晃而过,转眼到了与郭总约定见面的日子。中午过后萧乙男就承包了洗手间,洗澡、化妆足足两个多小时,再出来时像变了一个人,脸上一层淡妆,穿了一身黑色长裙,感觉要去戛纳电影节走红毯一般。我都看傻了。我说我知道你很漂亮,没想到打扮一下这么漂亮!

萧乙男有点不好意思,说,"我想着和投资人见面,出于礼节应该郑重一些。导演是不是觉得我这样不合适,要不我换一套"?

我说没有,没有,这样挺好的。我看了一眼一旁正玩手机的戚少伟，老戚你是不是也该换身衣服？

戚少伟垂头看了一下自己，说，"我就算了吧"。他穿着一件深色夹克，下身是一条运动裤，脚下是一双看不出原色的浅色旅游鞋。我见他的第一天他就穿着这一身，从没换过。

我说咱们今天是跟投资人见面，出于礼节还是换一套吧，你毕竟是副导演。

他尴尬地一笑，没说话。

我说你别傻笑啊！

他还是尬笑。我突然意识到了什么，看了一下手表，还有一些时间，起身对他说，这样，你陪我跑一趟。

戚少伟说，"去哪儿"？

我领着戚少伟直接去了一家品牌西服专卖店，对店员说给这位先生挑一套合身的西服。

戚少伟这才明白我的用意，连声道，"不用的，不用的，我穿这个挺好的"。

我说老戚你就别跟我客气了！我们的电影肯定是一部杰作，电影完成之后一准会有很多的活动，首映式、电影节红毯、媒体见面会等等……你参加这些活动都需要一套礼服。本来应该给你定制一套的，今天时间仓促就买一套现成的吧，以后有机会再为你专门定制一套。

戚少伟怔怔地看了我一眼，埋头跟着店员试衣服去了。

整个试衣过程中店员态度都很好，脸上始终笑吟吟的，不过做起生意来一点都不含糊。中途她跑来对我说戚少伟的内衣与西服不配，问我要不要再拿一套衬衫。我一看戚少伟的内衣穿的是一件T恤，的确与西服不搭，就答应了店员。过了一会儿她又跑过来说戚少伟的鞋也不对，要不要再拿一双皮鞋？

所以，本来只想一套西服的，最后又买了衬衫、鞋子、领带再到腰间的皮带……

从店里出来时，戚少伟都有点哽咽了，翻来覆去地嘀咕着，"我从没穿过这么贵的衣服……"

我说你想干吗？咱们丑话说在前面，今天的费用以后要从你的酬劳中扣。

一心准备抒情的戚少伟扑哧笑了。

这时电话响了，是萧乙男打来的。萧乙男说，"演员们都到了，我们在工作室等你回来一起走吗"？

我问现在几点了？

萧乙男说快五点了。

我没想到时间过得这么快，想了一下说那你带他们直接去饭店吧，我也直接过去。

上了一辆出租车之后我又给郭总打了一个电话，问他大概什么时候到，郭总说他刚下飞机，一个小时左右可以到饭店。

我们三拨人马几乎是前后脚到的饭店，郭总是最后到的。一进门便客气地向大家连连拱手，"路上有点堵车，让大家久等了！不好意思！不好意思"！

我把郭总让到了上座，他左边坐的是女一号，我坐在他的右侧，挨着我的是萧乙男。戚少伟被安排到主陪的位置，与郭总相对。大家逐一落座后开始走菜。三两个服务员走马灯似的来回穿梭，很快便把餐桌堆满了。另外一个服务员则挨个给大家斟上了酒。我对郭总说，酒菜都齐了，郭总你看我们要不就开始吧！

郭总说，"好啊！好啊"！

我转身对大家，诸位！今天有幸聚在一起，尤其郭总在出差的途中还专程赶过来看望大家，特别辛苦。下面请郭总给大家讲两句话！

郭总朝我摆手，"我和大家还不熟，还是赵导代为致辞吧"！

我连连推让，郭总坚辞不受，如此我只好端起酒杯，起身说道，诸位！首先我代表投资方向大家表示感谢，感谢大家对我们项目的支持。在座的都是很优秀的演员，是我们在众多来试镜的演员中挑选出来的佼佼者。希望大家在这部电影中能有更为出色的表演和发挥，我期待和大家的合作，请大家共同举杯！

大家纷纷起身举着酒杯相互致意然后一饮而尽。

接下去的一个程序是由我领着郭总端着酒杯挨个敬酒，每敬一个人我便为郭总做一个简单的介绍。在此过程中我着重向郭总介绍了四个人，首先是"吉祥物"。我向郭总介绍，这位是浙江的演员，叫熊恩梅，是上海戏剧学院表演系毕业的，出演过很多的影视剧，目前是我们的女一号人选。

郭总礼貌地与她碰了一下杯，抿了一口酒。

我把她的座位安排在郭总身边是有用意的。女一号肩负着代言郭总公司产品的重任，按理说郭总面对她时应该有与众不同的表现才对，起码应该观察一下演员是不是合适代言自己的产品，可是郭总却像对待一个普通演员似的准备一笔带过，这有点出乎我的意料。就在我愣怔之际，"吉祥物"开始出招了。她举杯一饮而尽。一杯酒下去脸色绯红，眼睛愈发亮了。突然，她柔声细语地喊了一声，"郭总怎么欺负人啊"！

郭总一愣，问怎么了？

"吉祥物"说，"人家一口喝完了，你却只抿了一口，这不是欺负人嘛"！

郭总笑了，一仰头把一杯酒喝了下去。

吉祥物转身从桌子上拿过酒瓶迅速给郭总斟上，郭总道了一声谢就要离开，吉祥物说，"郭总还没喝怎么就走啊"？

郭总愣了，"我刚才不是已经喝了一杯了吗"？

吉祥物说，"你那杯酒已经跟两三个人碰过了，那就是别人的酒了，我给你满上的才是我们俩的酒"。

郭总哈哈哈一阵大笑，"你可真是能说会道，好！我喝，一仰头把第二杯酒也喝了下去"。

第二个介绍的是咸少伟，我对郭总介绍说，这位是北京电影学院导演系毕业的高才生，是南京电影制片厂著名导演，拍了很多优秀的作品。这次我花了很大的力气才把他挖过来的，是我们这部片子的副导演，也是我们这部电影的技术担当。

郭总礼貌地和戚少伟碰了一下杯,"辛苦了"!戚少伟激动地一口把酒灌了下去,郭总则轻轻抿了一口酒。

戚少伟说,"不对啊郭总,你这是重女轻男呀"!

郭总下意识地扭头看了一眼"吉祥物",摇头苦笑了一下,端起杯子就要往下灌,戚少伟一伸手将他拦下了。郭总错愕地看着戚少伟,不知道他的葫芦里面卖的什么药。戚少伟也不说话,憨厚地一笑,将自己的空酒杯向前伸出,右手抓住郭总端着酒杯的右手手腕,稍一使劲将郭总酒杯的酒倾倒在了自己的酒杯里,然后快速和郭总的酒杯互碰了一下,一甩头把酒喝下去了。郭总笑了。此刻他的酒杯里只剩下了两三滴酒,他没再犹豫,一口把酒喝了下去,喝完酒后还主动和戚少伟握了一下手,一边握手一边扭头对我说,你的这位副导演挺能干,我们以后要多多倚重。

我对戚少伟说,老戚,郭总对你期望很高,我们这部片子你可得多出力呀!

戚少伟连连说,请两位放心!我一定竭尽全力不辱使命!

我本来还担心今天聚会会冷场,毕竟大家互不相识的。没想到席间气氛始终很热烈,郭总每敬(酒)到一个人,都会像一个石子投进河里,咕咚一声激起一大片水花,即使他转去了别处,那一片涟漪还在一圈一圈地扩散……

在场的演员都不是省油的灯啊!

敬酒过程一直很顺利,不过在敬到男一号演员时出了点状况。我领着郭总转到纪方周面前时,他正在和坐在旁边的萧乙男埋头说着什么。萧乙男先看到了我们,用胳膊碰了碰他。他这才发现我们,端起面前的一杯茶赶紧起身。我向郭总介绍,这位是纪方周,是我们的男一号。

郭总看着纪方周笑着调侃,你这个不对啊?怎么端着茶杯啊?

纪方周满脸堆笑地说,不好意思郭总!我不能喝酒。

郭总被前几个演员奉承得有点虚火上升,半开玩笑地说,看来主演是不肯给面子了咯!话虽这么说,他还是主动地将酒杯与对方茶杯碰了一下。

这时坐在稍远处的戚少伟突然发飙了。他起身走到纪方周面前厉声质问,"你怎么回事?郭总敬你酒你端什么架子?你懂不懂礼貌"?

纪方周虽然没有喝酒但是态度很好,满脸堆笑的。郭总这边也没有打算为难他,还主动和他碰了杯准备意思一下就过去了。却不料戚少伟半途杀出,一副不依不饶的架势,话说得也重,致使气氛陡然紧张起来。尽管如此,纪方周还是礼貌地解释,"戚导您误会了!我体质对酒精过敏,真不能喝"。

戚少伟喊道,"酒精过敏怎么了?喝点酒能要命"?

我劝戚少伟,"老戚算了,既然方周不能喝就不要勉强了"。

戚少伟居然没理我,"继续斥责纪方周,我看你就是目中无人"!

这话显然重了。纪方周把茶杯轻轻放下,脸上的笑意却一点一点消失了。

　　说实话，我也觉得戚少伟有点小题大做。这事本来和他没关系，他犯不着跳出来横插一杠子，把本来渐趋缓和的局面人为地搞得剑拔弩张起来，关键是还无辜地牵扯到了郭总。郭总的身份特殊也特别，既是客人又是投资人。戚少伟这么一折腾，就把郭总架到了一个极其尴尬的位置。他如果息事宁人轻易放过纪方周，就会让戚少伟很尴尬；他如果顺着戚少伟为他铺设的路往下走，逼着纪方周喝酒，又显得自己太过小气没有容人雅量。我在心里暗暗骂着戚少伟。这家伙不知道哪根筋搭错了，非得这时跑出来瞎搅和吗？我一时也不知如何是好了。此时，我的余光忽然瞥到有一双眼睛在盯着我，侧目一看是萧乙男。她坐在座位上一脸坏笑地看着我，我心里一动，把脑袋伸到她面前小声问，你想说什么？

　　萧乙男说，"需要帮忙吗"？

　　我说，你废话！

　　萧乙男对着我耳朵小声说，"给我一个角色我就帮你摆平"。

　　我说你这是趁火打劫啊！手按着她的肩膀直起身看了一下，朝她点了一下头。

　　萧乙男笑了一下，从座位上站起身，端着酒绕过我走到郭总身边，"郭总你好！能请教一个问题吗"？

　　郭总的注意力还在戚少伟和纪方周两个人身上，他惊魂未定地对萧乙男说，"你劝劝他们吧"！

萧乙男说他俩经常为工作争执，别理他们，说着一伸手挽住郭总的胳膊，将他领到了距离酒桌稍远的地方站下了。萧乙男开始说话，一张脸微微笑着，表情生动。郭总则显得很谨慎，一边听萧乙男说着话，一边还扭头朝酒桌的方向张望，并没有在态度上给予萧乙男附和和回应……后来，他似乎被萧乙男的某个话题激起了兴趣，脸上的神情开始松动，显出一丝笑意，还在萧乙男一句话停顿的中途，主动举杯喝了一口酒……

反观戚少伟和纪方周这边，因为郭总的突然离开，一直振振有词侃侃而谈的戚少伟突然有点气馁，像一个演员在舞台上正卖力地表演着，突然发现最后一个观众已离席而去，瞬间丧失了继续表演下去的热情，声调也由高往下急速下坠，几乎自言自语一般，出于某种惯性又不甘中断……

我走过去拉住戚少伟，好了，说几句行了，别耽误大家喝酒。

戚少伟这次没有挣扎，顺从地转身准备回到座位上，却不承想纪方周却来劲了。他追着戚少伟道，"我就不明白了戚导！我不能喝酒怎么就是故作矜持了"？看来他着实被惹毛了。

我扭头对纪方周说，"好了！都少说两句"。强行把戚少伟推走了。

经过这一番折腾，刚刚全场还火热的气氛冷却了，大部分人都停下了吃喝，默不作声地坐在位置上，偶有说话的声音也压得很低，生怕惊动身边的人。全场安静下来之后，正在不远处聊着天的郭总和萧乙男就成了焦点，所有人的视线都聚焦到了他们身上。萧乙男却浑不在意，还在和郭总肆无忌惮大声说笑。两个人不知说到了什么高兴事，同时大笑起来，萧乙男更是夸张地抓着郭总的一只胳膊笑得花枝乱颤。席间的几个女演员似乎感觉被萧乙男抢了风头，看她的眼神都不对了……

我连连喊着萧乙男的名字。乙男！

萧乙男停下说话转头朝我看，"干吗"？

我说郭总是我们大家的郭总，你别老是一个人霸占他，该还给我们了！

……

郭总落座后对我感叹了一句，赵导手下猛将如云啊！

我还没来得及接腔，旁边的萧乙男快言快语地抢过话头，"郭总你答应我的事情可不许赖啊"！

我好奇地问，你们约定了什么事？

萧乙男连说，"郭总你不许说"！

郭总笑了，"好！我不说，我不说"。

萧乙男高兴地大笑，然后又对郭总道，"郭总我还有一件事情"。

郭总说，"你请说"！

萧乙男说，"我们剧组一切准备停当，可就等资金到位开机了"。

郭总对我说，"赵导你看看，你看看你的这位手下，鬼点子多啊"!

萧乙男说:"郭总你还没回答我的问题呢"!

郭总哈哈大笑,"好吧!那我们就痛快点。转向我,赵导你给我一个银行卡号,我马上给你打款"。

我像被人一记重拳砸在胸口,呼吸几乎被砸断了——这一阵子我一直在琢磨着这笔投资,琢磨它什么时候、会在怎样一种情景下到账。我原以为还要有一个再三交涉的过程之后才能有一丝眉目,未曾料到幸福瞬间即到……我连喘了两口气调匀了呼吸,然后张开口鬼使神差地对郭总说了一句,咱们今天只喝酒不谈钱。抓起杯子,我敬郭总一杯!

我的话刚一撂出口,桌子下面的小腿就被人狠狠踢了一脚。这一脚正踢在迎面骨上,一股钻心的疼痛让我闷哼了一声。其实话一出口我便意识到自己或许犯错了,但是根本来不及深究,坐在身边另一侧的郭总已经举着酒杯撞上了我的杯子。砰的一声脆响,我们俩一饮而尽。

应该说这是我距离投资最近的时候,但是因为我的愚蠢而错过了。而机会就是这样,一旦错过便再无机会。后来我和朋友多次探讨过那天的事。我说如果那天我把银行卡号给了郭总是否一定能拿到钱?朋友说也未必。他们认为郭总就没打算给钱。我说那我当时把银行卡给他,他不尴尬吗?朋友说你天真了,如果他不想付钱,会有一千种办法化解尴尬,且能做到不露痕迹。譬如当场给自己财务打个电话,让财务明天一上班就按这个卡号打款，然后暗自发一个取消汇款的消息之类的。总而言之，那天就算我给了郭总卡号，也未必能拿到钱，没给他卡号那就肯定拿不到钱，而我恰恰选择了一条根本拿不到钱的路径。就是这样。至于当时是谁暗中踢了我一脚？答案其实很简单，我们分析一下座位的位置大家就知道了。当时我的左边坐着的是郭总，右边坐的是萧乙男……

尽管中途出现了一些插曲和意外，稍稍影响了一下酒桌上热烈气氛和行进节奏，但是此前发生的一切很快就被大家忘到了脑后，冷却的气氛重新热烈起来。大家后来喝得都很嗨，尤其郭总，被一众女演员围着，你一杯我一杯的。郭总很快喝多了，身体在椅子上左右摇摆，东一下西一下，随时会栽倒在地似的。

我问郭总要不要送他回去休息？他也不回答，身体摇摇欲倒。我看情况不对便强行把他架起来，准备送他回酒店。我扶着郭总刚一起身，戚少伟跑过来说，"你在这边招呼大家，我来送他吧"！

我还没说话，郭总一把搂住戚少伟，"我要跟戚导走！将我使劲推开了"。

戚少伟扶着郭总走了，我追上去叮嘱了一句，慢点啊！照顾好郭总！

戚少伟返身朝我比了一个 OK。

我重新回到座位坐下，瞥到萧乙男正冷冷地看着我。我说你怎么这么一个眼神？怎么了？

她轻声地,"你就这么相信他"?

我一愣,你想说什么?

她垂下头,"没什么"。

郭总离开之后我们又喝了一会儿就散了。大部分演员都自己订了酒店,有两个演员似有难言之隐。我也没多话,让萧乙男帮他们订了两个房间,安排他们住下了。等我和萧乙男回到工作室已经夜里12点多了,进门后看戚少伟还没回来,我随口问了一句,老戚还没回来?

萧乙男冷冷地说了一句,"你以为今天他还会回来"?

我说他不回来能去哪儿?

萧乙男冷笑了一声,"我看你被人卖了都不知道是怎么被卖的"。

这分明是在诋毁戚少伟了。我有点生气地说,你们俩有矛盾别带到工作上来好不好?

萧乙男"哼"了一声上楼去了。我突然想到一件事情,叫住她,对了,问你个事情。

正上楼梯的两条腿停下了,她转过身,"什么"?

我说在饭桌上时你为什么要踢我一脚?

她看了我一眼,"我还想问你呢!郭总当时要给你打钱,你为什么拒绝"?

我说当时大家都在闹酒,我不想破坏大家的酒兴和其乐融融的氛围。

萧乙男说，"你知不知道那笔钱对我们有多重要？你上下嘴唇这么轻巧一碰，可就把快到手的鸭子放走了……"

话也不能这么说。那只鸭子并没有飞走，我只是延迟收款的时间，事情并没有改变。

她摇摇头，"未必"。

我问你为什么这么说？

"这个圈子里很多的事情在没落实之前都是不确定的，你今天错过的可能就永远错过了"。

我说我怎么那么不爱听你这话呢？你就不能说点好听的？再说了，郭总不是你想的那种人。

"他是什么人不重要，重要的是他允诺给你的能否最终兑现"？

"这有什么好怀疑的。你今天也看到了，是他主动要给我打款的"。

"可你拒绝了"。

我不耐烦起来，向上挥着胳膊，算了，我不跟你说了。

她冷冷看了我一会儿，一扭身噔噔噔地上楼去了。

萧乙男上楼后我在客厅里坐了一会儿，抽了一根烟就上楼了。

那天我躺在床上迟迟不能入睡，脑子里一直想着郭总，一会儿觉得萧乙男说得在理，一会儿又觉得有点多虑。但是她有一句话说得不错,对于我而言,郭总允诺的投资越早拿到手越好。这和个人面子无关,完全出于对整个剧组负责的考虑。

这么胡思乱想着,天快亮了我才闭上眼睛,接着就做了一个梦。我梦见我在山下行走,山上有一棵树也在行走一般地向外移动,带着茂密树冠。树冠间有两只鸟,一只在高一点的树枝上,另外一只栖在矮一些的树枝上。两只鸟似乎在商议这棵树的最终去向……那棵树始终跟随着我的行走节奏。我快它也快,我慢它就慢。我一旦停下,树枝间的两只鸟就开始争吵,一只在高处,一只不停扇动翅膀……

我就醒了,似乎是被两只鸟的争吵声吵醒的,醒来后发现自己出了一身汗,全身上下都散发着酒味。我拿起手机看了一下时间,才六点。我想翻身再睡,突然想起郭总,心跳哒哒哒地一阵乱跳,我一骨碌从床上爬了起来。

我先去卫生间冲了一个澡,洗完澡后身上的酒味淡了一些,然后下到客厅坐在沙发上玩起了手机。说玩手机并不准确,拿在手里的手机像一枚燃烧着的火炭,得不停地将手机从一个手倒到另一个手里。我无数次冲动地想要拨打郭总的电话,看看时间实在不大合适,六点多钟给任何一个人打电话都不合适的,只好生生忍住。我从六点半左右开始一直等到七点,又从七点半挨到八点,手机都被手汗浸湿了,时间也湿透了一般一秒一秒地走得异常缓慢。到了八点二十分我实在忍不住了,鼓足勇气拨通了郭总的电话。电话响了两声之后我又胆怯了。即使是八点二十分,电话联系也还是太早了,我又硬生生挂断了。

萧乙男是九点钟起床的,她打着哈欠从楼上下来,看到我吓了一跳。"导演你怎么了"?边问边快步跑到我身边。

我说没怎么呀?发生了什么事了?

萧乙男说,"你脸上白得瘆人,你是不是病了"?

我说你瞎说什么?我挺好的。

"那你脸上怎么有那么多汗"?

我说哪有的事!伸手朝脸上抹了一下,摸到了一把汗,还是冷的,像冰水。自己也吓得一哆嗦。

萧乙男关心地,"要不送你去医院看看吧"。

我说不用,我没事。停顿了一下,补充了一句,我可能是太紧张了。

"你干吗紧张"?

我说我想给郭总打一个电话……

萧乙男一愣,"这有什么好紧张的?打呗"!

我说我怕时间太早打扰人家休息。

萧乙男说,"你这人就是想得太多。想打电话就打,想那么多你不嫌累吗"?朝我伸出手,"把电话给我我帮你打"。我有点犹豫,她一把把手机从我手中夺了过去,翻了两页后找到号码,按了一下拨打键,随即将电话贴到了耳边。

我紧张地,接了吗?

"还没有"。她持续地听了好一会儿,电话自动挂断了。可能还没醒。她把手机扔给我,你等会儿再打,我去弄点吃的。

就这样,我从早晨 6 点钟起床到中午 12 点,一共拨打了郭总约 20 次手机,却无一接通。最后我不得不停下了,原因是对方手机被我打没电了……

12 点半左右戚少伟回来了。我问他你一夜没回去哪儿了?

戚少伟说,"我昨天看时间太迟了,就回家睡了"。

我问昨天你把郭总送到酒店了吗?

戚少伟说,"郭总昨晚没订酒店,他直接叫了一辆车去常州了"。

他去常州干吗?

"他说今天上午在常州有个活动,如果住下来怕第二天来不及赶过去,所以连夜打车走了"。

我说你昨晚怎么不跟我说一声?

戚少伟问怎么了?

我说我一上午给他打了 20 多个电话,他一个都没接。

"可能他在开会或者忙别的什么事,你过一会儿再打试试"。

这话说得没毛病,尽管细究也并不合理,我还是采纳了他的建议。等到下午快两点时我又给郭总打了一个电话,这次手机通了,依然没人接……

我打电话时戚少伟一直在旁边晃来晃去的,几次欲言又止的。我在一次拨打电话停顿的中途问他是不是有什么事?

戚少伟吭哧吭哧地说,"我昨天回家发现我妈妈身体不大好,如果最近这边没什么事我想回去住几天，照顾照顾她"。

我说你怎么不早说？赶快回去。

"那行。这边如果有事你随时叫我"。

我说好的。赶快回去吧。

戚少伟上楼简单收拾了一下就走了，我继续打电话。接下去的两三天里我一有时间就给郭总打电话，开始电话还能打通，到第二天下午之后再打就成了忙音。我不屈不挠地继续打，一有时间就打，明知打不通还打，很多时候我都不记得为什么要打这个电话了，感觉像在完成一种行为艺术。坚持不懈地打了两三天之后，我终于醒悟了，我知道郭总不会再接我的电话了。这一事实让我很沮丧。我把全部希望都押在了他的身上，现在破灭了。明白了这一点之后，我的全身忍不住颤抖了两下，没有愤怒、懊悔、焦虑等等情绪，除了一种浑不着力的无助感，还有冷。我不知道下面该怎么办？又能去哪里？

萧乙男端着两只热腾腾的大碗走到我身前，将半碗泡面放在我面前。"吃一点吧"！

戚少伟离开之后整个工作室只剩下了我和萧乙男了。这两天我精神都集中在拨打电话上，很多时候都想不起来萧乙男的存在。我看了她一眼，你吃了吗？

"只剩一包泡面了，我们一人一半"。她在我对面坐下，双手抱着碗喝了一口汤。抬头问了一句，"还是没打通"？

我点头，以后不会再打了。说出这话时我忽然很伤感，赶紧埋下头吃了一口面。

"也许他真的有事，没法接电话"。

我说你就不用安慰我了，其实你也知道这不是理由。

她没有说话。我忽然想起一件事，停下筷子，从口袋里掏出钱包，掏出里面所有钞票放在桌子上，然后推到她面前。

"你干什么"？她问。

这几百块钱你拿去买一张车票回去吧。

"你又要赶我走"？

我说情况你也看到了，投资人没了，电影拍不成了，你继续待下去已经没有意义。去外面看看吧，说不定还能找到别的机会。

她说，"你这人真是的！这一点挫折算什么呀？我以前认识的导演为了拉到投资，你都想象不到会有多卑微。你啊"！她摇摇头，埋头吃起了面条。

我说有投资我也可以下跪的，可是人家连电话都不接一个，我连跪都没地方下膝盖啊！

她摇摇头，"你不会下跪的，你太爱面子了，就不是做这一行的料"。伸手把钱推回给我，"钱你收着吧，我哪儿也不去"。

我急了，你留在这儿能干吗？

她看着我，眼眶里渐渐有了泪水，泪水在眼眶转了一转便成串地往下滚落……

我说你这是干什么？你别这样！

她说，"我从小就没了家人，十几年来四处漂泊，你让我离开，我能去哪儿呀"！？

我说你没有家？

"爹妈早死了"。

也没有可以投靠的亲戚什么的？

她伤心地捂着脸使劲地摇头，泪水一串一串向下滚落，有一两滴直接落进了面碗里……

我叹了一口气，不是我不留你，我现在真的是自顾不暇了。指着桌上的钱说，实不相瞒，这是我仅有的一点钱了，再过几天可能连泡面都吃不上了。你还是拿着这些钱去买一张车票吧，别因为我的贫穷耽误你的锦绣前程。

"我哪有什么锦绣前程，我就像一根浮萍随风飘零……"萧乙男擦了两把眼泪，"要不这样，我呢在你这儿再住一阵儿。也不白住，我负责打扫卫生，外带负责你一天三顿的伙食，权当抵房租了。你看这样行不行"？

我说你这是图什么呀？

"我不想成天东奔西跑的。我累了，想歇一阵"。

我想了一下，你愿意就住吧。反正丑话说在前面，你不怕饿着就待着吧。

萧乙男破涕为笑，拿起筷子卷了一团面条塞进嘴里，然后咬着满嘴的面条跟我说，"导演你留下我肯定不亏，我是福将，说不定哪天就有人来给你的电影投资了"。

我说我现在只希望自己能不被饿死就行了，拍电影就当是自己做的一场梦吧，以后不会再做了。

萧乙男就这样在我这里驻扎下来。她倒是信守承诺，每天打扫房间买菜做饭。有几次我过意不去，要给她一点菜钱。她死活不收，说除非我是撵她走。

没事的时候——我们大部分时间都没事——我们就聊天，什么都聊的那种聊天。有一天我问她到底多大了？她夸张地，"你怎么能问女孩子年龄呢？太没礼貌了"！

我说你拉倒吧！还女孩儿呢？搁旧社会你差不多该是奶奶了吧？

她说，"我也没那么老吧"？

我说我挺好奇的，你老大不小的了，长得不错，性格也很好，这种女的一般是很多男人做梦都想娶的，你怎么一直没结婚呢？

她"切"的一声，"你怎么知道我没结婚"？

我说这个用脚趾头也能想出来。以你的年龄计算，如果结了婚孩子这会儿都应该上小学了。你现在应该整天陪着孩子学钢琴、古筝、绘画或者报个奥数辅导班什么的，根本就不可能整天居无定所地四处漂泊。

"好吧"。她敷衍了一句，继续扫地，头都没抬一下。

我说你跟我说说你想找什么样的？

她抬起头笑了，"干吗？你想娶我"？

我说我有自知之明,你虽然年纪大了,但是也看不上我这样的。说说条件吧,我看看身边有没有合适的给你介绍一个。

她说,"你这是变着法子想赶我走是吧"?

我说你这就没良心了,我是真想帮你找一个好人家,趁你现在还残存一点好"卖相",再过两年你就只能找普通人了。

她哈哈大笑,说,"像我这样,就算五六十岁了,我一样能找个条件不错的人嫁出去。你就省省吧"!

不知好歹,懒得理你。我抓起手机刷起了微信。

萧乙男偶尔也会跟朋友打打电话相互打听、交换一些剧组海选演员信息和圈内八卦什么的,也出去试过几个剧,基本上都铩羽而归。她上午精神饱满地出去,晚上灰头土脸地回来,回来后往客厅的沙发上一坐半天都不说话。看到她这样我特别开心,会跟她说,你就不该去!

她问为什么?

我说娱乐圈现在是年轻女性的天下。你年龄大了,已经没有和那些年轻人竞争的资本。

她说,"那也未必,影视圈的'四大花旦'比我还大几岁呢,不还在一线"?

我说你不能这么比,人家是20来岁就红了,现在是在吃20多岁时的红利,而你没有红利可吃。

她不服气地,"照你这么说那我再怎么努力都没希望了"?

我说虽然承认这一点很残酷,但是这是事实。你错过了红起来的最佳时机,没有为现在和未来挣到一丝红利,也没有逆风翻盘的人脉资本,随着年龄越来越大,继续在这条路上走下去几乎是死路一条。

她可能跑了一天把脚走酸了,坐在沙发上一边揉着脚脖子一边脱起了鞋子,听到我的义正词严的一番话气不打一处来,一甩手直接把手中的鞋子朝我扔了过来,我只觉得眼前黑影一闪,一偏脑袋那只高跟鞋砸在了我的肩膀上……

我说你疯了?!

她冷冷地,"你嘴也太损了吧?不错!我过去的确错过了一些机会,但是也没有到山穷水尽的境地,现在还能在一些剧组找到机会,即使演不了主要角色还可以演一些小角色或者跑跑龙套。你就不一样了。你能拍片才是导演,拍不成片子你就什么都不是。所以你现在跟我其实也差不多,可能还不如我。等你有能力成为我的资源的时候再用这种口吻跟我说话吧!另外送你一句话,说话不要太毒舌,那属于损人不利己——白开心"。

我觉得她的话有道理。也不知怎么回事,我近来越来越毒舌了,哪句话不中听就爱说哪句,说出的每一句话都跟软刀子似的直戳对方的要害。我不知道自己如何变得如此刻薄了?

可能是我最近遭遇的挫折太多了吧!挫折使人变态。

有一天萧乙男打听到本市有一家剧组在海选演员,一大早起来化妆打扮了许久出门去了,中午还没到又着急忙慌地跑回来。

"你猜!我今天遇到谁了"?她一进门就嚷嚷道。

我问谁啊？

戚少伟。

我说你在哪儿遇到他的？

萧乙男说，"我去试戏的那个剧组"。

他也去找工作了？

萧乙男摇摇头，"我跟你说你别生气啊"！

我说你有什么快说！

那个剧组就是戚少伟的。

我疑惑地，什么叫"那个剧组是戚少伟的"？

他要自己拍片了，已经开始建组了。

我说这小子混得不错啊！自己能拍片了。他怎么不跟我打个招呼呀？我来给他打个电话。抓起手机就要拨号码。

萧乙男大叫一声，"你不要打"！

我扭头问，怎么了？

萧乙男舔了一下嘴唇，艰难地嘟囔了一句，"他的电影是郭总投资的……"

我下意识地，你别胡说！

"是真的"！

我问，他告诉你的？

萧乙男说，"我在那边遇到了'吉祥物'，是她告诉我的"。

她也去了？

戚少伟那边很多人都是从我们剧组过去的。

我的脑袋乱了。此前发生在我周围的种种蹊跷成谜、难以解释的现象瞬间明晰起来。郭总为什么不接我电话了？戚少伟为什么会突然离去？还有那些演员，此前每隔一两天就要给我打个电话问个好什么的，这一阵儿像约好了似的全消失不见了。从郭总、戚少伟再到演员，这一切难道仅仅是巧合？对于郭总的行为我不便置评。钱是他的，他想给谁投资或者不给谁投资是他的自由。不过话说回来，即便不想投资我的电影起码知晓我一声，这不难吧？何苦劳心费力地跟我玩消失呢？这也太有失身份了！演员方面则没什么好说的。人家本来就是奔着这部戏来的，眼见着这部戏拍不成了，扭转腰肢迅速投身另外一部戏是一种职业本能，这一点我能理解。说来说去最让我难过的还是戚少伟。我们是什么关系？那是打断胳膊连着肉的兄弟啊！在没见到我之前他就像一条被冻僵的蛇，蜷缩在世界某个角落奄奄一息。是我把他捡起来捂在怀里，等他醒过来后，却趁我不备先扒了我的投资，又偷了我的演员，从背后狠狠捅了我一刀。他怎么下得了手的？

"导演你没事吧"？

我摇摇头，我没事，不用担心。问她，戚少伟的剧组在哪里？

"在东郊维多利亚大酒店……"

我嗯了一声没再说话。

萧乙男在我周围转了一圈，一副欲言又止的样子。

我问你想说什么？

萧乙男说,"你准备怎么办"?

我说什么怎么办?

"戚少伟对咱们干出这么下三烂的事,你总得有个态度吧"?

我说你的思维好奇怪,你觉得我应该有什么态度?

"对这种下三烂的人不能客气,最好的办法就是以牙还牙,他怎么吞进肚子里的,就把他照着原样打回来。我跟你说,这时候你一定不能软,一定要有态度,否则以后你就别指望在圈子里混了"。

我有点糊涂了,问你不会是准备和他打架吧?

"难道你还想和这种人讲道理"?她咽了一口唾沫继续道,"你不用怕,不用你亲自上阵。虽然戚少伟带走了不少人,我们还有一大部分演员。我跟他们都说好了,只要你一声召唤,他们会立刻赶过来……"

我说你疯了吗?胡闹!简直是胡闹!我们是艺术家,不是街头混混。这种话以后不许再提!

萧乙男"切"了一声,说,"圈子里经常有两个剧组打架的。为艺术打架不丢人"。

我说你不嫌丢人我嫌丢人。

"那你咽得下这口气"?

我说你就别废话了,这事不许再提。

萧乙男咬着嘴唇恶狠狠瞪了我一眼,转身上楼去了,噔噔噔,脚步故意把楼梯跺得山响。你能从她的脚步声里,估算出她内心深切的恨意。

时至六月下旬,到了南京最闷热的梅雨季。天气闷热之下人也易乏,我在楼下坐着坐着就困了,于是上楼到房间躺了一会儿。本来只想打个盹,一觉睡醒发现天已经快黑了,床头的手机呜呜呜地一阵接一阵地震动着——我是被手机的震动声吵醒的。我抓起手机,喂!哪位?

"嘿!是我"。

电话里的声音沉闷喑哑,我却被吓了一跳,赶紧从耳朵边摘下手机看了一下显示的来电人姓名,原来是戚少伟。我没想到他会给我打电话,我认为他这辈子也没脸给我打电话了。我的沉默让电话那头的戚少伟很紧张,他吭哧吭哧地说,"我非常抱歉!前面的事情是我不好,我实在是……"

我不想听他啰唆,说你如果没有别的事情我就挂了。

他一连声地,"别别别!好,我长话短说。你现在能来维多利亚大酒店一趟吗"?

我警惕地,你想干什么?

他艰难地咽了一口唾沫,"是这样,萧乙男领着几个演员跑来要跟我们的演员打架,希望你能来劝劝他们……"

我是在酒店一侧的大草坪上见到萧乙男的,当时的场景让我哭笑不得。不大的草坪上黑压压挤满了戚少伟一方的人,对面是萧乙男领着的三五个人。二三十人对五六个人,五比一或者六比一的比例。这哪里是来打架?整个是来"送死"的。就这样,萧

导演处女作

乙男还盛气凌人地朝对面的人破口大骂，她谩骂的主要对象是戚少伟。面对萧乙男的谩骂，戚少伟并没有任何形式的反应，他背着双手在自己一方的队列之前来回地踱着方步，既不吭声也不让身后的人过去，好像萧乙男骂的是空气……虽然戚少伟没有反应，但是戚少伟身后的一众剧组成员却不甘受辱，他们情绪激动地扯着嗓子与萧乙男对骂，如果不是戚少伟拦着，恐怕一群人早冲上去把萧乙男等几个人撕了……看到我出现，叫骂的双方声音弱了几个分贝。萧乙男没想到我会在这时候出现，瞬间没了声音。戚少伟则暗暗松了一口气，停下了脚步……

我先走到戚少伟一方的人身前，向众人致歉道，对不起了诸位！然后走到萧乙男一方说，你们可真能干啊！跑这儿惹是生非的。

几个人面面相觑，一起看着萧乙男。萧乙男咬了咬嘴唇对我道，"这里没你的事，你让开"！

我说有完没完了？不嫌丢人吗？

萧乙男反问道，"我们没偷没抢的丢什么人"？

我没想到萧乙男敢顶嘴，一下火了。别给脸不要脸，马上回工作室拿上东西滚蛋！

话一出口我就后悔了。我没想恶语伤人的，可不知道为什么嘴一张这类话就自动往外冒。萧乙男不无惊诧地盯着我看了半晌，转身走了……

这一天最终以双方和平收场而告终。

上 部

　　等双方的人逐一退去，偌大的草坪上只剩下我和戚少伟，我们俩默默待了一会儿后我就离开了。刚走了两步，戚少伟快步追了上来。"等等"！

　　我停下，转过身冷冷看着他。戚少伟也站下了，眼神慌乱地看着我，脸上的表情难过地抽搐了两下。

　　是想请我上去坐坐？我知道如果我不先说话他是没勇气先开口的。

　　他嘴里一连声地，"请上去坐坐吧"！

　　我没空。

　　戚少伟脸上的表情又难过地挤到了一起，垂下眼睛小声道，"你听我解释"！

　　我笑了，这事一旦做了就解释不清了，唯一能解释清楚的是不做。

　　"是郭总主动找的我……"

　　我说你这话就更没劲了。这种事没有谁找的谁一说。

　　"我，我只是希望独立拍一部片子，我不想一辈子只做一个看门的……"他的眼中涌上一层泪水，声音也哽咽起来。

　　我一扭头快步走了。我不习惯一个男人当着我的面掉眼泪，尤其害怕戚少伟的眼泪。我觉得当面落泪的行为是一个男人对另外一个男人的感情胁迫和敲诈。

　　回去时我没有乘车，沿着街道慢慢地走着。走着走着，我内心仿佛被某种情绪触动了，瞬间变得脆弱起来。我此时特别想找

导演处女作

一个人聊点人生苦短、儿女情长什么的。我掏出手机翻了翻名单，却找不到一个合适的倾诉对象。我竟然连一个聊聊此刻心境的交流对象都找不到，这让我有点伤感。我最后无意中翻到萧乙男的微信。我犹豫了片刻，还是写下了一句话，"愿意嫁给我吗"？写出这一行字的瞬间我无来由一阵心酸，又默默删去了。

即便萧乙男，也不是我要找的人啊！适合我的人也许并不在我此生的时间里。

一想到萧乙男，我纷乱的思绪冷静了下来。刚才当着众人的面对她说了很多难听话，她会生气吗？她现在怎么样了？我不安起来，走到街边拦下一辆出租车，赶紧往回赶。

工作室的灯亮着，我进门后大声问了一声，有吃的吗？我饿了。但是没有得到回答。客厅里空荡荡的，除了灯光，长条桌上有一张Ａ４纸。我近前一看纸上还压着一把钥匙。那是工作室大门的钥匙，是我后来专门给萧乙男配的。Ａ４纸上简单写着一行字：我走了。谢谢你这一段时间的关照！我心慌起来。我不甘心她就这么离开，我觉得是她在跟我开玩笑。我抓着Ａ４纸转身朝楼上跑，跑到二楼推开她的房门，房间里没有人，床铺收拾得整整齐齐的。萧乙男的一干用品，包括那只硕大的行李箱都不见了。楼下似乎有响声，我赶紧冲下楼，循着走到厨房。一道黑影一闪，一只猫腾地跳上锅台，从一扇敞开的窗户里喵呜一声窜了出去……

确定萧乙男离开之后，我紧绷的神经松弛了下来，没有伤感、遗憾。我觉得这样也好。她本来和我就不是亲戚，之所以产生联系是因为我要拍一部片子，而她是演员。现在片子拍不成了，她再留下来的确也没有意义。我们这一生会与很多人不期而遇，初见时满心欢喜，分开时却翻脸成仇，能悄然而去似乎也算善始善终了吧？

话虽这么说，道理也是这个道理，但是萧乙男的离开还是让我有点不大习惯，这种不习惯会在后来的某个时间点上像疾病一样突兀发作。有一天我上洗手间，一边上厕所一边在微信上和一个朋友聊天。聊了没两句我被惊到了，赶紧准备起身……这时才发现厕纸没了。我朝外面大叫，萧乙男，给我送一筒卷纸。等了半天没有动静，我有点火了，刚要再叫忽然醒悟她已经不在这儿了。那天我在马桶上坐不住也走不脱，尴尬之极。至于后来是如何脱身的我就不细说了，我怕你们知道细节后会羞愧。

萧乙男的离去对我的打击很大，接下去的一个星期我几乎没出过门。我以为只要自己不出门，外面的麻烦就不存在了。事实证明我的想法过于天真了。很多时候即使你端坐家中，应该你承受的麻烦也不会轻易放过你。它会在某个早晨，趁你还在熟睡时像乞丐一样悄无声息地找上门来——

丁零零！丁零零！

那天上午9点多钟我还在熟睡，一阵急促的门铃声把我吵醒了。我闭着眼睛赖在床上没动弹。自从拍片计划黄了之后，我变得慵懒和颓唐，内心不认为未来的时间里会有什么好事找上我，所以对敲门声根本不抱憧憬，觉着只要赖在床上不吭声，来人敲一会儿门就会自行离去。但是没料到来人挺执着的，一声接一声持续不断地按着门铃，一副敲不开门就不走了的架势。我不得已翻身起来下楼开了门。门口站着两个穿黑色西服的人。

"有人在啊"！一个黑衣人说。

"请问你是赵导吗"？另外一个黑衣人问。

我问你们是谁？

两个人没吭声，其中一个转身朝不远处招了一下手。不远处停着一辆轿车，轿车的门开了，从车里走下来一个披着长款皮衣、戴着墨镜的中年人。中年人留着很短的平头，头发已经灰白，身段则又短又肥，整个人就像一个冬瓜。如果加上墨镜以及长款皮大衣的造型，就是一个盗版的某著名影星。中年人快速走近，我挡在门口刚要说话，离我较近的黑衣人伸手一把把我推进了房间，披着皮衣的中年人脚都没停地直接迈进了房间。进了房间，他左右打量一下四周，双肩一抖，皮衣向后飞出，站在他身后的一个黑衣人一把接住了。

眼前这阵仗看得我差点没笑起来。这活脱脱的一个黑帮电影的场景。这几个人跟我玩的哪一出啊？！我试探着问，你们究竟是什么人？是不是来试镜的演员？

戴墨镜的中年人掏出一张照片递到我眼前，"认识这个人吗"？

照片上是一个漂亮女子，我扫了一眼，摇摇头。

看清楚了!

我又看了一眼还是摇头。

中年人朝一个黑衣人点了一下头,黑衣人掏出一张报纸抖开,竖在我面前。"这个跟你说话的女的你不认识"?

报纸上正是报道剧组打架的那一版。他口中说的那个女的就是萧乙男,再看中年人手中的那张照片,照片中女子正是萧乙男。我说对不起啊!照片上与她真人不是太像,我一下没认出来。请问你们找她干吗?

"她在哪儿"?中年人问。

走了。

"什么时候走的"?

走了好久了。

"胡说!中年人突然怒了,一把从黑衣人手中抓过报纸在我面前使劲地抖了两下,几天前她还在这里,你却说她早就走了"。

我说她真的走了。

中年人看都没看我,朝身边的黑衣人,"你上去看看"。

黑衣人上楼去了,我说你们怎么乱闯民居啊?抬腿就要跟上去。我刚一动,站在中年人身后的另外一个黑衣人快速移动两步,挡在了我身前。"你最好站着别动"!他冷冷地说了一句。

我不敢动了,小声嘟囔道,你们这样是不对的!

中年人和黑衣人都没理我。中年人饶有兴致地打量起房间布置来，四处走走看看。他走到长条桌旁时看到桌子上有一把钥匙，还抓起钥匙掂量了两下。我心里还琢磨，难道他知道这把钥匙是专门给萧乙男的？想想也不大可能，就算他是神仙也不可能知道这把钥匙就是萧乙男的。

跑上楼的黑衣人很快下来了，朝中年人摇了摇头。中年人转身朝我道，"这样的话就只能请你告诉我她究竟去哪儿了"。

我说我真不知道她去哪儿了。

中年人玩着手中的钥匙，垂着眼道，"你要这么说就不厚道了。我们只是想找到萧乙男，并不想为难你，但是你非要执迷不悟，我就不好办了……"停顿了一下，突然抬起头，"你这么护着她，不会是和她有什么特殊关系吧"？

我勃然大怒，你胡说八道！我是艺术家，不是那些骗钱骗色的江湖导演。喘了一口气继续道，再说了，我就算要和某个女演员发展一段特殊关系也不会找她的……

中年人饶有兴致地问，"她挺漂亮的呀！你为什么不会找她"？

我说她算什么漂亮。来我这儿试镜的女演员没有一百也有七八十个，哪一个不是年轻光鲜貌美如花？我找什么人不行？犯得着找一个中年妇女吗？

中年人愣怔了一下，哈哈大笑，"你居然说她是中年妇女！哈哈哈……"

我突然发现一个规律，只要我言语上有诋毁萧乙男之意，或者在态度上对她有某种不屑、不敬的表现，中年人就表现得异常兴奋。这个发现让我暗自高兴，虽然我不知道其中原因，但是几乎可以确定凭此一点，也许能避免我可能遭受的皮肉之苦——中年人身后的两个黑衣人一直对我怒目而视的……我已经想好了，只要话题持续我就竹筒倒豆子把萧乙男所有不堪之事全抖搂出来，甚至她和戚少伟之间那段破事也会毫无保留地和盘托出。反正为了自己不吃和少吃苦头我豁出去了。再说这也是事实，我并没有任何的杜撰和虚构。

浅显地又聊了两句后中年人突兀地抛出一个问题，"听你的口气，萧乙男是不是不太适合做演员这一行"？

我说虽然我个人不喜欢萧乙男，但是实话实说作为一个演员她的形象和演技都是不错的。

"那你为什么没有录用她"？

我的这部戏里没有她适合的角色，我也挺遗憾的。

中年人唔了一声沉默了。

我小心翼翼地，你们究竟是什么人？为什么要找萧乙男？是她欠你们钱还是别的什么？

中年人摇摇头，抬起头看了我一眼，"告诉你也没事，萧乙男是我老婆"。

我啊的一声。眼前的中年人谈吐粗鄙，神情夸张，身材因为不良的营养充斥而臃肿不堪，脸上皱纹纵横，透出一丝艰难的生活过往，尽管穿着一身名牌，也难掩此前的生活的坎坷。这样一个人怎么看都与萧乙男搭不上关系的。

"你是不是不相信我们是两口子"?

我说没啊!可能你内在的气质跟萧乙男还是比较契合的……

中年人冷冷地看了我一眼,伸手从外衣内侧掏出一个小红本子扔在我面前,"你自己看"!

我一眼看到红本子上的"结婚证"三个烫金大字,抓起来翻开,内容页的照片上两个人还正是他和萧乙男。我还注意到眼前这个男人有一个很少见的姓氏,寇。

"相信了"?他问。

我点点头,伸手把结婚证递还给他,然后心里一股无名火腾地就熊熊燃烧起来,烧得我直想骂人,破口大骂的那种骂。大家还记得萧乙男当时为了留下对我说的什么话吗?她说她是一个孤儿,举目无亲,居无定所,四处飘零云云。她为了得到一个角色谎话连篇,还隐藏自己的婚史伪装纯情。一想到这些我就百爪挠心,口中苦涩。我怎么尽遇到这种坏货啊?

中年人接过结婚证说,"你现在可以告诉我她去哪儿了吧"?

我说不是我刻意隐瞒你,我是真不知道她去哪儿了。我就把事情的来龙去脉逐一向他诉说了一遍。当然,她跟戚少伟的事我想想还是没说,虽然我特别想说。

中年人沉吟了片刻,那这样吧,"你帮我一个忙,你给她打个电话,随便编一个理由让她过来"。

我说你自己为什么不打?你们俩是夫妻不是?

他低声下气地,"我也不怕你笑话,跟你实话实说吧。我们是夫妻不假,但是结婚这么多年,她在家里的时间并不多,不是在剧组拍戏就是在外面找拍戏的机会。两个月前我在杭州一个剧组找到她,并把她带回家,没两天她趁我出差又偷跑出来了……如果她知道我在这儿,她就肯定不会过来,所以只有请你帮忙打个电话让她过来"。

我说你这是让我帮你骗人。这事我不干。

中年人微微一笑,"这事你干也得干,不干也得干"!

如果不干能怎么样?

中年人说,"我们既不会骂你也不会打你,而且我也可以坐着不动,但是他们(向后一努嘴)毛手毛脚地,不知会不会打碎什么东西"?他话音未落,他身后的两个黑衣人就开始行动了。一个人抓起一个茶杯叭的一声砸在地上,碎了。我还没反应过来发生了什么事,另外一个黑衣人操起一把椅子,向上抡起狠狠砸在了桌子上。桌子上的一些小物品被砸得铛铛铛地向上一阵乱跳,一根椅子腿直接被砸断飞了出去。黑衣人似乎对自己的成绩不大满意,再次将椅子高高抡起还要砸。我已经吓得快尿了,一连声地喊,别砸了!我打,我打。

两个黑衣人停下手,我哆嗦着掏出手机准备拨号码。

在一旁转悠着的中年人说,"把手机放到桌子上,用免提"。

我把手机平放在桌上,打开免提拨了号码,两声长音之后话筒里传来萧乙男的声音,"导演!怎么想起给我打电话了,想我了"？言语中有一种欣喜的轻佻。

我小心看了中年人一眼,别胡说!你现在在哪儿呢?

"我在镇江。怎么了"？

我说你怎么跑镇江去了?

"'吉祥物'在镇江啊!我没地方去,她就让我来她这儿落个脚。过两天青岛那边有个剧组招演员,我们俩准备一块儿过去看看。你找我有事吗"？

这一问把我问住了,我不知怎么回答,抬头求助地看中年人。中年人挥了挥手,意思让我随便编个理由。可我能编出个什么理由呢?

"喂!怎么没声音了?能听见吗?喂!喂"!

见我突然没了声音,萧乙男连声追问,我的脑子跟短路似的一句话都说不出来了……也是急中生智,我说是这样,我有个导演朋友最近要拍一个戏,有个角色跟你的条件特别符合,年龄、形象、气质,感觉就是为你量身定制的。我向他推荐了你,他看了你的资料非常感兴趣,想见你一下,你看有时间吗?

"萧乙男啊的一声尖叫,导演你是当真的吗"？

我说这还能有假吗?他人就在我这儿。你到底怎么说?

"我一点准备没有。那我准备一下,明天一早去南京可以吗"？

我说人家就今天有时间,明天他要去北京,"北电"那边有一批女演员还在等他。你要是想要这个角色马上叫个车过来。镇江离南京也就一个小时的车程。你如果不来我就让人家不等你了。

"我去,马上就出发。请你一定要留住那位导演,我马上就到……"

电话挂断了,我呆坐着半天没动弹,心里难过异常,感觉嘴里塞满了苍蝇,光自己就把自己恶心坏了。内心里一个劲地在问,我是谁?我做了什么?我这是怎么了?为什么要欺骗一个无辜的人?转念又想,人家是夫妻,我这也是成人之美,是善举,何况是她先骗我的……我的情绪在冰火两极之间来回摇摆,一会儿觉得自己好像没做错什么,一会儿又觉得还是有点问题,问题出在哪里又说不清楚。

中年人似乎看出了我的不安,走到我身边轻轻拍了拍我的肩膀。我抬起头问了一句,你们会怎么对待她?

中年人一笑,"我能怎么对她?她是我老婆啊"!

接下去我们都没有再说话。时间一分一秒走得异常缓慢和挣扎,在此过程中,中年人一直在房间里走来走去,他的神情漠然,看不出内心情绪。而那两个黑衣人则一动不动地站在原地,像两根木桩。房间里有一种不合时宜的沉寂……

也不知过了多久,一阵汽车的轰鸣声打破沉寂,由远及近飞驰而至,最后在门口停下了。一个清脆的声音在外面大喊,"导演我来了"!萧乙男脚踏着声音一头闯进房间,一抬眼看见中年人愣怔了一下,脸上的表情瞬间凝固了,突然一个转身就要向外跑,两个黑衣人快速移动堵在了门口……

导演处女作

知道自己跑不掉之后萧乙男冷静下来,转过身直视中年人,"还追到这儿来了!不嫌丢人吗"?

中年人点头哈腰地趋前两步,"我也是误打误撞撞上的。你都出来快三个月了,也该回家看看了"。

萧乙男垂头沉吟了片刻,抬起头对中年人,"我可以跟你回去,你别难为人家"。

中年人一脸谄媚地,"我们真没有难为他。你不信问他"。说着话还扭头看了我一眼。

我看了看地上的茶杯碎片什么都没说。

"那好,走吧"。萧乙男转身出门而去。中年人眉开眼笑,一溜小跑地屁颠屁颠地跟着走了……

整个过程中萧乙男看都没看我一眼。

他们出门去了。一阵汽车发动机轰鸣声之后,我的世界重新沉入寂静之中。

我知道,我和萧乙男的友谊彻底结束了。

我的电影梦就这样无疾而终了。接下来一段时间,是我有限人生中的至暗时刻。我什么也干不了,整天无所事事的随便在沙发上一坐就是一天,脑子里跟灌满了糨糊似的,做什么都提不起兴趣,心中还有一股怒火熊熊燃烧却来历不明。我先以为这股怒火是针对戚少伟的,毕竟他偷了我的机会,致使我行进中的项目夭折了,但是在感情上我似乎并不恨他,奇怪吧?我不恨他只是有些看不起他——想独立拍片可以，自己去外面找投资啊，没必要偷我的机会吧？如果不是针对戚少伟，这一腔的愤怒难道是针对萧乙男的？答案显然也是否定的。我对萧乙男唯一不满之处在于她不应该对我隐瞒婚史。你一个已婚妇女在我面前装什么单身？最后还被老公循着气味找上门来……话说到这儿，顺便说句题外话。我对萧乙男老公身份挺好奇的，一直没想明白他究竟是个什么人。从外表看，他黝黑粗糙、举止粗俗、言语粗鄙、身材短小、身体虚胖、皮肉松垮、嗓音嘶哑，与教授、医生、科学家什么的完全不搭，也不像体育明星、健身教练等等，整个就像一个走街小贩。但是因为有两个面相凶恶、下手迅捷狠毒的保镖守护在侧，也基本排除了这种可能——走街小贩一般没有这么大的排场……如果我内心的怒火不是针对戚少伟、萧乙男的，那又是针对谁的呢？有一天我在沙发上坐了一会儿后突然想上厕所了，站起身顺手抓起长桌上的一张报纸进了洗手间。那天我一边坐在马桶上，一边翻着报纸解闷，翻着翻着就翻到了报道剧组打架的那则新闻。看到这则新闻的瞬间，我的心中一片澄明。我终于知道了困扰我多日的内心的愤怒的来源。出了洗手间后我去客厅找到手机，然后照着报纸下方的一组电话号码开始打电话。电话通了，一个声音问，"你好！请问找谁"？

我说我找一个叫张乐的记者。

"对方问，你是谁"？

我说我是他的老同学，来南京出差，想找他叙个旧。

"他这会儿不在报社,出现场去了。我给你他的手机号吧"。

好的!好的!谢谢你!

我重新按照手机号码拨出去,一两声之后电话接通了。一个男声说到,"你好!哪位"?

我说你是张乐张记者吧?

"我是。你是哪位"?

我说前几天报纸上有一篇两个剧组聚众斗殴的新闻是你写的吧?

"是的。有问题吗"?

我说我是其中一个剧组的导演。据我所知,那天双方冲突是偶然事件,你是怎么抓到这条新闻线索的?

电话里的人没想到我会问这么个问题,"这个我无可奉告"。

那我再问另外一个问题,从你拍的照片来看你当时应该就在现场,而且距离离我不是很远。但是除了双方当事人之外,当时周围并没有围观者,你当时在什么位置?

"记者有自己的工作方式,似乎不用向外人解释吧"?

我只是好奇,你为什么不能亮明身份光明正大地采访,非要躲在暗处偷偷摸摸窥探别人呢?

我的用词彻底激怒了他。"你这人怎么说话呢?亏你还是一个电影导演,一点素质都没有"。

我说我今天不是来和你比素质的。我给你打电话是想跟你说明一件事。那天的事情我开始并不知道,后来得知消息后第一时间赶到现场，阻止了双方可能发生的斗殴事件。但是在你的新闻里却把我说成率领本方演员参与斗殴事件的主导者，这一点有违事实。另外，那天双方的演员的确有过对峙的行为并且双方的情绪都很冲动，但是在双方导演极力劝阻下最终和平收场了。你却将一场对峙生造成了一场斗殴事件，这是严重失实的，对我及双方的演员都构成了名誉损伤，你必须在你们报纸上公开向我们道歉。

"新闻有其自身特性，不能以当事方的角度来揣度。我作为一个新闻记者，自觉秉持了新闻从业者的基本操守。你如果对我的工作有不同意见，可以通过正常的渠道向报社和有关主管部门反映……"

我说我不用向有关部门反映，我就找你了。你必须给我一个解释。

"你要不讲理我们就没什么好说的了。随便你吧！我现在要工作了。对不起"！他说完挂断了电话。

我再拨他就不接了。我最后给他发了一条信息，这事没完。等着瞧！

第二天我直接去了那位记者所在的报社。既然话说到这份上，继续电话沟通已没有意义了。有些事情靠电话是解决不了的，必须面对面去寻求解决。

张记者所供职的那家报社在新街口，单独一幢办公楼。门口一小片空地上停着七八辆车。报社的出入管理很严格，外人根本进不去。传达室靠外侧开着一扇窗口,我凑到窗口前问里面人,师傅!我打听个事。

看大门的是一个五十多岁的老师傅,正在整理刚收到的一批报纸,眼睛都没抬一下地问,"什么事"?

我说我要找一个叫张乐的记者。

"你找他有什么事情"?

我说有点私事。

老人说,"他出去了"。

我问去哪儿了?

老人不耐烦地,"我一个看门的,他们记者去哪里会告诉我吗"?

我再问,那他还会回来吗?

老人抬眼扫了一下门外空地上停着的几辆车,"他的车在,应该会回来"。

既然会回来我就放心了。我从传达室退下来,坐在外面的台阶下一边抽烟一边等。在我抽烟的过程中,有人不停地进进出出。抽了两根烟之后,我突然反应过来。我并没有见过那位张记者,就算他从我面前经过我也是认不出来的……起身又走到传达室的窗口前,师傅!我不认识张记者,如果他回来请你叫我一声。说着话还扔了一根香烟给他。

老人抬头打量我一眼,捡起香烟夹在了耳朵上。一根香烟让老人家对我的态度有所缓和,他甚至笑了一笑。这时正好有一个

30多岁的女人从楼上下来要出门,老人拦住那个人问,"林主任,你知道张乐什么时候回来吗"?

林主任说,"他去扬州采访了呀!回来可能比较晚"。

老人就转向我,"听到了吧?他回来肯定不会早,你要找他改天再来吧"。

我有点不甘心,说他的车不是还在这儿吗?他去扬州怎么没开车呢?

林主任接话说,"他是跟着广告部记者的车走的"。

我没辙了,只得讪讪退下。

林主任出门后直接走向停车的空地,钻进一辆小车,随着发动机一阵轰鸣,汽车缓缓驶出。我见状赶紧走过去拦下了她。车窗摇下,她探出头,"有什么事"?

我说请问一下!这里哪辆车是张老师的?

林主任下巴朝旁边一辆车抬了一下,然后一踩油门开走了。

张乐的车是一辆红色帕萨特。车子应该用了很多年了,全车油漆的光泽渐褪,但是车子保养得很好,车身擦拭得一尘不染。从中可以看出张记者谨慎而有秩序的性格。我觉得面对这样一个有修养的人应该先礼后兵,否则显得自己层次特别低。于是我掏出笔就着一张烟盒纸给他写了一行字:来访不遇,如继续不接电话,我会再来。落款:某某(导演)。写好后,我将纸条夹在驾驶室前的雨刮器上,然后用手机拍了一张照片,并用短信发给了他。没一会儿,我就收到了他的回复:还挺能耐的,居然找到这儿来了!你的留言图片我已经保存了,如果真有什么事发生,这就是证据。希望你能明白!

  这则短信让我顿时火起。我必须干点什么了,否则这辈子在世界上任何一个记者面前都抬不起头来了。可干点什么才好呢?我绕着车子走了一圈,正好这时尿意急迫,于是我转到一个隐秘的角落,对着汽车右后轮胎洋洋洒洒地撒了一泡尿。撒完尿后,我仍然意犹未尽,看到地上有一块半截砖就弯腰捡起来,在手上掂了掂分量,一抡胳膊狠狠砸在了驾驶座前方的挡风玻璃上。我以为一块半截砖下去挡风玻璃就会稀里哗啦地碎一地,没想到挡风玻璃没有破碎或者碎裂,只是在接触的表面留下了一点砖头砸过的痕迹。挡风玻璃的坚固程度出乎我的意料,也让我怒不可遏。于是我再次捡起砖头砸了上去,依然没有效果。我持续地砸了两三下,不仅把自己砸得胳膊酸痛心浮气躁,还把汽车的报警器砸得呜哇乱叫……我就不砸了,掏出打火机啪地打着火,将一舌跳跃着的火苗凑到雨刮器夹着的那张纸条上……

  报警器还在一声接一声地叫着,叫声惊扰到了传达室看门的那位老人,他探出头朝我厉声喝问,"你干什么"?

  我被他的喊声一惊,手一抖,纸条被迅速点燃,火苗一层一层地舔着纸条向上翻卷……老人也发现了情况不对,快步向停车场移动过来。我赶紧扔了打火机撒腿就跑,老人在身后紧追,"你站住!给我站住"!

  我跑得更快了,两耳呼呼生风,一路跑出巷子,拐上大街又跑了一段，大街上商店林立游人如织，也不大适合奔跑。我回头看了看，确定老人没有追上来才停下……口渴了，路过一个奶茶店时买了一杯奶茶，我一口气便把奶茶全吸进了嘴里，剩下一层黑珍珠被我连同杯子扔进了垃圾箱。又往前走了几步，我便走到了一家电影院。坐在影院门口的一个老人朝我喊，"看电影咯，半价，半价。大家走过路过不要错过"。看到我，老人堆起一脸的谄媚招呼道，"先生一看就是艺术家！要不要看一场电影"？

闹市中经常有沿街揽客的小店铺，其中饮食店的较多，也不乏健身、美容一类的商家，但是电影院也用这种方式揽客我倒是头一回见到。我停下脚步好奇地问，怎么？现在电影院也要沿街拉客了吗？

老人对我的用词极为不满，"什么拉客？怎么说话呢"？

我说我不是那个意思，抱歉！

"你到底看不看电影"？

我问什么电影？

"刚上映的一部艺术片。你看了肯定不会后悔的"！

我说我不想看。

老人想了一下说，"要不咱们这样。你先进去看，看完之后你如果觉得电影不行，我不收你票钱，如果看了之后觉得还不错你就给个门票钱，这总可以了吧"？

这倒是可以。不过你这是何必呢！看电影不多我一个也不少我一个，你何苦为了我一个人费那么大工夫？

老人叹了一口气，"唉——不瞒你说，这家电影院是我开的。原先觉着看电影的人还挺多的，以为开个电影院能大赚一笔，没想到影院开了之后，观众寥寥无几，我也是没法子。再说个实话，今天你是第一个观众。生意嘛，讲究的是个人气，说不定你一进场，观众就会蜂拥而至，以后场场爆满……"

我说你都这么说了，那我还能说什么。这场电影我看了。

"谢谢您！太谢谢了"！老人感动地都快哭了。

这部电影讲的是两个男孩的故事。电影开始时，两个孩子被关在一间小黑屋里。小黑屋没有门窗，谁也说不清他们是如何被关进来的，还以为他们俩是从地下生长出来的。两个人的年龄相仿、身高甚至长相都相差不多，他们相互陪伴的同时又彼此仇恨，所有的时间都被用来相互谩骂和诅咒对方……随着时间的推移，其中一个人飞快地成长，另外一个孩子则被时间抛弃，自始至终都维持着一个孩子的样子，而相互间的仇恨则随着时间快速地增长。两个人后来频繁地互殴。说互殴并不准确，准确地说是长大的一方殴打依然是孩子的一方。每次打完孩子后，打人者都会后悔莫及，万箭穿心。他和那个孩子都哭了，他们紧紧拥抱。孩子趴在他的怀里边哭边说，"以后你要打就打我的屁股吧，别打我的脸"。打人者听了后内心针扎了一般，他抱着孩子暗暗发誓，以后不会再动他一根指头了。他要对这个孩子好，要把世上最好的补偿给他，要保护他，不让他受到外界一丝一毫的伤害……可有什么用呢？隔不了几个小时他又会抓住那个孩子一顿毒打……有一次可能把那个孩子的鼻子打破了，流了很多血，那一夜他们是在一股浓烈的血腥味中度过的。

整部电影的背景就是一间黑屋子，电影的情绪阴冷，调性灰暗。我耐着性子看了半个小时就退了出来。需要提醒大家注意一个细节。影片中那个孩子名叫小元。不久之后他将出现在现实中，出现在现实中的你我之间。至于为什么？我无力回答。

或许艺术与现实之间的壁垒并不如我们认为的那样严密和坚固。

我走到大厅时，看见门口的那位老人正和一个黑衣人聊着什么。看见我，老人随手朝我一指，正和他聊天的黑衣人转身朝我迎面走来。

"请问是赵导吗"？黑衣人张嘴问道。

来人似曾相识，一时却想不起在哪里见过。我谨慎地问了一句，你是——

他笑了一下，"我们见过。我们老板让我来接你"。

我突然想起他是萧乙男老公的手下，前一阵跟着那个冬瓜一样的老板去我那里找过萧乙男。

去哪儿？我问。

"去饭店，老板和夫人在饭店等你"。

萧乙男也来了？黑衣人点头。那走吧！我说。

我跟着他走到不远处的巷口上了车。车子启动后拐上街道，

导演处女作

平稳地向前行驶着,没多远便到了一个十字路口,前方的绿色信号灯持续了很久,一直坚持到我们走过之后才转为红灯。从这一个绿灯开始,我们连续通过了三四个绿灯,最后开车的司机都惊叹起来,居然一路绿灯!他说自己从没这么幸运过。扭头对我道,"赵导你是贵人啊"!我开心地回了一句,我其实挺贱的!司机听了哈哈大笑。我本来有一肚子的疑问要问他的,最后也被这一奇迹吸引了注意力,每通过一个绿灯就开始计算下一个路口是红灯还是绿灯,结果毫无悬念地依然是绿灯。有两次远远看着前面信号灯是红灯的,可当我们车子开到近前,信号灯忽然就变成绿灯了,简直神奇到夸张的程度。以至于后来每通过一次绿灯我和司机都会哇哇地大喊大叫欢呼一通,还会伸出手相互击一下掌……就这样一路绿灯畅行了二十多分钟后,我们到了市中心的一家饭店。走进包间时我的心还一个劲地蹦跶不停。

我觉得今天是一个神奇的日子!

包厢里只有萧乙男和她的老公,看见我进来两口子迎上来跟我握手,萧乙男还给了我一个拥抱,"受惊了"!

我问她,你们不是前几天刚回去吗?怎么又来了?

萧乙男老公说,"坐下再聊吧"!伸手把我引到座位上坐下,还拿出两盒"中华"香烟放到我面前。我不抽烟,你自己拿着抽吧!然后他对一旁的服务员说,"上菜吧"。两三个服务员来回穿梭,很短时间上了一桌子菜,另外一个服务员还把我们面前的空酒杯斟上了酒。

萧乙男说,"我们本来已经回家了"。有一天我和我先生聊天时聊到一个事儿,想听一听你的意见,就赶过来了……

我问什么事这么急?

萧乙男老公伸出筷子给我夹了一根排骨,"赵导我先问一句,你的那部电影还准备拍吗"?

我苦笑了一下,投资人跑了,合伙人溜了,连一多半的演员都叛逃了,我现在想拍也拍不成了。

合伙人、演员什么的不是问题。

我说话是这么说,就算能再找一批人手,那资金也是一个头疼的问题。

"只要你想拍,资金的问题我来解决"。萧乙男老公慢悠悠地夹着一根芦笋塞进嘴里,一边说一边咕吱嘎砸地嚼出了声音。

我正端起酒杯要喝酒,被他轻巧的一句话一下砸晕了,耳朵里一片嗡嗡的响声。我放下酒杯连运了两口呼吸,故作沉着地问,寇总的意思是要给我这部电影投资?

萧乙男在一旁插话道,"他就是这个意思"。

我的心被撩拨得再次急跳起来,我端着酒杯颤颤巍巍地站起身,我不管是不是玩笑话,我先干了这杯酒以谢寇总!

寇总笑嘻嘻地,"认识这么久了,你还是第一次这么称呼我。酒先放一放,我有几句话要和你说"。他伸手示意我坐下,然后继续道,"这部电影的投资没问题,但是有个条件不知赵导是否能答应"?

能！我斩钉截铁地说。

"你不问我是什么条件"？

寇总请明言！

"我的条件很简单，咱们这部电影的女一号必须由萧乙男来演"。

我顿时傻了，看看他，又看看萧乙男，不知该如何表态。

"有问题吗"？

我说寇总你没看过剧本可能不了解，剧中的女一号设定的是一个25岁左右的女性，萧老师可能不太符合。

寇总笑着对萧乙男，"人家嫌你老了"！转过头对我道，"的确！她的年龄与女一号之间是有差距，但是通过化妆、服装、造型设计等手段是可以弥补这种差距的，对不对"？

我无言以对，但还是不愿低头，坐着没吭声。

"赵导你认为呢"？见我没有回答，寇总又追问了一句。

"要不给赵导一点时间考虑考虑吧"！萧乙男在一旁插话道。

"这有什么好考虑的！行就行，不行也别耽误时间。我是个粗人，喜欢有话直说。赵导你给个痛快话"！

这一下我像一颗子弹直接被顶上了枪膛，只要手指轻轻一扣扳机，我就会被射出——随便谁的手指，随便对准什么目标。而我尿急了，像小时候在学校参加百米赛跑，一站上起跑线我就会尿急……我起身对寇总说，对不起！我去一下洗手间，说着便一溜小碎步跑走了。等进了洗手间，紧迫的尿意却消失了，我站在小便池前等了许久也没能挤出一滴尿，只好提起裤子去了洗手池前……洗手池上方有一方大镜子，镜子里有个男人，他面色黯淡，心事重重。我们相互打量着，相对无语……我发现他鼻翼一侧新长出了一颗青春痘，红红的，鲜艳饱满，像一粒约两三克拉的红宝石，已经很多年都没长过这玩意了，它从哪儿来的？一颗长得挺逗的青春痘哟！我伸出食指和大拇指轻轻摸了摸它，红肿的表面圆润且光滑，手指能感受到这一份饱满与光滑，它也能体会手指的温度。我来回触摸着它，拿不定主意应该如何面对这突兀的宝石一般珍贵的青春痘。我今年40多了，某种意义上属于我的时间不多了，以后脸上是否还能幸运地长出青春痘不是靠个人努力就能达到的。我轻轻摩挲着、触摸着，三五个来回之后一咬牙，两指相互一交力"扑"的一声将它挤爆了。我呼地长喘了一口浊气，拧开水龙头将手指放到水龙头下冲了一下，掉头走出了洗手间。回到包间后，我站在座位前主动举起酒杯对寇总，寇总，我谢了！

"你同意了"？

我说是的。我愿意和萧老师一起合作！但是有两个问题我想先了解一下。

"请说"！

外面拍电影的人很多，你们为什么会选择我？就算是为萧老师争取一个演女主的机会，只要有投资大部分剧组和导演都会同意的。停顿了一下，继续道，另外一个问题是关于萧老师的。既然你们有这么硬的条件,为什么还要让她辛苦地在外面奔波寻找表演机会?你们直接投一部电影自己做主演不就完了,干吗还要折腾呢?

寇总和萧乙男互相看了一眼,寇总笑着说,"你这两个问题对我们来说其实是一个问题。首先萧乙男一直觉得自己是个好演员,完全可以通过个人的努力找到机会并成就事业。她跟我结婚时是24岁,婚前跟我约定,让她自己在外面闯十年,十年后如果没能出来她就回归家庭不再踏入影视圈,而在这十年中我不能干涉她的事业……"

我看了一眼萧乙男,现在是不是已经过了十年的期限了?

寇总一拍桌子,"问题就在这里。一转眼十年过去了,十年中她只在一些影视剧中出演过几个小角色,大部分角色连台词都没有。按理说到了这一步,她应该兑现承诺回归家庭,相夫教子过日子了。可她竟然反悔了,跟我玩起了捉迷藏。每次好不容易把她找回去,一不留神她又溜了出去,说不演一次主角决不罢休……可关键是她年龄越来越大了,外面能给予她的机会越来越少,而我想要一个孩子,时间再拖下去对我和她都很不利。但是就此放弃这么多年的心血她也不甘心。我们俩就这么一直较着劲……"

那这次——

寇总说,"这次给你投资是她自己提出来的。上次从南京回去后她一直在跟我谈你的这部电影。她说自己见过数不清的电影项目，你的这部电影跟所有的电影都不一样，她希望我能投你的这部片子，并且由自己来主演。说只要演了这部电影，她一生都不再有遗憾……"

我有点感动，转向萧乙男，萧姐！我……

萧乙男翻脸作色地，"叫谁姐呢？你一个四五十岁的大老爷们了管谁叫姐呢"？说着自己"扑哧"乐了，放缓语气道，"导演，我是真心喜欢咱们这部作品，也由衷钦佩你的职业精神。在你身边的那一段时间，我看到你对工作的热忱和投入程度。你一心扑在电影上，丝毫没有圈子里的那些坏习气。我和老公商量了很久，考虑了各种因素，最终决定投咱们这部电影。虽然我不是你理想中的女主形象，但是我愿意在导演您的指导和要求下努力工作，尽一切可能弥补不足，争取一份好的结果。希望你能给我这个机会"！

这一番话说得我内心感动不已。我端起酒杯，能得到你们二位的支持是我的荣幸！我愿意和萧老师精诚合作，努力拍好这部电影。

寇总说，"赵导请等一下！我的话还没说完"。

我放下酒杯，你请说！

"有一点想跟你说明白，我们投资比例只占整个项目预算的五分之四，剩余一部分资金需要你单独承担"。

我问这又为什么呢？你们全额投了不就完了？何必拖泥带水的非要留一部分给我呢？我现在穷得叮当响……

寇总接着说,"我们不是要为难你。这点钱我们完全可以出,我们这么做的目的是让你有一份责任心,不然万一哪天你一不高兴撂挑子走人,我们的投资就全打水漂了"。

我说你们的担心完全没必要,这个项目我花了多少时间、精力和心血,萧老师是知道的。如果有机会让我完成这个项目,我连命都可以搭进去,又怎么可能半途而废呢?

寇总说,"不是不相信你对这个项目的热情,而是你们做艺术的人都容易冲动,这对于我们是不可控的风险。请你也理解我们一下"!

我没好气地说,"反正我没钱"!

萧乙男插话道,"赵导要不咱们这样。现有的资金已经可以启动项目,咱们先拍起来,在拍摄过程中再看看有没有可能拉到一些赞助或者植入广告什么的。我身边也有一些资源,可以帮你一起联系"。

我琢磨了一下觉得她说得也在理。人家已经率先迈出了一大步,我再计较多一寸少一寸的就显得小气了。我再次端起酒杯站起身对萧乙男,我实在不知道该说什么了!从认识到今天,你一直维护我、帮助我,你不愿意我叫你姐,那我就用这杯酒单独敬一下你吧!

萧乙男笑了,端起酒杯仰头喝了。坐下后她看着我说,"导演,有一句话我不知当讲不当讲"?

我说,你跟我还客气什么?尽管说!

萧乙男说，"你曾经说过，如果有人给你电影投资你可以下跪……"

我一愣，不知道她此时提这个话题是何用意？是让我说点好话表表忠心，还是要我给他们俩口子送点礼？我斟酌着词句说，我真的很感激你们二位……

萧乙男定定地看着我没吱声。

我心里咯噔一下，想她不会真的让我给她下跪吧？心里想着嘴里便说了出来。你是当真的吗？

萧乙男一脸的似笑非笑，"你不会一拿到投资就耍赖吧"？

这话已经说得很明确了，她的样子也不像在开玩笑，可是让我一大老爷们当面给她跪下也有点说不过去。我求救地看了寇总一眼。

寇总也有点疑惑萧乙男的用意，见状便说，"她跟你开玩笑呢！来喝酒"！说着话端起酒杯。

萧乙男说，"你别插话！转向我，你怎么说"？

我……

萧乙男摇摇头感叹了一句，"人是不是都这样？想得到一个东西时什么样的狠话都敢说，一旦愿望成真就立刻翻脸不认"？

我吭哧吭哧地说，那你一开始也没说……

萧乙男笑了，"那我们前面说得不算。现在重新来过。导演是这样，我和我先生准备投咱们这部电影，你愿意接受吗"？

我……

萧乙男说,"不着急!你慢慢想"。

看来今天我是躲不掉了,我必须在投资和下跪之间做出选择了。我仰头望了一下屋顶,鼻子酸了⋯⋯

这一天萧乙男最后和我说的一句话是,今天我是你的投资人,今天以后我是演员你是导演。这一点希望你记清楚了!

寇总在南京待了两天后就走了。临走前,他提出把自己乘坐的轿车包括司机留给剧组使用,被萧乙男坚决拒绝了。为此我后来还埋怨她,我说你傻啊?我们一开机就要四处转场,有了车多方便啊!你把他拒了干吗呀?

萧乙男说,"你就只看眼前利益。他那点小心思我还不了解"?

我说他能有什么小心思?

"他派车只是名目,安插司机过来监视我才是目的"。

我哈哈大笑,看来他以前吃过这方面的亏。

萧乙男嗔怒道,"这很好笑吗?这和你有关系吗"?

⋯⋯

就这样,原本已经胎死腹中的项目又活了过来,虽是有条件的复活,毕竟还是活了。

接下去的工作就是尽快建组,并确定开机时间。我和萧乙男花了两天时间梳理了手中的人员名单,剔除追随戚少伟而去的一批人,将能用的人员罗列组合了一下,发现基本的框架还在,只需要个别位置补缺。于是，我们分头给拟定的人员打电话。听到项目复活了，所有人都喜出望外，表态说只要一声召唤他们就立即赶过来。消息一传十十传百，一些原本追随戚少伟而去的人也主动打来电话要求加入。搞得我和萧乙男都很疑惑，不明白他们在那边干得好好的怎么会又生二心？萧乙男简单了解了一番后，得知了一条劲爆的消息——戚少伟的项目黄了，一干人马已经树倒猢狲散。

我还不太相信，问她，你的消息不会有误吧？

萧乙男说，"千真万确"。

我说不对啊！看他们当时的阵势应该是八九不离十了呀！

萧乙男接着说，"可投资人是郭总啊"！

你是说？

萧乙男点头，关键的时候他又玩了那一手，扔下戚少伟和剧组跑了……

记者：对不起，我打断一下！

导演：请说！

记者：那个郭总是怎么回事？为什么两次主动要投拍电影，到了即将开拍之际又临阵退却？

导演：我也说不清他是一种什么样的心理。照理说一个人如果没有投拍电影的打算，就不应该也不会在这类事情上浪费自己的时间和精力，除非他的时间和精力的价值远低于他要投入的资金价值，而时间不具价值的人基本上都不可能是财富的真正拥有者。

记者：你是说他从一开始就没有真正投资的打算？

导演：也有一种可能，他利用投资人的身份进入这个圈子，但是并没有打算真正投拍一部电影，来此只是想为自己寻找某种机会。至于他想要的究竟是什么我不能确定，也许财富，也许别的什么。

记者：你后来和他还有联系吗？

导演：电影开机那天我发了一条微信朋友圈，收到了很多朋友的点赞，其中就有郭总的一条跟赞，其时才发现他一直都在我的朋友圈里，然后就把他拉黑删除了，从此再无联系。

记者：他居然还给你点赞，脸也够大的！

导演：是挺奇葩的。

记者：你请继续！

本来听到戚少伟倒霉的消息我应该欢欣鼓舞的，可是我却一点都高兴不起来，只是恶毒地骂了一句，姓郭的真不是东西！

戚少伟那边的崩盘对我显然是有利的，此前捉襟见肘的人手一下变得充裕了。我用其中的一部分人补强了一些薄弱的位置和环节，还利用剩余人员组建了一个后勤保障组，主要由司机、场务等人员构成，后期又增加了财务、厨师等。这个组由萧乙男直接掌握。建组完毕，接着就要确定开机日期。我和萧乙男商量了一下，决定先把主要演员集中起来排一下戏。然后再通知其他人员进组，影片正式开拍。

演员进组意味着必须先落实剧组驻地，三五十号人总不能睡大街上吧？接下去两天，我和萧乙男分头跑了几家宾馆，最后以极低的价格落实了省教育厅宾馆作为剧组的驻地。

敲定了剧组驻地后，萧乙男开始召集演员，我则利用等待演员的这一段空闲时间带着摄影师满世界堪景。

我的摄影师是南京本地人，叫冯骁，30岁左右，长相俊朗，面部线条却柔和，有一种天然的演员气质，而他最初来剧组也是面试演员的。可能是职业使然，候场过程中一直跟着摄影机转。我就随口问了一句，你是不是学过摄影？

冯骁说，"我是北京电影学院摄影专业毕业的"。

有作品吗？

冯骁打开手机，给我看了两段以前拍摄的电影片段，画面、角度、构图都没的说。我说你摄影是专业级的，怎么跑我这儿跟演员抢起饭碗了？

冯骁嘿嘿一笑说，"很多导演都说我可以演戏，说得多了心里就痒痒了，看到这边招演员就跑来了"。

我说我这儿缺一个摄影师，要不你来做我的摄影师吧！

他有点犹豫，我说只要你能完成工作，我可以给你一个角色。

冯骁高兴了，那行！我跟你干。

导演处女作

冯骁后来与戚少伟走得很近乎，没事时会约着一起拉拉片、喝喝酒什么的。这也正常，两个人都是北电毕业的，有共同的经历和话题。再后来戚少伟另立山头，从我这边带走了一多半的演职人员，但是最可能跟他走的冯骁却不在其中。据说戚少伟当时也拉过冯骁，却被拒绝了。他当时对戚少伟说了这样一句话，"我如果跟你走了，会在赵导面前一辈子抬不起头的"！

就冲这句话，剧组重建后，我第一时间把他找了回来。

我跟冯骁在外面跑了三天，把拍摄景点逐一摸排了一遍。新街口的过街天桥、中华门的城堡、常州恐龙园、扬州瘦西湖……

冯骁说他很喜欢南京的明城墙，想找一个具有老南京风味且能带到城墙的景。于是我们就去了城南，沿着夫子庙一路步行。从瞻园路到南捕厅，又从金沙井到胭脂巷。一开始的路边还挺宽敞，走着走着路径就狭窄起来，巷子上方的天空也相应地变得狭长，依据巷子的宽度割据或者裁缝而成，近似于成语中"坐井观天"的语义。金沙井一带是最具老南京特色的民居群落。这里有狭长高深的古巷，凹凸不平的石子路，还有井台边汲水洗菜的大婶（南京方言称妈嬢），久违的乡音在纵横交错的巷陌延伸……巷子变窄之后，两侧的人家也亲近了许多——因为狭窄而亲近。一个留着络腮胡子的男人捧着一碗热腾腾的面条站在家门口一边吃一边和对面一家的小媳妇说着笑话。他的话很有趣，逗得那个小媳妇咯咯地笑个不停，一边笑一边嗔骂道，"要死了你！当心你老婆回来收拾你"！络腮胡哈哈一笑，吱溜吸了一口面条……

上 部

　　我们后来进了一处大杂院。冯骁发现这个院子是依城墙而建，这正是我们片子可以用到的景。我和冯骁大喜过望。我们在院子里来回察看，讨论了一下可能的机位和角度，并计算着演员的走位空间和路径……

　　我们的到来吸引了院子里一些居民，一个老人好奇地问，是不是这里要拆迁了？他可能把我们当成拆迁办的测量人员了。冯骁告诉他我们是在为一部电影取景，老人嘟囔了一句，不是拆迁啊！回屋去了。但是一些孩子对我们很好奇，一直跟在我们后面。我们快结束时，又有一个孩子从一间屋子里走出来，看到我的瞬间激动地大声叫喊，叔叔！叔叔！冲上来一把抱住了我的腿。

　　我疑惑地，你——是？

　　他说，"你不认识我了？我们前几天刚见过的"！

　　我问在哪里见的？

　　他说，"电影上啊！你忘了"？

　　我脑子飞快转动，灵光一闪，突然想起了一个人——在小黑屋里遇到的那个孩子。顿时心中一慌脸上一热，是你呀！我轻轻拍了拍他。

　　"叔叔你怎么会来这里？你是来找我的吗"？

　　我说我是为工作来找一样东西。

　　"找到了吗"？

　　我说差不多。不早了，我要走了。认出他的瞬间我有点羞愧，为自己在小黑屋里的不堪行为，所以想尽快离开。

听说我要走他更紧地抱住了我。"叔叔！来我家玩一会儿吧"！

我问你家在哪儿？

"就是那间"。他随手指了指院子角落里的一间房子，然后朝房间方向大喊起来，"妈妈！我来朋友了！我朋友来了"！

一个40岁左右的女性从房间走了出来，微笑着跟我打招呼，"你好！你就是小元的那位大朋友？请进来坐吧"！

我没辙儿了，只得顺应着进了房间。

这是一个老式的房间格局，前后两进房间，前进与后进之间只隔着一道门帘。前一进的房间布置简单，只有一张饭桌和一张旧沙发，然后在窗户旁边有一个简单的锅台……

"不好意思！我们刚搬来不久，怠慢你们二位了"！男孩的妈妈似乎有点不好意思，一边在锅台上给我们倒水一边向我们打招呼。

我随口问了一句，你们从哪儿搬来的？

男孩妈妈端着两杯水放到桌子上。"我们是武汉的，两个月前刚调来南京工作。这个房子是临时租的。男孩妈妈说话柔声细语的，感觉挺有修养的"。

我问你是做什么工作的？

"我在一家贸易公司做财会工作。一直听小元说起你。说你经常请他吃饭，还送了那么多的贵重的礼物给他。唉——他刚来南京，周围的孩子欺生，也没有朋友，能认识你真的很高兴……"

我对男孩妈妈所说的内容非常陌生,感觉她是在说另外一个人与男孩之间的交往。我觉得她可能认错人了,刚要张嘴申辩,一抬眼看到一旁的男孩正紧张地看着我。我心里一动就把疑问忍下了。我说小元是个乖孩子……对了,他现在上几年级了?

小元妈妈说,"假期后就升初二了。我们刚来南京,正在给他联系学校呢!南京好点的学校太难进了……"

我点头,还是尽可能给他找一个好点的中学。

……

我在小元家待了没多久就找了一个借口告辞了。我怕时间待久了会暴露我和小元的真实关系。同时我内心始终有一种愧疚感,这份愧疚感让我无法面对小元,所以聊了一会儿赶紧走了。那天小元一直把我送到巷口,他一路上都紧紧拽着我的一只胳膊,生怕我鸟一样突然振翅飞去……

回去的路上冯骁问我怎么认识小元的?

我无言以对。我无力描述我和小元之间真实的交往过程,只轻描淡写地说了一句,他是我一个亲戚。

"怎么变成亲戚了,什么样的亲戚"?

我想了一下说,他是以前的我。

这话是随口说的,说完一琢磨似乎也没说错。我们在时间中如花绽放,我们在时间中层出不穷,每一分钟都会涌现一个新的自己。新的自己一路向前,旧的自己则停留在逝去的时间之中慢慢僵硬。我们是没有勇气回看自己的，更没有勇气面对过去的自己。

最后一天我和冯骁去了上海。

那天下午我们俩站在外滩的外白渡桥的一侧，桥下水面倒映着落日的余晖，桥对面的人行道一侧有一对新人在拍婚纱照，落日余晖映照着幸福的新娘，以及桥面上的匆忙经过的人流……我被一种莫名的情绪触动了，对冯骁说，我们的电影里一定要有今天此时此刻的外白渡桥的场景，场景里也要有一对拍婚纱照的新人……

在回程的途中，冯骁跟我说，"赵导！能跟你说个事吗"？

想说什么随便说呗！

他吞吞吐吐地说，"戚少伟这两天一直给我打电话，想让我帮他跟你说说，他想回咱们剧组……"

我一听到戚少伟三个字脑子便开裂一般疼了。我用手按着后脑勺冷冷地回道，这话以后别再提了。

然后一路无话。

我和冯骁七点左右回到酒店，走到宾馆门前发现萧乙男以及另外两三个演员正在聊着天。我还挺奇怪的，聊什么不能回房间聊呀？窝在门口干什么？看见我来了，正七嘴八舌说着什么的几个人同时停下了，神情怪异地看着我，我刚要问你们干什么呢？突然发现人群中有一个十分熟悉又十分陌生的面孔，你们完全想象不到的一个人——戚少伟。

戚少伟也看见我了，见到我的一瞬间，身体条件反射似的张了张嘴，似乎想和我说点什么。神情中有一丝意外，又有一丝歉疚，以及其他一些难以表述的意味和情绪。我根本没给他说话的机会，一埋脑袋穿过众人的视线进了酒店。

我前脚刚进房间，萧乙男来了。"导演我要跟你说点事"。

我拿起柜子上的一瓶矿泉水拧开喝了一口，如果是跟戚少伟有关就别说了。

萧乙男说，"我还是得说。虽然你们之间有过一些不快，这么久了应该都过去了，能不能别总纠结在过去的时间里"？

纠结不纠结不是我能左右的，他当初对我做了什么你都看见了。你现在劝我别纠结，当初怎么不劝他不要那么干？

"当初的确是他不好，他现在已经迷途知返了，你度量就不能大一点"？

不能。

"他现在活得很艰难……"

他难不难都不是我造成的，跟我没关系。

"你就不能有点同情心"？

我哈哈一笑，想起来了，你们俩有过一段情。看见情郎落魄心中不忍了？那也犯不着找我呀！你家大业大赏他一口饭不难吧？跑我这儿来干什么？

话一出口我自己都愣了。此前我一直以为自己是一个宽厚的人，没料到竟然如此刻薄。

萧乙男定定地看着我,"你无耻"!

说完转身就走,出门时与急匆匆进门的冯骁撞了一个满怀。冯骁一把拽住萧乙男,"萧姐别走"!

我对冯骁,你也来为他说情?

"冯骁说,赵导,本来你和戚导之间的事我和萧姐都没有权力说什么。但是我们跟他毕竟也是朋友,他找到我们,我们也不能推辞。可能的话你就跟他聊一下,聊过之后无论什么结果我们都不会多说什么"。

我看看冯骁,又看看萧乙男。那行!你把他叫上来吧。

冯骁应了一声下楼去了,过了一会儿领着戚少伟走了进来。

戚少伟蓬头垢面的,好像两个月没洗澡了。进门后他怯生生地叫了一声,"导演"!

我说我手上还有事,长话短说吧。你想干什么?

戚少伟以为我会跟他叙叙旧情,完全没料到我会如此直接,吞吞吐吐地说,我想回剧组。只要能让我回来干什么都可以。

我说现在各个部门的位置都有人了,说着话起身在房间走了两步说,剧组准备设一个保安部。你不是干过保安吗?如果愿意就去保安部,如果不愿意……

"我愿意,愿意"。戚少伟一连声地说着,生怕慢一慢被别人抢了去。

那行!从明天开始先在酒店门口站岗,等影片开拍了再负责维持现场秩序。有没有意见?

戚少伟低着头,"没"。

那今天就进组。我对冯骁,你领他去总台开一个房间。

冯骁张了张嘴,一声未吭领着戚少伟走了。冯骁前脚刚出门,一直靠在门口的萧乙男又炸了。"杀人不过头点地,你非得这么羞辱他吗?我看你就是一个变态"。一扭腰身腾腾腾地走了。

第二天一早戚少伟就站到酒店门口开始履职。不知是迫于我的淫威还是故意和我治气,他还特意穿了一身保安制服。我佯装不察,出门看到他时还夸了他一句,这身衣服还挺适合你的!

他回了一句谢谢导演!随手为我拉开了门。

两天后演员到齐了,大部分演员都是通过剧组的试镜选定的,只有少数几个演员是通过特别的渠道邀请而来,其中不乏一些著名的影星。他们名气虽大,在剧中出演的却是一些二号和三号角色。如此设置并非想借他们名气来捧一号男主或者女主,主要目的是为以后影片上映争取一些票房的保证。这种操作涉及影片发行的层面,属于商业运营范畴,与影片拍摄和制作关系不大。关于这方面说起来比较复杂,就不赘言了。大家知道我不是一个看重演员名气的人即可,其他的以后有机会我再详细说。

明星演员中名气最大的当数 J 先生,出演电影中的男二号一角,真正的老戏骨,在圈内具有极大的影响力。即便如此,他也不是男二号的第一人选。男二号最初的人选是北京的一位老演员 Y 先生。可就在准备跟他联系时,突然传出了他去世的消息。这

导演处女作

个消息一下把我砸晕了,半个月左右才缓过劲来。确定Y先生无缘这部电影之后,我只好重新寻觅替代人选。经过一番考察,我盯上了有黄金配角之称的香港演员W先生。他数十年来出品了很多优秀作品,成就了自己的同时也开创了香港电影的黄金周期。我原先以为像这样有名望的演员身价一定是在我的承受能力之外的。而我们的电影是小成本制作,显然是付不起这种级别的演员片酬的,但是他与男二的角色又特别符合。那一阵把我纠结得呀!一会儿觉得算啦算啦,咱们这点钱请不起这种大神级的就找一个价廉物美的演员吧!一会儿又觉得艺术无价,就是砸锅卖铁也不能在艺术上打折扣……就在我无限纠结的那一阵,机缘巧合地遇到了跟W先生合作过的一个导演朋友。听到我的顾虑之后,他说我对老艺术家偏见太深,说W先生名头虽大,人却很和蔼可亲,然后跟我讲了他们合作的一些细节。当初谈片酬时他也很惶恐,觉得自己给不了对方太多的片酬,担心折了老先生的面子。谁知老先生却浑不在意,总是说没关系的啦!我们都是朋友的啦!可他越是这么说我的朋友越是不敢开口。直到电影开拍都没敢谈具体片酬。等到电影拍完了那就得给钱了,我这位朋友很不好意思地给了他一个数字。老先生一看还吓着了,说,"我没想要这么多,你给多了,给多了"。坚持只拿一半。这让我的朋友非常感动,说没想到W老师是这样的人!老先生则说,"你第一次拍电影也不容易,我要支持年轻人的啦"!这件事把我的朋友感动得稀里哗啦的。他跟我说,有的艺人对电影是真的热爱,也很尊重这个职业。

我则关心W先生最后到底拿了多少钱？在我一再追问下朋友告诉了我一个数字，然后把我也感动坏了。按照不成文的规矩，在创作文学作品的过程中，作者应尽可能避免涉及真实人物的具体生活细节，但是今天我要破例一次。我可以如实告诉大家，W先生和我朋友合作的那次拿到手的片酬仅十万人民币。这是自他成名后拿得最少的一次片酬，也是与大陆导演合作中片酬最少的一次。

在得知W先生的实际片酬仅十万人民币后我的信心暴增，当即决定邀请他出演男二号。我请那位朋友立刻帮忙联系。朋友拗不过，掏出手机打了电话，电话通了后和对方寒暄了两句就把手机给了我，让我直接跟他谈。我当时紧张得要命，接过电话后对着话筒说了一句，×老师好！

W先生的名字中有一个"×"字，我激动之下一口叫出了×老师。我的朋友听了哈哈大笑，差点没从沙发上滚到地上。

电话那头的W先生也笑了，紧接着略带调侃似的更正了一下。

我连忙道歉，不好意思W老师！我有点紧张。

W先生的嗓子和口音都怪怪的，一点都不像我们在电影上听到的声音，而且普通话的水平非常差，基本属于不会说话的那种，他说一句话有三分之二我要靠猜……说了半天后我才反应过来，他在电影上的台词都是别人给配的音。

导演处女作

那天在电话里我先大致介绍了一下自己的项目以及男二号角色的一些基本信息。W先生态度友好地听着,偶尔插话问了一些诸如开机日期、拍摄地点等等问题,我一一作了解答。想到W先生这样级别的影星加入剧组,除了片酬可能还会有一些额外的要求,譬如住宿条件、出行条件等等。有一位港台巨星在加盟内地一个剧组时就狮子大开口,要求剧组提供一辆房车跟随在侧。有鉴于此我对老先生说,W老师方便的话可以给一下经纪人联络方式,生活待遇方面有什么要求我可以和您的经纪人谈。

W先生说,"你不用客气的啦!重要的是剧本和角色。你把剧本先发给我看一下吧"!

整个交谈过程有十多分钟,W先生只字未提片酬和生活待遇,他唯一关心的是剧本和角色。

结束电话后我对朋友说,没想到老先生这么敬业。我定了,就是他了。

朋友说,"你们还没谈片酬呢"!

我说不管多少我都定他了,哪怕砸锅卖铁也在所不惜!

接下去一两个星期我和W先生一直保持着联系,一两个星期后突然联系不上了。不久就传出他因身体原因住院的消息,紧接着,没几天噩耗传来,W先生因肝癌不治,辞世而去了……

W先生的突然去世对我的打击是毁灭性的,这种打击不仅让我再次失去了一位与角色适配度极高的演员,还在心理上给我造成了很大的阴影,诱使我将之前去世的Y先生也纳入其中来审视。两个人都是同一个角色的候选人，又都是突然去世。我那段时间陷入了一种绝望的情绪之中，感觉是自己害了这两位优秀的演员。有时候我还会想，我这个人是不是特别背啊？背到了只要跟我沾上点边的人就会很倒霉？

项目恢复后，在重新寻找男二号角色的演员时我依然战战兢兢。遇到有合适的人选，我第一个考察的目标是他的身体怎么样？如果表面上一看就是病恹恹的，即使条件再好也免谈。

J先生就是在这样的情境下出现的。

J先生是著名的小品演员，是"春晚"的常客，几乎每年都能登上"春晚"的舞台。数十年来从未间断，靠着"春晚"这台节目也在观众心目中攒下了极高的名声，说家喻户晓并不为过。在小品之余，近些年J先生也出演过一些影视剧，效果并不是太理想。在银幕上大家都认识他，一下银幕大家还是把他当成小品演员。这让他很沮丧。

有一天我在央视六套看到J先生的一个访谈，访谈中他向主持人大倒苦水，说自己出演了那么多影视角色，观众还是只把他当小品演员。

主持人安慰他说，"小品演员也挺好的！你为什么非要转向电影表演呢"？

J先生沉默了很久，其实我一直喜欢电影，小时候的梦想就是长大以后做一个电影演员，后来走上小品舞台只是为混一口饭吃。现在年岁大了，就想好生演一两部好电影，圆自己年轻时的一个梦,不然就来不及了。

节目末了,J先生面对镜头说,有优秀的导演看了节目后希望能与自己联系,如果剧本优秀,角色也有筋道,自己愿意零片酬出演。

男二号是一个略带喜剧色彩的角色,视觉年龄设置在六十岁上下。这两个貌似简单的设定让我在接下去的演员选择上十分困难。老一辈著名喜剧演员之后青黄不接,掰着手指头都数不出几个来,数出来的个把个还各有局限……关键是这一档的演员多出自相声、小品或二人转舞台,非电影专业出身。就像搞笑和幽默之间存在着极大的差异性,小品和二人转演员与电影演员也有着完全不同的表演路径。J先生虽然是小品演员出身,但是比较以上几个演员却有显著的优势。首先他的视觉年龄正好符合角色的设定。其次他有一定的知名度,某种意义上他的知名度比Y先生和W先生还要大,如果有他加盟肯定会增强影片的票房号召力。此外他个头矮小长相夸张,与年轻英俊的男一号形成鲜明的视觉对冲力。他唯一的不足是在表演上。数十年的春晚舞台习惯让他的表演有不断寻求"炸点"的小品习气。要改变这一点必须转变他的意识。他需要明白一点,他以后面对的不再是现场几百双观众的眼睛,仅面对一个镜头就够了……

拿定主意后我立即通过一个认识J先生的朋友转达了我的邀请,并将剧本请他转给J先生过目。两天后J先生直接给我打来电话,电话里的态度友好积极,一再说能跟我合作他非常荣幸,对剧本和角色都非常满意。

到了这一步，我的愿望似乎已然达成，接下来商讨待遇、薪酬等细节后，便可将角色顺利敲定，可我还有一个担忧没有解决。老爷子毕竟70多岁了，他的身体是否健康？能否承受接下来的拍摄工作？而这些顾虑似乎也无法通过正常途径消除，我总不能让他去医院开一张健康证明。因为这一份担心我迟迟拿不定主意，时间一天天地拖了下来。对于我的不置可否老爷子很着急。他不好意思直接问我，一没事就给介绍人打电话询问结果。介绍人被催得烦了就来问我，说，"你怎么回事？一开始求爹爹拜奶奶的要我帮你联系，联系上了你又爱答不理的了。你葫芦里到底卖的什么药？行就行不行就不行，给人家一个痛快话，别整天吊着人家"。

不得已之下我向朋友道出了自己的担心，我说我担心他的身体。

朋友说，"你这个可就麻烦了，又要找这个年龄的，又担心人家的身体。你也不想想，活到这个年龄的能没一点毛病"？

我说有点毛病我不怕，万一他在我剧组里有个三长两短就麻烦了。

朋友说，"那也不至于吧！这事也不是随随便便就能发生的"。

我嬉皮笑脸地说，这好办呀！你如果能保证他的身体不会在影片拍摄期间出现意外我立刻跟他签。

"这是你们俩之间的事情，别扯上我"。

这天之后中间人就不再来烦我了。因为迟迟没有得到最终结果，J先生沉不住气了，一个星期后突然现身南京。他的说辞是去上海开会，顺便在南京歇个脚看看朋友。晚上约了我和中间人在中心大酒店吃了一个饭。

我以为J先生这次是为角色而来，心里还在琢磨该用什么话搪塞。J先生似乎看透了我的心思，坐下后反复地说，"咱们今天就是朋友聚会，不谈工作"。听他这么说我也就放下心来，跟着大吃大喝起来。

虽然说好了不谈工作，可是一聊起来还是脱不开相关的话题。这也没办法，在座的干得就是这一行当，说完全不聊相关话题也不可能。J先生一直说自己最近很忙，今天去上海，后天要去深圳，月底还要北上参加长春电影节的一个活动。所谓的听话听音，我觉得老是装傻也不行，就找了一个话档对J先生说，J老！我们的项目还有几个细节待落实，等落实之后才能确定你的角色……

J先生摆摆手，"说好不谈工作的嘛！举起酒杯，来干一个"！

一杯酒下去后他意犹未尽，用手抹了一下嘴巴，坏笑着对我说，"其实我知道导演担心什么"。

我笑着问，你都听到什么了？

他哈哈一笑，"你不就是担心我身体出问题吗"？

我下意识地扭头看了一下中间人，中间人趴在面前盘子上专心致志地剥着螃蟹，根本不理我。我没辙了，笑着对J先生说，这都是传闻……

J 先生说,"不管是不是传闻,我今天给你吃一颗定心丸,我的身体你就放心吧。上一部戏在三亚我连续熬了三个大夜,几个年轻人都拼不过我"。

我说真的假的?

我当时就是礼节性地随口一问,J 先生却理解偏了,脸一下涨红了,"导演如果不信我们俩可以比试一下,敢跟我掰手腕吗"?

我当时也是酒喝多了,说掰手腕就不要了。我们剧本有一个情节,你需要扛着醉酒的男一号从天桥上去,走到那一头下去,中途不能停下,你能做到吗?

老爷子说,"这有什么!你把男一号叫来,我扛给你看"。

我说男一号在武汉,一指中间人,你就扛他吧!

中间人连忙说,"你们俩的事情别扯到我"。

老爷子看看中间人,又看看我,坏笑着说,"导演,要不我扛你吧"。说着起身走到我面前,一伸手把我从椅子上直接拎了起来,顺手一扯一拉一弯腰就把我扛上了肩。他扛着我原地转了两圈,然后迈步在餐厅里游走起来,从一个餐桌到另一张餐桌,全然不顾我在他的肩膀上的挣扎……

中心大酒店是五星级酒店,当时餐厅里有四五桌客人,都是温文尔雅的体面人,其中还有一桌外籍人士。被 J 先生这么一闹腾,整个餐厅就乱套了,很多人不知道发生了什么事,惊讶地面

导演处女作

面相觑,有一桌年轻的情侣以为发生斗殴事件,慌不择路地夺门而逃。我赶紧说行了!行了!快放我下来!

J先生根本不为所动,半开玩笑地说了一句,"角色给我我就放你下来"。

我说给你,给你了!

餐厅服务员也赶了过来。先生!请不要喧哗打闹!

J先生哈哈一笑放下了我。

J先生的角色是以这样一种玩笑一般的方式确定下来的。他的出现完美地填补了我的电影中的角色空白,也为这部电影后来的传播和发行形成了良好的支持,我对他的出现一直心存感激。

开机前一个星期,是我为演员制定的准备期。每天上午我都会把演员召集到会议室围坐在一起读一读剧本,并根据读到的段落讲解一下我对表演、台词及情绪调度等具体要求。下午则让演员们自行排戏、揣摩角色、对一对台词等等。眼前的演员高矮不均,环肥燕瘦,像我培育出的一茬庄稼,看着他们茁壮的长势我却高兴不起来。我总觉着在这一拨庄稼中还缺少点什么……

一天下午我正带领着演员排戏,快结束时突然烦躁起来,然后撂下演员走了。我直接去了城南金沙井,快走进巷口看到一群孩子在打架。三四个孩子在围攻一个孩子。我没太在意,扫了一眼继续向前走着,然后被围攻的那个孩子突然哭了起来,边哭边骂,"你妈才偷人!你妈才偷人"!

我觉得声音很熟悉,再一细看果然是小元。我快步走过去大喝一声,你们这么多人欺负一个人吗?都给我走开!

几个孩子扭头看了一眼,呼啦一下全跑了。

小元站在当场伤心地哭着,两只手背不停地抹着眼泪。我蹲下身用手拍拍他,好了!别哭了!叔叔有事找你。

小元慢慢停下了哭泣,哭泣变成了抽泣,"你……找我干……干吗"?

我说小元我问你,你愿意在叔叔的电影里面演一个角色吗?

抽泣停止了。小元一脸蒙逼地看着我摇摇头,又不住地点头。"什么叫角色"?

我愣了一下,发现真没办法一两句话说清楚,对他说,你先跟我走吧,其他的事情我慢慢跟你说。

"那要和我妈妈说一声吗"?

我想想也是。那你回去和你妈妈说一声吧,另外带一点换洗的衣服,这段时间你就住在我那儿。

"你不跟我一块去吗"?

我在这儿等你。

小元回去了,不一会儿小元和他妈妈急匆匆地赶到了。他妈妈似乎有点激动。"不好意思,我想问一下,你要把小元带到哪里去"?

我说我刚才已经跟小元说了,我想让他在我的电影里饰演一个角色。

"你是导演"？

我说是的。

小元妈妈冷冷地打量着我，眼神中掠过一丝疑虑和疑问，试探性地问，"你们拍的是小视频还是微电影"？

这种问话让我很不舒服，没好气回道，我们拍的是院线电影，不是微电影，更不是网红们玩的那种小视频。

"对不起"！小元妈妈歉意地一笑，接着又问了一句，"那你们会给小元钱吗"？

我一愣。我还真没想过这个问题。我说我们的每一个演员都有酬劳的，小元也不例外。不过我们投资有限，可能给不了太多，但是肯定会给的。这一点请放心！

小元妈妈对我的回答似乎很满意，点点头，"你们剧组驻地远吗？我可不可以送小元过去"？

我对眼前这位女会计越来越没有好感了，只是碍于情面才没有发作。我看看小元，小元仰着脸可怜巴巴地看着我。我对她道，可以。

我们很快回到酒店，在酒店门口遇到了一身保安服装扮的戚少伟，导演好！他站得笔直地朝我叫了一声。进了酒店之后，我本来想直奔总台给小元开房间的，看到戚少伟随口问了他一句，你现在的房间是一个人吗？

戚少伟说，"是的"。

我指着小元对戚少伟道，这是刚来的小演员，跟你住一个房间吧。

戚少伟诧异地,"导演!我们片子里没有小演员吧"?

我说我改了剧本,增加了一个情节。你先带他们去安顿一下,安顿好了再领他们去饭店吃个饭。

戚少伟领着他们上楼去了,小元边走边回头看我。

我回到房间打了两个电话,刚准备冲个澡然后去吃饭,门铃响了。我走过去拉开门,来的是萧乙男。"还没吃了吧"?

我说没呢。你吃了没?一起去?

萧乙男说,"我刚从饭店回来。听说你新找了一个小演员"?

我说你见到他了?感觉还行吗?

萧乙男接着又说,"我们戏里没有小演员的戏啊"!

我说我临时有了新的想法,增加了这个角色。

"现在的戏不是挺完整的嘛!怎么突然加戏了?这个小演员承担什么样的角色"?

我说我想让他演男一的少年一角。你看现在的剧本里只有男一青年和老年的戏,缺少男一少年时期的戏。我修改了剧本,增加了一段少年时期的戏,与老年阶段的生活形成呼应,既丰富了剧情,也完善了作品的整体结构。

"这样一来制作和演员等费用就增加了……"

我说这一点我想过了,拍摄制作上、时间和节奏上抓紧一点不会产生多少额外的费用。

"那演员这一块儿呢"?

我跟他们谈妥了,只给一些基本的劳务费就可以了,总数不会超过一万块钱。

"他们同意吗"?

同意了。

萧乙男长吁了一口气。"不过以后遇到这种事情你最好还是先跟我商量一下,别总是先斩后奏的"。

我说好的,好的。下次一定注意!

"末了她不怀好意地问了一句,这个小孩你是从哪儿找来的"?

我问你想说什么?

小元就这样被我硬塞进了剧组。

在所有的演员中,有一个演员很让我头疼。她就是"吉祥物"。

"吉祥物"大家还记得吧?就是在试镜现场表演了一出"例假来了"的女演员。她的创意独特,表演另类、自然、准确,将一个处于特殊生理期的女性的不安、焦虑、手足无措的状态表现得淋漓尽致且极具感染力,刺激并带动着在场所有的男性都有了一种要来例假的冲动。就这一点而言,她的表演无疑是成功的。因为她的这段表演加上她的自身条件也符合,我第一时间将她内定为女一号的人选。后来因为萧乙男携资进组夺走了女一号,打破了我原先的计划,如此我就打算直接放弃掉她。但是萧乙男与她非常要好,出于姐妹情谊坚持要为她安排一个角色,我不得已之下给了她一个女四的角色。严格说来,这个角色其实并不适合"吉祥物"。演员这类人很奇怪,一旦确定了他(她)为某个角色了,他(她)就很难再适合任何一个其他角色了。当然这是另外一个话题,这里就不展开了。拿到女四的角色后,"吉祥物"照样很开心,而看到自己闺蜜得到一个角色萧乙男也很满意,对此结果唯一不满意的人就是我了。那种感觉很奇怪,就好像我原定了一个心仪的婚娶对象,等到婚礼现场掀起新娘的盖头才发现自己错娶了另外一个人,于是心里便百般地不是滋味,百般地如鲠在喉、百般地如芒刺背,像贾宝玉在红楼梦里第 97 回似的心如刀割。

有一天晚上工作结束后我莫名其妙地拨通了"吉祥物"的电话。电话响了两声后,"吉祥物"接了起来,"导演!有事吗"?

我说你来我房间一下。

两分钟后她来了。"什么事,导演"?

我说,"没什么事,想跟你随便聊聊"。伸手朝沙发方向虚引,请坐吧!

"好的!导演"。她走到沙发前坐下来。

我说这几天在剧组还好吗?

"挺好的!导演"。

再过几天就要开机了,紧张吗?

"不紧张,我还挺期待的"。

对啊!你是"老"演员了。

"没有,没有。导演你要多帮助我"。

我笑笑,对自己饰演的角色有什么想法吗?

"吉祥物"被问得一愣,可能以为我要检查她角色的准备情况,说,"我把台词都背下来了,还做了角色分析的笔记。要不我回去拿来请导演看看"?

我说不用。你就说说吧。

"我认为这个角色虽然戏不多,人物关系方面却很重要。她是女一和男一之间的链接点……"

我并没有耐心听她对角色的分析,这不是我今天找她谈话的目的。打断她道,表演上有难度吗?

"吉祥物"怔了一下,顺着我的话题道。"虽然角色年龄较大,我有信心演好她"。

我张了张嘴,没再说话,其实我有满腹的话想对她说,可每到关键点又说不出来。后来的气氛就尴尬起来,我有话说不出口,她也是丈二和尚摸不着头脑,一度还以为我要和她干吗呢,坐在沙发上脸都红了,吭哧吭哧突然冒出一句话,"导演,我有男朋友了……"

接下去的几天,我一没事就会叫"吉祥物"过来陪我坐坐,虽然还是说不出什么。后来这事被全剧组知道了。一天晚上我俩在房间里聊天,萧乙男打来电话问,"在干吗呢"?

我说在聊天。

"我在大厅,你下来一下"。

我就下楼去了大厅。

萧乙男看见我第一句话就说,"你是不是应该顾忌一下影响"?

我问她什么意思。

她说,"你每天晚上都找女演员到你房间干什么"?

我本来还怕萧乙男会疑心别的方面,听到她只是担心男女关系层面我坦然了许多。我说我只是跟她聊聊天,你们别瞎想。

"聊天什么时候不能聊啊?非得深更半夜地到房间里聊吗"?

我说导演找演员聊聊天不是很正常吗?

萧乙男说,"我只是提醒你一下。马上就要开机了,有很多工作要做,不要因为其他的事情影响工作"。

虽然剧组的一些人对我每晚找"吉祥物"聊天颇多微词,但是对我不构成任何影响。我知道自己在做什么,并不会因为别人的猜疑和不快而改变自己的方向和行程。

尽管决心已下,可是如何把事情向她挑明却依然是个难题。这其中的重点症结不在我或者她,它牵扯到另外一个关键的人物和关系,一着不慎便可能满盘溃败。因为有此担心,很多的话我都无法向"吉祥物"明言。我像一个满怀恋情的少年,有着面对爱恋对象时的慌张与无力。

随着聊天的持续,最初一两次的略显紧张之后"吉祥物"也放松下来。有一天她和另外一个演员对戏回来晚了,居然抱着一堆衣服跑到我房间。我问你抱着衣服来干吗?

"吉祥物"说,"我回来晚了,来不及冲澡,怕你等久了不高兴,就先来你这儿了,我们可以边洗澡边聊天"。

我大脑瞬间混沌了,面露难色道,这样……好吗?

她一愣,"想什么呢?!我是说我洗澡的时候门就不关了,这样洗澡的同时也不耽误聊天"。

为掩饰尴尬,我故作轻松地说,早说呀!害我空欢喜一场。

……

接触久了之后,"吉祥物"渐渐放松下来,我们后来的话题开阔起来,电影、生活、朋友什么都聊。有一天我们聊到国内影星,我主动抛出话题,让她评价一下当红的几位女影星的演技。

她面露难色,"这不太合适导演。我跟她们同在一个圈子,有几个人还是好朋友。我说什么都不好"。

我说女的不好说,那你说说男演员总可以吧?

她大大咧咧地,"那没问题。导演你想让我说谁吧"?

我说男演员不就那几个嘛,你挨个说。

"吉祥物"歪着脑袋想了想,直言不讳地侃侃而谈起来,"A的表演过于油滑,有过度表演嫌疑,并有以此掩饰自身条件不足的意图。B后来的表演失之于'霸道',戏路反而显得狭窄。这样的表演路数适合演绎一些霸道总裁之类的角色,而他年轻时饰演的一些角色对于他自身而言终成绝唱"。聊到C先生时她的脚痒了,她在沙发上盘起腿,用手扳开脚丫子看了看,完了还把手凑到鼻子前闻了一下。我直接看傻了,她却浑不在意,放下脚继续道,"C老师的表演太过生活化,他怎么活的就怎么演。这种表演的好处是真实，易于拉近与观众的情感距离，但是也局限于此，一旦有超出他生活经验范畴的角色他便无力驾驭了……总觉得他和前一位之间有某些相近的艺术追求"。

这几位男演员都是国内顶尖的影星，平时被各种媒体众口一词地捧着，在观众的眼里更是神一般地存在，今天却被一个二三线的小演员轻描淡写的几句话击中了要害……这不得不让我对她刮目相看。一个演员在专业上能有如此洞见，自身的专业素养自不待言。我暗自高兴，庆幸自己没有选错人。如果说此前我对自己的选择还有些许犹豫的话，今天她的表现让我彻底放下心了。就着兴致我半开玩笑地问她，我想把你的角色调整一下你觉得如何？

"吉祥物"好奇地问，"调整，怎么调整"？

你来演女一号吧！

"女一号不是萧姐的吗"？

可是她不适合饰演这个角色。

"但是她还是女一号"。

是。

"这是什么意思啊，一部戏里难道有两个女一号"？

只能有一个。

"那我就不明白了。你究竟怎么想的"？

很简单。本来你是我们选定的女一号，后来因为萧乙男带资进组直接绑定了女一号的角色，你才被调整成了女配。我对这一

导演处女作

既成事实一直心有不甘。所以想最后争取一下,看看还有没有这种可能……

"为什么要这么做"?

为了艺术。这是我的第一部电影,很可能也是我的最后一部电影。我不想为这部电影留下遗憾。

"可这样一来,对萧姐是一种伤害,这一点你想过吗"?

我沉吟了一下,每一个艺术从业者自踏上艺术之路起就一直在牺牲,有的人牺牲了现实的生活,有的人牺牲了尊严……一切都是自己的选择,没什么好说的!

"为了自己利益而牺牲别人,是不是太自私了"?

我笑了,那么一个人仗着有钱,买到本不属于自己的东西算不算是一种欺行霸市?

"愿打愿挨的交易是一种商业行为。你如果看不惯这种行为,从一开始就可以拒绝"。

我笑了,你也太幼稚了。我如果拒绝,这部电影就拍不成了,也不可能有我们现在的这场对话。

"这是另外一个层面的问题,二者不可混为一谈。作为交易一方,萧姐有权在交易过程中提高要价。让你不高兴的一点其实在于她的要价高出了你的心理预期,某种程度上可能也的确压缩了你的'赢利'空间。你却因为急于成交而不得不接受这份要价,所以心中有气。但是整个交易过程中,萧姐自始至终都是受交易规则制约的。正常的情况下你可以跟她讨价还价,譬如她投资 800 万要一个女一号的角色,你也可以以女一号为条件让她额外加价,或者以女一号之外的某个重要角色作为彼此交换的条件。你的问题是在交易过程中为了得到自己渴望的结果任由别人压价,等拿到结果了又想运用非正当的手段索回当初允诺对方的那份'利润'。这在性质上已经改变了,由当初的商业行为改变成为一种'欺骗'和'偷窃'。你这样对萧姐是不公平的"!

她的一番分析让我有点恼羞成怒,我说我们不扯别的,你直接告诉我这个角色你演不演?

"吉祥物"垂下头说,"我不知道。一号主角对每一个演员都有吸引力,很多的演员一辈子都没有机会演一次主角……但是这一次的机会牵扯到很多别的因素,我需要考虑一下"。

她的反应出乎我的意料。我原以为只要我抛出女一号的诱饵,她就会鱼一般地跃出水面,然后一口吞下……这时一股怒火腾地冲上了我的头顶,可刚要发作,我又觉得不妥。于是我缓和了一下情绪,故作老成地说,这样吧!离开机还有两三天的时间,开机前你给我一个答复好吧?

就在这两三天中,围绕着"吉祥物"还发生了一桩突兀的事件。

这桩意外出自"吉祥物"的男友身上。

此前"吉祥物"以为我对她有所企图,坦言她已经有了男友的事实。据称,她的男友是浙江大学的一名研究生,追了她两年多,前一阵两个人才确定关系。虽然确定了关系,那位研究生对她始终不大放心，总怕她在外面惹出什么绯闻。这次"吉祥物"进了剧组之后与他的联系少了，让研究生嗅到了一丝危险。知识分子脑容量比常人大，有什么事喜欢自己憋着劲瞎琢磨。于是某一天晚上，他在没有任何照会之下乘坐高铁从杭州来到了南京。他此行的目的是想给女友一份惊喜，还是有别的意图，现在已无从考察了。到了剧组驻地后，已经是晚上八点多了，他顺利敲开了"吉祥物"所在的房间门。与"吉祥物"同住一间房的是一个年轻女演员，她可能不知道研究生与"吉祥物"的关系，或者知道他们之间的关系，但是想故意制造事端。她告诉研究生，"吉祥物"去导演房间了。一个女演员晚上去了导演的房间，这本来就极易让人浮想联翩。研究生听了后心一沉，但是他什么也没表示就走了。照理说正常人遇到这种事其实也好办，掏出手机给对方打个电话告诉她自己已经在她房间门口……他不仅没打电话，干脆缩在一个隐蔽角落里，等着看"吉祥物"什么时候回来。恰巧那天我和她喝了一点酒，聊了一会儿都有点困了，两个人躺在床上昏昏沉沉地睡着了……

那天研究生一直等到夜里两点多钟才离开，经过大厅时遇到了值班的戚少伟，研究生含着热泪把"吉祥物"送给他的定情物——一块手表交给了戚少伟，托他转交给"吉祥物"，然后挥泪而去。

第二天，戚少伟第一时间拿着那块手表找到我，并把昨晚的事说了一遍。然后请示道，"导演你看手表是放你这儿，还是由我给'吉老师'"?

我明白他的意思,他这是在向我示好,同时暗示为了我,他可以做出两种矛盾的,且毫无逻辑的任何一种选择。我听了暗自好笑。他可能以为抓到我和"吉祥物"的把柄了,心里却不想承他这份情,直接说你把手表给她好了。

我的回答让他很失望,转身欲走又欲言又止。

我说你还有什么事?

"导演!有几句话我不知该说不该说"?

想说就说!

我觉得你在演员角色安排上不是太合理……

我没料到他会说出这种话,强作镇静地问,你是听到什么传言了?还是自己的看法?

"是我个人的观点"。

那你认为我在哪个演员的安排上不够合理?

"我觉得你用萧乙男演女一号不合适,由'吉祥物'出演这个角色更合适"。

我大吃一惊,你胡说什么?赶紧忙你的事去!我不想自己深藏于胸的秘密被一个保安一眼看穿。

戚少伟没动,"其实导演你自己心里也明白。我只是提醒你一下,现在电影还没开拍,如果改主意还来得及……"

话说到这份上再兜圈子就没意思了。我叹了一口气,我何尝不知道?我是没办法啊!钱是萧乙男的,这笔投资直接绑定了女一号的角色,你不给她这个角色就没有这笔钱……

戚少伟说,"既然如此你还找'吉祥物'干吗呢"?

我说我是不甘心。好不容易可以拍一部自己的电影了,却又有那么多限制,我就像一个即将要上台比赛的拳击手,上台前才发现被绑住了双手。这时,我看了戚少伟一眼,对了!你不是和萧乙男有那一层关系吗?要不你帮忙去和她说说,只要她愿意让出女一号我可以给她任何补偿。

戚少伟说,"你也太天真了。我跟她有关系是因为当时我是副导演,现在我只是一个保安了,平时连个话都跟她说不上。而且就算我能跟她说上话,她会因为我放弃女一号的角色?这些女演员太知道自己要的是什么了,一旦抓到自己想要的是不会轻易撒手的"。

那就没办法了?

戚少伟说,"办法倒是有一个"。

什么?快说!

"你听过'套拍'吗"?

我摇摇头,什么套拍?

"'套拍'是指在一部电影拍摄期间,利用已有的各种拍摄资源,譬如场地、器材、人员等条件,交叉拍摄另外一部电影"。

这个我倒是第一次听说,可和我们说的事情有什么关系?

戚少伟说,"你如果实在不甘心的话可以借鉴这种方式试一下"。

我说我不大明白，你具体说说。

他说到，"咱们这样，分两个摄制组，一个明一个暗。萧乙男所在的那一组为明，一切都按预定的计划拍摄；'吉祥物'所在的第二组为暗，与萧乙男那一组错开时间和场地，也拍女一同样的戏份。当然前提是封锁消息，除了相关人员之外任何人不能透露第二组的拍摄信息，尤其要避免萧乙男知道。这样的好处是在资金不增加的情况下，咱们实际上拍了两个女一的戏"。

我说你这是什么鬼主意？我现在纠结的是用什么办法用"吉祥物"把萧乙男替换掉，不是要拍两个女一号的戏。

戚少伟说，"你现在不是没法摆脱萧乙男吗？按我的方案准备好两个版本，等到电影拍完，你尽可以按你的意愿挑自己满意的版本用。可以是萧乙男主演的版本，也可以是'吉祥物'的版本。就算你最后选择了'吉祥物'的版本，萧乙男那时也拿咱们没辙了。你说是不是这个理"？

这……这……不是骗人吗？

"我们先不作道德标准判断，合适不合适放在最后再衡量。如果到那时你道德感爆棚，觉得拿人钱财就应该兑现承诺，你就用萧乙男的版本；如果出于艺术上的考虑想为自己的作品质量负责，就用'吉祥物'的版本。最终的决定权完全在你掌握"。

戚少伟的话虽然有点匪夷所思，但是也有理有据，关键也颇具操作性。我沉吟片刻问了戚少伟一个问题。用什么样的理由组建第二个摄制组，而不至于引起别人的怀疑？

戚少伟说,"以拍摄空镜头为由,把第二摄影师调出来担任这一组摄影师。我们这部 90 分钟时长的电影也的确需要大量的空镜头,增设一个摄影组完全说得过去,不会引起怀疑"。

我再问,我要主持第一组的拍摄,肯定无法分身,第二组由谁主持?

戚少伟说,"你如果信得过我就把这一组交给我。我保证不辱使命"!

随后数日其他各个部门人员陆续进组入驻。最后就位的是器材组,两辆封闭大卡车外加一辆中型面包车,车里塞满了各种器材。当天晚上剧组组织了一场开机宴。宴会开始后萧乙男让我给大家说两句。我坐在座位上摆手说,我就不讲了吧!

萧乙男说,"你是导演,总得说两句吧"!

我看看萧乙男,果断起身,那好!我说两句。环顾了一下四周,大声地问,戚少伟呢?戚少伟在哪里?

戚少伟和一群驾驶员、场务等人员坐在靠角落的一桌,听到我叫他,赶紧起身答道,"导演我在这儿"!

我朝他招了招手,老戚你过来!

戚少伟跑过来,"导演!有事吗"?

我对坐在身边的一个女演员,麻烦你跟戚老师换个位子,我们要说点事。

女演员愣怔了一下,不情愿地离开了。

上 部

我搂着戚少伟的肩膀大声对众人说，诸位！在我正式发言之前，我想先跟大家分享一个小故事。在确定拍摄这部电影后，我的内心其实是很紧张的。我知道我面临的工作不是一个人能完成的，于是第一时间找到一个朋友。我对他说，兄弟！我要拍一部电影，你愿意来一起干吗？我给不了你多少报酬，但是我希望你能来帮帮我。朋友的回答出乎意料，他没问我为什么突然转行拍起电影了，也没有问我究竟能给他多少报酬。他只说了这么一句话，"好事啊！没说的，我支持！报酬就不用谈了。到了我们这个年纪，很多事已经不需要用钱来衡量了，我们需要的是找到一件想做的事并把事情做成"。我停顿了一下，指着戚少伟，那个朋友就是我身边这位戚少伟戚老师。戚老师全程参与了我们这个项目，是剧组元老级的人物，也是我们这个剧的第一副导演。现在开拍在即，希望大家在拍摄过程中能积极配合他的工作！

掌声喝彩声四起，一些了解我与戚少伟关系的人掌声尤其热烈。我理解这份掌声的含义。此前我与戚少伟的关系对他们造成了很大的负面影响，让他们不得不在我和他之间做出某种选择。现在我的这一番表态，彻底解除了存在于他们内心的戒惧和担心……戚少伟也没料到我会有如此举动，激动地脸色通红，身体微微颤抖。更为诧异的是萧乙男，她完全没料到我会在此种场合玩出这一手——水果也不吃了，抬起头死死地盯着我，我根本不予理会。我端起面前的酒杯和戚少伟碰了一下，一仰头喝了下去。我伸手把戚少伟按坐在座位上，放下酒杯继续道，今天我非常荣幸。在座的都是中国电影的中坚力量,其中有几位更是前辈级的电影人,我是看着他们的电影长大的。当我们仰望星空,他们就在艺术星河中熠熠生辉。如此优秀的电影人为什么会选择与我这么一个新入行的导演合作呢?我想除了大家对我的信任之外,一定还有对电影的热爱和面对艺术时的一份谦卑。诚如大家所知,我是一个电影新人。从项目确立到现在,我经历了各种各样的困难和挫折,也有过彷徨、无助的时候,最后还是坚持下来了。在这期间我经常会问自己一个问题,我为什么要拍这部电影?以前的答案都是模糊的,今天我想我已经得到答案了。我所有的坚持和坚守仅仅是为了能得到一次与诸位合作的机会,感谢电影将素不相识的我们团聚于此。让我们共同举杯,为合作干杯!为电影干杯!为艺术干——杯!

全场掌声雷动,众人纷纷起身相互碰杯大声喊着,为了电影,为了艺术,干杯!

这场开机宴最终演变成了一场狂欢派对。随着酒精在时间中的持续发酵,每个人都洋溢着一种骚动的情绪,即将原地爆炸一般。人与人之间最初的矜持被荡涤一空,人们端着酒杯全场乱窜,随便遇到谁都像遇到了亲人,随便遇到谁都像是久别重逢。两个人哈哈大笑紧紧拥抱,或者抱头痛哭互诉衷肠……说不了两句话双方掀起酒杯就往嘴里灌,也不管杯子里是白酒还是啤酒,然后再朝对方亮一下空空的杯底。很多人喝着喝着就炸了,酒品好点的趴在桌上沉沉睡去,酒品差的则满地打滚……

中途我数次劝说众人,明天就正式开机了,大家早点回去休息吧!但是群情亢奋之下根本没人理睬。萧乙男还劝我,"今天大家高兴,我们就别扫兴了"。

她这么一表态我就不说话了。反正钱不是我的。

尽管我一直小心地控制着自己的酒量,还是被各种花式劝酒灌了不少,渐渐地反应开始迟钝,还忍不住想笑,也不知为什么。我知道再待下去非出丑不可,瞅了个空当悄悄溜走了。

我回到房间已经快十二点了。看来我的确喝多了,走到别人的房门前开始掏房卡开门,口袋里有几张银行卡及其他一些卡片,意识模糊之下竟然找不到房卡了。我只好将一张张卡片贴近门禁感应区逐一尝试,均毫无反应。一番尝试后我确定自己走错房间了,收起一叠卡片刚转身准备离开,房门突然被人从里面打开了。迎门而立的竟然是"吉祥物",她笑吟吟地看着我。我居然掏房卡准备开吉祥物的房门,这个丑出大了,赶紧朝她深鞠一躬,不好意思!我走错房间了。说完赶紧走了。

"吉祥物"大声道,"导演你没走错"!

我回过身,你说什么?

"你没走错,这是你的房间"。

我不停地摇头,你骗我。

"吉祥物"有点急了,"你别老杵在外面呀!进来再说"。

我摇头,你不是和春妮住一屋吗?这么晚了我进去不合适。

不远处楼道电梯口传来嘈杂的人声,可能又有一拨人上楼来了。"吉祥物"似乎怕被人看见，伸手一把将我拽进了房间，反手砰地将房门关上了。一群人从楼道口走过来，又唱又叫地走了过去。

进门后我四处张望了一下，没发现和"吉祥物"同住的那位女演员。春妮呢？我问。

"吉祥物"说，"导演你喝多了！这里真是你的房间。你看你的房间只有一张床，我们的房间是两张床……"

房间果然只有一张床，应该是我的房间。我放心地坐了下来，坐下来后想想还是不对，不对呀！如果是我的房间，你怎么会在里面？

"吉祥物"说，"你忘了？是你在饭桌上把房卡塞给我，让我来房间等你的。我都等了两个多小时了"！

我残存的记忆中似乎有这么一回事，但是究竟为什么要把她约到房间却记不得了。

"吉祥物"说，"导演你喝多了，要不你休息吧，我先回去了"。说着话转身走了。她走到房门前伸手拉门的瞬间我突然慌乱起来，感觉就要失去某个重要的东西。我张嘴叫了一声，等等！

她停住了，转过脸朝我看着，手依然搭在门把上。

我起身走过去一把将她揽入怀中。她的身体一紧，搭在门把的手无力地耷拉下来。我开始亲吻并挤压她，像要挤进她的身体里，同时将一只手伸进她的衣服里要解她的胸扣，但是被她一把按住了。

"对不起导演！我不能跟你这样"。

为什么？你不是和男朋友分手了吗？

我可能真的喝多了，说起话来颠三倒四的。

"我怀孕了……"

我的手像被火球烫了一下，猛地从她的胸前抽开了。脑海里瞬间将剧组里的男性快速扫描了一个遍，咬牙切齿地问她，是谁干的？

"吉祥物"苦笑了一下，"是我男朋友的"。

这个答案让我疑惑了一下，随即反应过来。她是在进剧组之前就暗藏身孕了。想想也是，剧组刚建立一两个星期，真要是和剧组某个人共同生产，这么短的时间也显现不出来结果的。

我问她，下面你怎么打算？

"我要去找他……所以，今天是来和你告别的……"

我说等等！你说的告别的意思是——

"我不能在剧组再待下去了，我要先去把孩子的事处理一下"。

你是要辞演？

"是的"。

不演原定的女配角，也不演女一号？

是的。

"吉祥物"是我整个计划结构中重要的一环，就在计划即将展开之际，她却要脱离计划而去，这让我难以接受，却也无可奈何。

我在沙发前来回走了两圈，然后抬头问她，准备什么时候走？

"现在"。

"吉祥物"当天夜里悄无声息地离开了剧组，除了我之外没有任何人知道。在她离开很多天后，我突然想到她是不是并没有怀孕，而只是以此为借口摆脱和避免与萧乙男可能的竞争关系？

只是这份猜想因为她的离开已经变得毫无意义。但是她会长久存在于我的意念里。她是一个好演员，更是一个好女人，好朋友。

"吉祥物"就这样离开了，数小时之后天亮了，电影正式开机。

此前我无数次想象过开机的场景，那天会是黄道吉日吗？天气好吗？片场会是什么样子？演员和工作人员会顶撞我吗？

这是一个阴天，按照统筹的安排，第一场拍的是小元的戏，剧情里的时间是下午，天气晴朗阳光明媚。景致是一条陈旧的小巷。

我是九点钟到达片场的。虽然是早晨，上班和上学的人们都已经离家多时，片场周围仍然围了一圈当地的居民。他们叽叽喳喳地相互打听，这是在干吗？拍电影还是拍电视剧？穿着一身保安制服的咸少伟精神抖擞地维持着现场秩序，他举着一个喇叭不停地朝人群中喊着,"请大家保持距离！不要影响拍摄。拍摄时也请保持安静！谢谢大家了"！

内场中各个部门正有条不紊地工作着。化妆师在给小元化妆。摄影师和助手在调试机器、灯光,录音也已经就位。我到了现场之后,器材组的洪亮把我领到一面硕大的导演监视器前,并将一张折叠椅展开让我坐下。"导演！你就坐在这里,开拍后看监视器就可以了"。然后交给我一台对讲机,有事可以通过对讲机和各部门联系。他还教了我一下具体的使用方法,并让我当场试一下机。他摁下开关将对讲机凑到我的嘴边让我说一句话。我却一时语塞不知该说什么。他就自己对着对讲机喊了一句,"这是导演试机。各部门听到请回答！各部门听到请回答"！

对讲机里发出一阵吱啦吱啦的声响,然后传出声音:

服装组收到。

化妆组收到。

演员组收到。

……

洪亮离开了。我坐在导演监前心神不定,总觉得心里不踏实。我起身在导演监前来回走了两步,抬头看了看天空。天空的云层厚重,没有一丝阳光。我突然想到一个问题,拿起对讲机喊冯骁,摄影师在吗？请来一下！

没一会儿冯骁跑过来,"导演！什么事"？

我说这场戏应该发生在下午吧？而且应该是个大晴天。这一

导演处女作

大清早的还是个阴天，能拍出我要的效果吗？

冯骁说"导演你放心，灯光组可以模拟下午的时段，没问题的！等会你看效果就知道了"。

冯骁简单的两句便解决了我的疑问。他说得不动声色，我却感觉自己露怯了，暴露了自己是个菜鸟的本质。

冯骁离开后我觉得必须找个人陪在我的身边，否则指不定还会闹出什么笑话。我打开对讲机喊，戚少伟在吗？请过来一下！

半天没有得到回应，洪亮跑过来，"导演！戚老师负责现场安保，没有给他配对讲机。你要找他我去帮你叫吧"。

我说你快去，我找他有急事。

洪亮一溜烟跑走了，不一会儿领着戚少伟跑了过来。

"导演你找我"？戚少伟问。

我没理他，冷着脸问洪亮，昨天晚上吃饭的时候我不是宣布了，戚老师是我们这部戏的第一副导演。第一副导演难道不应该配对讲机？剧组缺这一台对讲机的钱吗？

洪亮很机灵，一听就明白了，连声说，"对不起！对不起！是我疏忽了"。将自己手中的对讲机塞到戚少伟，"戚导你先用这台，一会儿我再给你配台新的"。

洪亮离开了。戚少伟看着手中的对讲机对我说，"你这是干什么？我看场子用不着这玩意"。

我说你从现在起好好履行你副导演的职责，陪在我身边，一步都不许离开。看了他一眼，你盯着这身保安服穿是向我示威，还是为自己叫屈？明天换一身。

戚少伟垂头看看自己的衣服，"行"！

有戚少伟陪在身边，我稍稍安心了一些。我告诉戚少伟，"吉祥物"离开剧组了，我们的计划夭折了。

对"吉祥物"的突然离开，戚少伟很惊讶，一连声地问"为什么，她为什么离开"？

我说我也不知道。好像她家里出了点事。

我们聊了一会儿后戚少伟说，"时间过去这么久了，怎么还不开拍"？

我说可能他们还没准备好。

戚少伟说，"片场是由导演主导，你要主动给大家制定时间，否则别人永远都在准备，因为他们不能代导演制定时间"。

那我应该怎么做？

"向大家给出自己制定的时间"。

一般给多少？

"多少都行。别忘了你是导演"！

我犹豫着拿起对讲机，各部门注意！请大家做好准备，十分钟后正式开拍。

说完之后对讲机里一片沉默，等了一会儿后接二连三传出声音：

摄影组准备完毕！

化妆组准备完毕！

导演处女作

灯光组准备完毕!

……

事情诚如戚少伟所言,当你给众人制定出了时间线,别人就会按你划定的时间予以配合。

我对着对讲机又说了一句,演员就位,准备拍摄。

不一会儿对讲机传来回复,演员已经就位,可以开拍。

内心盼望的时刻终于到来了。从项目初始到此刻,经历了多少艰辛和困苦。这一刻我的心跳突兀地加快,一时间酸甜苦辣各种滋味泛滥而至。我咽了两口唾沫,举起对讲机说了一句稍等!然后说,萧乙男萧老师在吗?请她过来一下!

第一天拍摄并没有萧乙男的戏,她可以来片场也可以在房间准备角色,所以我有此一问。但是她还是到了现场。听到我的呼喊后萧乙男匆匆跑了过来,"怎么了"?

我从椅子上站起身,马上就要开拍了。

"拍呗"!她说。

我说不准备给我一点祝福?说着话朝她张开了双臂。

她笑了,走上前和我紧紧拥抱在一起。她的嘴贴在我的耳边轻轻说了一句,"加油!我的导演"。

我双臂使劲将她抱了一下,拿起对讲机大喊了一声,开拍!

下　部

导演监视器上出现一条小巷的画面。

小说插页 1

　　镜头在一条狭长的小巷中移动，夕阳洒在小巷的一侧，一户人家门前一位老奶奶准备收一床晒了一天的棉被。她用一根竹竿有节奏地拍打着被子……

　　我对着对讲机喊了一声，停！模拟阳光的灯光需要加强，拍打棉被时要拍出在阳光下灰尘飞溅的质感。预备！开拍！

　　镜头在一条狭长的小巷中缓慢移动，夕阳洒在小巷的一侧，一户人家门前一位老奶奶准备收一床晒了一天的棉被。她用一根竹竿有节奏地拍打着被子，一团一团的灰尘从拍打的深处弥漫开来，在阳光下分外醒目。

移动中的镜头运行到一户人家的窗户下。一截劲道十足的尿流劲道十足地射到墙壁上,刺喇刺喇地发出持续的响声。这一幕被不远处拍打被子的老奶奶发现了,大叫一声,"你个小炮崽子!在哪儿撒尿呢"?!

那股尿流短暂一顿,又勉强撒了两下,然后开始奔跑。刷刷刷奔跑的脚步声伴随着呼哧呼哧的急促地喘气,小巷两边的景色在晃动中飞快地后退,老奶奶的咒骂在空气里起伏,"小炮崽子,下次再敢来这里撒(尿),我剁了它喂狗吃"!

声音飘荡在我十五岁秋天的一个黄昏下。

一段距离之后,镜头中的角色奔跑渐缓直至恢复到正常的行走,倒退的景色随之恢复常态;穿过小巷之后拐进一个小区,行进到一扇门前,推开门走了进去。

与外面相比,房间内的光线稍暗。客厅的椅子上赫然坐着一个小男孩。小孩十三四岁,身上穿着一件大了一号的衣服,脏兮兮的。妈妈正在厨房忙碌着,透过客厅的玻璃隔段,能看见她不停地用锅铲翻炒着锅里的菜,炒两下再从一边的罐子里舀一小勺盐撒到锅里,然后再接着炒,锅铲触碰着锅底连续发出叮当叮当的响声,极富节奏感。小男孩静静地看着镜头,眼睛里闪烁着一丝冷冷的光焰,看着挺不舒服的。镜头从小男孩面部挪开,朝厨房里大叫,"妈!这是谁啊"?

炒菜声停下了,妈妈从厨房里走出来,一边走一边掀起围裙

下 部

一角擦着手。"这是一个亲戚家的孩子",她说着走到男孩面前,摸着他的头,"来,叫哥哥"!

小男孩冷冷地看着镜头,嘴唇动了两下,叫了一声哥哥或者没叫(我希望他没叫)。

"我没听见,所以不能确定。不管他叫了或者没叫都无法改变我对他的反感。他从哪里来?为什么要来我们家"?

妈妈说,"他是外地的一个亲戚,来南京参加省里的一个考试,在我们家暂住几天,考完试就走"。

我们家在省城,散落四处的亲戚经常要来省城办事,有公务也有私事,还有一些纯粹就是走亲戚。妈妈这个理由也说得过去。我放松下来,问他考的什么?

妈妈说一个跟计算机有关的科技考试。他是他们市第一名,才有资格参加省里的考试。

我知道一点,能参加到省一级比赛的学生都不是凡人,不由得对眼前这个小屁孩刮目相看起来。我问他,"你上几年级"?

他怯生生地看了妈妈一眼才回答,初二。

这个小屁孩就是小弟。

晚饭是我们三个人一起吃的。自我记事以来,家里每顿饭都只有我和妈妈两个人。爸爸是在我三岁时和妈妈离婚的。最初的协议我是归父亲抚养,可我当时太小了,才三岁,最后关头母亲的母性突然发作,硬生生将我留了下来。父亲努力了一番终无效果,只得悻悻而去。从此我一分为二,一半跟在母亲身边,另一

导演处女作

半跟着父亲远走高飞……

　　小弟吃饭很拘谨,埋着头一个劲地往嘴里扒着饭。母亲给他夹了一筷子菜,说你慢点吃,多吃点菜。小弟就把夹到碗里的菜吃了,然后继续吃饭。母亲只好把每个菜都夹了一点放到他的碗里。她一边夹菜一边说,"你这次来就来了,回去之后跟你爸爸说,以后没事尽量不要来了。我们有自己的生活,而且你也不应该出现在这里"。

　　当天晚上小弟和我睡的一张床。一人一头,两人合盖一床被子。小弟睡觉比较老实,基本上倒头便睡,过程中也绝少动静,除了呼吸。我的"睡品"与他大致相仿,也算安静型的,起码此前我自以为是。我们各睡各的,一夜无话,第二天五六点钟听到小弟一声惨叫,我一下惊醒过来,起身问他怎么了,哪里不舒服?

　　你干吗踢我呀?小弟捂着下巴都快哭了。

　　我以为这只是一次误伤,没想到第二天一早小弟又是一声惊呼。这一次他被我直接一脚踹到床下去了。

　　从这两次"误伤"事件中我终于知道自己的"睡品"并不像我自以为的那样"高尚"。据小弟自己总结,我每天大概是在凌晨五六点钟会胡乱踢脚(他每次被踢醒首先会看一眼床头柜上的闹钟),完全是下意识的。小弟是一个聪明孩子,发现这一规律之后,立刻想到了一条躲避危险的主意。他每天睡觉前把闹钟定时到五点半,准备以后每天五点半闹钟一响就爬起来离开床,等我不自觉踢完一通后再回到被子里继续睡觉。从这一点上你能看出小弟是一个多么聪明的家伙。他能根据外界事物运行规律,规划制定出一套规避风险的方法。只是人算不如天算。就在他一切准备停当,闹钟也被准确定时,但是接下去的数天中依然逃不过挨踢的命运。这是因为我们俩睡眠都很沉,闹钟根本吵不醒我们,所以每天起床小弟都是鼻青脸肿的。

小弟在南京行程一共三天,第一天报到,领参赛证办理相关的手续,第二天是全体参赛选手集训,第三天是正式考试。上午考理论,下午实操。前两天是妈妈陪他去的。第三天考试是周末,妈妈问我能不能带他去?她工作上有点事情要完成什么的。我就答应了。

我们先乘一路公交车到大行宫,再转九路车去万达广场。一路上小弟都拎着一只蓝色的手提袋。我问他袋子里装的什么?他说是昨天领的一些资料。

考场设在万达附近一所高级中学内。应该是组委会临时租借的。我们到达考场稍早了点,门卫拦着不让进。我们就在门口站了一会儿。小弟对眼前这所气派的学校很羡慕,两手扒着栏杆贪婪地打量着校内的景色。靠近围栏一侧是学校的操场,崭新的塑胶跑道。内圈是一块标准的足球场,阳光下球场绿茵茵的。球场上有三五个孩子在玩足球,笨拙的样子和开心的笑脸……

门口的人越聚越多了,大部分是和小弟差不多年纪的孩子,每个人胸前都挂着一面长方形参赛证。参赛证是压塑过膜的,用

导演处女作

一根红色绸带做挂绳,制作得很精美,由此可见这次考试的分量之重。随着人逐渐增多,有几个带队老师模样的人在门口大声招呼着集合队伍,"无锡队的同学请到这里集合了"!或者喊,"常州的,还有常州的同学吗"?

我问小弟,"你是哪个城市的?要不要去找一下你们的领"?

小弟摇头,"我们那儿就来我一个"。

我问也没有领队老师?

小弟摇头。

我就不问了,掏出手机对他说,"我给你拍几张照片吧!回去也好向你同学炫耀一下"。

他高兴起来,转过身一本正经地迎着镜头站着。可能是缺乏经验,面对镜头时他的神色深沉,表情僵硬。我说,"你应该笑一笑,放松一点"。他夸张地咧开嘴,嘴角向两边拉得很开,脸上的表情却愈发地僵硬了。我说,"你这样不对,神情要放松,表情要自然"。在我数次纠正之后他终于放松下来。我举起手机正要拍,他突然说"等等"!他弯下腰从放在一旁的手提袋中翻出参赛证挂到脖子上,挂到胸前后发现有点歪,仔细调整了一下位置,微微直起身板,"你拍吧"。

取景框里有一个缩小版的小弟,脸上的表情也不是很清晰,我举着相机向前移动了一点一切才正常起来。取景框里的小弟说,"你拍之前先预告一下啊"!我没理他,微微调整了一下角度后,屏住呼吸"咔嚓"按下了快门。

下 部

　　这张照片被我保存至今。许多年过去了,手机换了一个又一个,手机里很多的原生资料都遗失了,唯有这张照片被我有意无意地保存了下来。照片上的小弟面相稚嫩,笑意盎然。我后来经常拿这张照片给朋友看。我骗他们说这是我小时候的照片,每个人都信以为真,还说我跟小时候相比模样基本上没变。最匪夷所思的是有一次我把这张照片给老母亲看,我问她还记得照片里的人是谁吗?

　　母亲扫了一眼照片,"不就是你嘛"!

　　我以为小弟进驻我们家是一种短期行为,就像此前外地的亲戚来串门一样:某个黄昏,一个留着小胡子的秃头中年男人拖家带口拎着大包小包地进了家门,大吃大喝一两天之后抹了抹嘴就走了。他们走了,像从没出现过……我原以为小弟也会像这些亲戚一样,在我们家待上个三五天就会消失不见。最初妈妈的确也是这么跟我说的。三五天一晃而过,小弟的考试也圆满结束,人却迟迟没走。我觉得奇怪,一天睡觉前我问小弟,"你考试也考完了,准备什么时候回去"?

　　小弟说,"我不知道啊"!

　　我睡下后越想越觉得不对劲,又起床去了妈妈房间。妈妈正在房间打电话,我说妈妈我要问你一件事。

　　妈妈朝我做了一个稍等的手势,继续着。"……事情是这样,我有一个亲戚的孩子,想在南京找个学校插班就读一段时间。我

导演处女作

问了附近两家初中学校,他们说外地生办借读手续很麻烦,他们没有权力擅自接收,所以想请你看看有没有什么办法……孩子成绩很好的,对对对!年龄这么小,荒废了学业太可惜……请你一定要帮忙"!

妈妈这一通电话打了足足有十多分钟,我光着双腿听得直打哆嗦。妈妈挂断电话才发现,"哎呀"一声说,"你怎么衣服都不穿?天这么冷,冻出病来怎么办?快回去睡觉"。

我说,"你刚才打电话是给谁找学校"?

妈妈说给小弟找的。他可能要在我们家多待上一阵子。

我一下就急了,"你当时不是说他只是在我们家暂住几天,过两天就走的吗"?

妈妈说,"我正好要跟你说这事。现在情况有点变化,他可能要在我们家多待上一阵。希望你能理解"!

我说,"凭什么?我们跟他有什么关系?他为什么非赖在咱们家"?

妈妈不高兴了,说,"你这孩子怎么这么不懂事?人家是真有困难,不然这么小的一个孩子,谁家大人舍得把他长时间地放在别人家呢"?

我后来才知道妈妈并没有骗我。她把小弟领回家时对方家里明确说只是暂住数日,等考试结束就接他回去。但是考试结束后那家大人始终没来接他回去,只发来一条手机短信说他有事要外出,请妈妈帮忙多照顾小弟一段时间,等他忙完事情再来接小弟回去。然后那个手机就再也打不通了，也再没打通过。

无论如何小弟进入我的生活成了既成事实。这一变故对于我的影响或者说打击深切且悠远。这份影响和打击不仅是生活上的，也是心理上的，它催生了我性格中某些不健康的因素。就生活而言，原本属于我独有的生活资源因为小弟的强行嵌入，面临着重新分配的局面。譬如此前我一个人睡一张床，现在小弟来了，毫无疑问地要和我合睡一张床。说起来是合睡，实际上是将原本属于我的睡眠切一半给他。我以前的睡眠很好的，每天晚上十点钟左右上床，基本上倒头便睡，一觉睡到天亮。可是小弟来了之后我的睡眠就出了问题，虽然每天也是十点钟左右上床，但是上床后却怎么也睡不着了。身边多了一个人之后睡眠就不属于自己的了，也不受个人控制，它属于两个人共有。当一个人想睡觉，而另外一个不想睡觉时，那个人是不可能睡着的；当一个人刚有一点睡意，而另外一个人已经睡熟了之时，那个人也是不可能睡着的——先他而睡的人已经占据了属于他的——前一个人因此而具有了双份的睡眠——他不仅把自己的睡眠收拾熨帖四仰八叉地睡着了，还把属于你的那份睡眠被子一样全裹到自己一侧去了……以前家里有好吃的妈妈都会给我，现在更多的是给小弟。不仅如此，她还会把我的衣服拿去给小弟穿。有一天早晨天气降温，出门上学时我拿出一件新毛衣要穿，妈妈进来看见了，让我把这件毛衣先给小弟穿！

我说，"为什么"？

妈妈说,"他没有过冬的衣服,你先给他穿这件,周末我再给你另买一件"。

我说,"离周末还有好几天呢!他倒是暖和了,我不冷吗"?

妈妈说,"你不是还有旧毛衣吗?先穿两天旧毛衣"。

就是这样,小弟来了之后,我的一切都被一分为二了,包括妈妈。

实话实说吧。从感情上我对这个突兀出现的小屁孩缺乏亲切感,在我看来他就是一个怪物。一个又黑又瘦的小破孩,身上始终都散发着一股奇怪味道,有点像馊了的豆腐,又有点像穿了一个星期之后的袜子。他都十三四岁了还整天拖着一管鼻涕东奔西跑的,你任何时候见到他,都能看见鼻涕从他的某一只鼻孔里虫子一般地缓缓流出,越拖越长,快流到嘴边了,他才呼哧一声倒吸进去,过不了一会儿那条鼻涕又缓缓从鼻孔里窜出来……除此之外他还有一个更为恶劣的习惯。这事我都不好意思跟你们说。他上厕所大便从不用纸擦。

有一天早晨我起来有点晚,肚子胀鼓鼓地十分难受,早饭都来不及吃急匆匆跑到卫生间想方便一下,却不想马桶已经被小弟占了。他双手托腮坐在马桶上发呆,裤子褪到小腿肚,露出麻杆一般粗的大腿。

我说,"你完了没有?快起来让我"。

小弟说,"我还没开始呢"!

我说,"那你快点呀"!

小弟托着腮帮子的双手放下了，握成了两只拳头，整个人憋着一股劲，嘴里嗯啊嗯啊地开始发声，一张小黑脸瞬间涨得通红。动静虽大，却迟迟不见效果。我急得团团转圈，说，"实在不行你先起来让我，等我走了你慢慢拉"。

　　他憋着一口气不说话。

　　我说，"你怎么说啊！我上学快迟到了"。

　　他的脸上一阵血色闪过，马桶里扑通一声山响，仿佛一块巨石落进玄武湖。他呼地出了一口长气，兴奋地朝我宣告，"小元我好了"。他从马桶上快速站起来，一弯腰两手把裤子提了上去，给我让开了位子。

　　我侧身挤过去，一屁股坐下去，刚要倾泻而下，突然想到一个问题，硬生生地将一股欲望夹紧了。我朝他喊，"等等"！

　　正系着裤子的小弟诧异地看着我，"干吗"？

　　我说，"你怎么不擦屁股"？

　　小弟一愣，反应过来，"我不用擦屁股，我拉得很干净的"。

　　我说，"你胡说！我不信"！

　　他说，"真的！是真的！我从不擦的。不信我给你看"。说着话把系好的裤子又解开褪下，然后撅着屁股后退着朝我脸上凑。说实在我只看见一面白色圆盘一般的屁股，根本看不到其他。屁股都快贴我脸上了。我大叫一声，"停"！后退着的屁股停下了。我飞快地从一边抽了一张厕纸，潦草地帮他擦了一下，再放下来看了一眼。奇怪的事情发生了，白花花的厕纸上依然白花花一片。"咦!这么奇怪"?

小弟重新提上裤子,"得意地,我没骗你吧"?!

我觉得小弟进驻我们家是有步骤、有预谋的一场阴谋。他们——此处特指小弟的爸爸和我妈妈——先以小弟考试为名将他送来南京,然后以各种借口拒绝遣返小弟,以造成他留在南京的既成事实。即便事情最终发展到这一步,我还在自欺欺人地认为小弟还是临时性的存在,就时长论,可能也仅比"短期"稍长而已。没料到事与愿违,小弟后来在我们家住了很久,最后母亲甚至帮他寻找起借读的学校了……

母亲陡然忙碌起来。以前每天下班她都要赶回来买菜烧饭的,后来每天一下班就要去拜访或者宴请有关的人员,有时要到晚上十一二点才回来。到家时浑身酒气,有几次醉得不行了,也没人跟她说话,她自己坐在客厅餐桌前乐个不停,还不停地大声喊,"服务员,给我倒杯水"。那天我本来已经睡熟了,被妈妈大呼小叫的声音惊醒,以为妈妈带什么人回来了,赶紧跑出房间。妈妈看着我不客气地说,"倒杯水怎么那么慢?快点"!

我气得返身回了房间,"砰"的一声把门撞上了。

妈妈隔三岔五地往外面跑,我隔不了两天就要跟她闹一下情绪,不是蒙头睡觉就是拒绝吃饭等等,偶尔也当面会数落她一番。每次我一闹情绪,妈妈就会在家老实两天,然后继续。细想起来我觉得这一阵子我跟妈妈的关系有点不正常,我感觉自己是一个家长的角色，一脸严肃地训斥着爱在外面疯玩不归家的妻子或者女朋友亦或女儿。

尽管我不是很情愿看见妈妈每天打扮得花枝招展地往外跑，却还是知道她这是在办正事，只是请人吃个饭喝个茶应酬一下，不会有什么麻烦的。但是麻烦还是来了。

那个麻烦是一个老人。老人差不多70岁了，是个瘦高个，且是一种奇怪的身高，上半身长，下半身短，衬衫还喜欢扎在裤带里，显得有点驼背。花白的头发梳得一丝不乱，起码我每次见到他都是这样，扁扁的一层压在头顶上，每一根发丝上起码沾着二两油，油头粉面的。当然用另外一个词汇，也可以说他是面相儒雅。老人的皮肤松弛眼袋饱满，其人生资本已基本损耗殆尽了，却还在时间中硬撑着不让整副皮囊坍塌。

一个周末的下午，妈妈难得没有出门，不知哪来的兴致，说是要包饺子给我们吃，然后擀皮剁馅忙碌起来。妈妈做事麻溜利索，不一会儿工夫便准备停当，开始包饺子了。她左手拿起一张面皮，右手执着一根勺子挖一团馅放在面皮上，放下勺子，两手互相一握，一只饺子便形成了。整个流程快速、灵动，富于节奏感。饺子一个接一个地从妈妈手里流淌出来，整齐地排列着，每一个都面带笑意，像母亲生下的另外一群孩子。

小弟已经等不及了，站在桌子边上眼巴巴地盯着桌上的饺子，恨不得把它们生吞了。母亲笑眯眯地对他说，我再包几个就给你下。

小弟咕嘟咽了一口唾沫，点点头。

母亲问他，"你会包饺子吗"？小弟摇头。母亲说，"你要不要包两个试试"？

小弟还是摇头，微微有点害羞。

就在这时门铃"叮咚"响了。我和妈妈面面相觑，不知道谁会在这时候上门。妈妈说，"可能是收水电费的，你去开个门"。

我跑过去开了门。门口站着一个陌生的老人。我问，"你找谁"？

他微笑着，"请问某某某女士是住在这里吗"？

我扭头朝屋里喊，"妈！找你的"。

妈妈拎着两只沾满面粉的手走过来，"谁啊"？一眼看到来人吃了一惊，"J校长！怎么是你"？

来人温和地笑着说，"我刚在附近办点事情，听说你住在这儿，就试着找来了。还真给我找到了"。

显然来人并非母亲邀请而至。接下去的情境多少有点尴尬，母亲不知道该请来人进屋坐坐，还是将他三言两语打发走。两个人一个门内一个门外瞬间冷场了，气氛要多尴尬有多尴尬。最后还是妈妈没撑住劲，"你进来坐坐吧"！

进了房间，来人一眼看到了桌子上的饺子，"哎哟"一声，"你们包饺子呀？我真有口福"！

妈妈见客人这么说了，不得不接话道，"我们正准备下呢！你等等！一会儿就好"。

妈妈一个人在厨房下饺子,来人不得不把话语对准了我和小弟。"我来猜一猜,你肯定是老大",他看着我说,再转向小弟,"你是老二"。

我和小弟一起摇头,来人懵了,问我,"难道你是老二"?

我没好气地说,"你看像吗"?

"他说感觉你们看起来差不多大,不好猜"。他犯起了迷糊。

我说那就依你猜的为准吧。

他高兴地手一拍,"我没说错吧"!

我说"你错了"。

他"咦"的一声,"你刚才不是承认你比他大吗?你比他大自然是老大,他是老二。这没问题呀"!

"我说我比他大的确没错,但是他不是老二"。

"为什么"?他问。

我都懒得回答。

这时饺子下好了,妈妈端着一大盘饺子从厨房出来。妈妈放下盘子,又拿出三个小碗,在每个碗里倒了一点香油和醋,每个人面前放了一碗。"趁热吃吧"!

来人说,"你怎么不吃"?

妈妈说,"刚才包得不多,我再包几个。你们快吃,一会儿我再下一锅"。

J校长假惺惺地,"那怎么好意思!给孩子们先吃,我等你一块儿吧"!

妈妈说,"不用不用,你吃你的"。

J 校长又客气了两句后吃了起来。就在他和妈妈互相客气的同时,我和小弟已经风卷残云一般地大吃起来。我夹起一个饺子蘸一点醋塞进嘴里,嚼个三两下便一口咽下去了,筷子紧接着又夹起了一个,蜻蜓点水一般蘸一点佐料放进嘴里……我觉得我的吃相已经够难看了,小弟比我更甚。他是一个接一个不住地将饺子往嘴里塞,根本不蘸佐料。我帮他数了,最多一次他连续塞进去了五个饺子,嘴巴都塞满了,两边腮帮子鼓成两个球了,最后还噎住了。他摇头晃脑吃得正欢,人突然僵硬了,脖子杵得直直的,一阵接一阵地直翻白眼儿。

妈妈最先发现不对,跑到他身边使劲拍打着他的后背,大声叫着,"吐出来!快吐出来"!

小弟失去知觉一般,任妈妈左摇右晃地又拍又打,身体始终僵硬着,白眼翻得更是异乎寻常,眼球使劲向两边翻滚,是那种拉扯一般地向两边扯动,特别怪异,感觉快要死了。小弟的这种状态持续了一会儿,浑身突然一激灵,胸腔里发出呃的一声脆响,一张嘴吐出了满满一地的饺子。吐出来的饺子有一些是被粗略地嚼过的,白色的皮夹杂着青青的菜馅,有一两个饺子还是完整的,嚼都没嚼一下……

这哪是吃饺子,整个是活吞啊!

在妈妈手忙脚乱地照顾着小弟的同时,J 校长也跟前跟后地一阵忙碌,又是倒开水又是拽椅子的,还问要不要打 120……等

下　部

小弟将吞下的饺子尽数吐出来，他又找来扫帚主动把地上扫干净了。吐出食物之后小弟稍稍恢复了一些元气，不过人变得虚弱了，脸色苍白且直冒虚汗，即便如此两眼还贪婪地盯着桌子上剩下的几个饺子。妈妈对他说，"你现在不能再吃了，回房间先休息一下，等一会儿我再给你下"。半推半拽地将他送进了房间。

客厅里只剩下了我和J校长。他扫完地后把扫帚归置到一边，欠身准备再坐下来。我已经不耐烦了，对他说，"你看我们家出了这么一摊子事情，也没时间陪你，要不你下次再来吧"！

J校长没想到我会撵他，愣了一下，说，"那也好，我等你妈妈出来跟她打个招呼就走"。一抬屁股还要往下坐。

我说，"不必了，等会我帮你跟她说一声吧"！

J校长没话说了，连连应着那也好！那也好！抓起包走了。我一直跟他走到门口。临出门前他又回头朝房间张望了一下，再对我说，"你一定要代我跟你妈妈打个招呼，我下次再来看她"。

我未置可否地咧了一下嘴，等他一出门就砰地把门关上了。因为关门太快，不知道门板是否撞到了他的屁股。我希望能撞到。我希望他能读懂我的意思。

妈妈可能是被这剧烈的关门声惊动，从房间里出来问我什么声音？

我说，"没什么，客人走了我关门"。

妈妈问，"他走了"？

我问"这人谁呀"？

"是一个中学的退休老师"。

我说,"你不是称他校长吗"?

妈妈说,"这是一种客气的称呼,对退休的老教师大家一般都称校长"。

我问,"你们怎么认识的"?

"我们前两天在一个饭局上认识的"。

我说,"你是想托他帮忙给小弟找学校"?

"他是退休老师,帮不了什么忙的"。

我说,"他既然不能帮忙就不要理他"。

妈妈诧异地,"你怎么会有这种观念"?

我没吭声。我其实不是这个意思,是什么意思自己也说不大清楚,唯一能表达清楚的一点就是不管这位 J 校长能不能帮我们的忙,我都不希望妈妈和他走得太近。心里想着嘴上就冒了出来,"反正我不喜欢这个人"。

妈妈说,"他就是一般的熟人,我跟他没什么的"。

我说,"没什么,他怎么会跑我们家里来"?

妈妈说,"这我哪里知道!那天吃饭他要我电话我都没给,不知他是怎么打听到这儿来的"。

依我看妈妈其实也是不欢迎 J 校长的,但是碍于情面又不得不堆起一脸的虚笑接待他——毕竟是客人——哪怕是佯装的呢!至于我就更不用说了。我从小就对所谓的校长、班主任一类人没好感，而眼前这位 J 校长还是一个冒牌的，究其实质连班主任都不如。我们家唯一对 J 校长的到来表现积极的人是小弟。他们俩从一开始就相互欣赏。晚饭后妈妈在厨房慢吞吞地洗碗，我在一边埋头做作业，我们都不想理他，这时他就会去找小弟说话。问他小朋友多大了？上几年级啊？在哪个学校啊？

小弟没有经验，或者在家里憋得久了，遇到有人主动跟自己搭话，自然是喜不自禁地有问必答，一来二去的两个人便热络起来。他们后来经常玩一种识字游戏。J 校长先在一张纸上一笔一画地写出一个字（纸和笔都是自己带的），然后让小弟认。小弟那点学识自然是认不出来的，便拿着纸跑来找我求助。你别说，纸上的字我也不认识。见我们都不认识，J 校长便很得意，引经据典地将这个字的来历、读音、字义讲解一番。一个字能讲上二十分钟。一开始我觉得这个游戏还挺有趣，后来见他总来这么一套就没了兴趣。但是小弟却乐此不疲，也不知道他是喜欢识字，还是仅仅喜欢与别人交流，抑或是喜欢这个人本身。而我觉得他更喜欢被虐。

尽管两人相处融洽，但是 J 校长来我们家的目的却不是为了小弟，小弟只是临时的"替代品"。等妈妈收拾好家务从厨房出来后，J 校长的注意力就会再次落回到妈妈身上。"今天我们就学到这里"。他一般以这句话作为结束语，然后一晚上都不会再理小弟了。

妈妈一晚上跟 J 校长其实也说不了几句话，她不是找出一本账本煞有介事算账,要不就找出一件衣服缝个扣子补个补丁什么的。精神沉浸在所进行的事务中,面无表情,也不看J校长,只埋头干活。两个人的聊天多是J校长说话,妈妈不时"嗯"一声或者点个头,并不在态度上给予积极回应。对此J校长并不在意,似乎能守在妈妈身边已经知足。

晚饭后是我做作业的时间。在此期间小弟会一直陪在我身边,作业太多的时候他也会帮忙分担一些。小弟虽然低我一个年级,但是人很聪明,除了数学之外的任何课目都能对付,尤其语文水平高出同年级很多,令大多数学生头疼的作文他应付起来甚是轻巧,无论什么体裁和话题的作文都能写,而且水平能维持在中上之间。他的到来为我减轻了不少课业负担。以前我每天写作业都要写到十点十一点的,现在每天八点半左右就能全部完成了,然后洗洗弄弄收拾一下书包,九点一到就和小弟上床睡了。

每天我和小弟上床了J校长还没离开,也不知道他会什么时候离开。第二天早晨起来见到妈妈时,从她脸上也看不出昨天J校长离开的时间。

有一天晚上我多喝了一点开水,上床睡了一会儿后被尿憋醒了,懵懵懂懂爬起来去卫生间,刚推开门就看见尴尬的一幕。J校长和妈妈站在一起,J校长右手捏着三五张钞票往妈妈手里塞,妈妈拼命地推辞,"怎么能要你的钱?不用!不用"!

J校长说,"你一个人带孩子不容易,我能帮一点是一点",坚持把钱往妈妈手里塞。两人一推一送的过程中J校长忽然伸出左手顺势绕住了妈妈的脖子,整个人就贴在了妈妈身上。

妈妈一惊,"J校长你这是干什么"?伸手一把把他推开了。"天不早了,你请回吧"!

眼前发生的这一幕让我不知所措。我被吓到了,头脑里一片空白,然后站在门后面不停颤抖着,嗓子眼发干,嘴里一阵阵地发苦。

这一夜我是大睁着眼睛憋着满满一泡尿过来的。

第二天在学校里整个人都不好了,课堂上老师讲的内容一个字也听不进去,我满脑子都是J校长的影子。我讨厌这道影子,讨厌它微微伛偻的脊背和一坐下来就频繁地打咯声。这个影子犯了一个致命的错误,他不应该惹我妈妈的。妈妈是我们家的"固定资产",或者叫"不动产"。什么叫"不动产"?就是不能动她一下,连一根手指都不能动的"动"。可是这份"不动产"却被这道影子动过了。既然他动了我们家的"不动产",就必须要让他付出代价。

可怎么才能让他付出代价吸取教训呢?我想了一上午整整四节课也没想出个头绪。语文课的时候,我设想了用造句的方式干掉他,转念一想他本人就是语文老师,我的那点造句能力不一定能干掉他。于是作罢。第二节是化学课,正好学到一些制剂的毒性测试内容。我灵光一闪,觉得也许可以运用化学课上学到的知识为他专门配置一款毒药。等他下次上门的时候滴上一滴在他的茶杯里,这样可以一劳永逸了。这款毒药的特点除了毙命的功效之外，还应该具备身份识别功能。假设适用者的身份设定为小学语文老师，那只有小学语文老师喝了才会毒发身亡，其他课目的老师即使喝了也不会有任何毒副效果，约等于喝了一口白开水。需要注意的一个细节是要掌握好剂量，既要能让他一滴毙命，又要保证他不会当场毒发死在我家里。他最好走出我家门之后再死，死的时候最好路过一条小河，然后失足跌进河水中，造成掉进河里被淹死的假象，这样也就没有人会怀疑到我头上了……我头脑里闪现了一千多种杀死J校长的办法，也就是说在我的意识中我已经杀死J校长一千多次了。尽管有了一千多种杀死一个人的方法，我却迟迟没有展开行动。我想我就是一个有满腹想法却不会有任何实际行动的人，也就是书上常说的"思想上的巨人，行动上的侏儒"。很多事情想想也就算了。本来我以为我这一生也不会实施自己的复仇计划了，但是妈妈一次意外出差给了我一次仓促行动的机会。

一天晚上回来妈妈告诉我接下去几天她要去北京出差。我问，"去几天？什么时候走"？

她说"明天一早就走，去一个星期左右"。

"那我们怎么办"？我问。

妈妈说，"你那么大了我不担心你，我担心小弟"。思索了一下，"这样吧，我丢点钱给你们，这几天你跟小弟就在外面饭店吃。注意，一定要找一家卫生一点的饭店"。

第二天妈妈一早出门走了。我七点起床吃了点早饭，出门上学前又去跟小弟打了个招呼。小弟还在睡觉,我拍醒他对他说,"我上学去了,我在饭桌上给你丢了十块钱,中午你去外面随便吃点,晚上回来我们一块儿吃饭"。

小弟懵懵懂懂地点头。

我背起书包走了,出门走了很远了身后突然有人叫我,"小元!小元"!

我回头一看,是小弟。他趿拉着鞋子,上衣都没扣,敞胸露怀地边跑边朝我招手,流动的空气有节奏地掀着他的衣摆,像两片新生的翅膀。我停了下来。不一会儿他气喘吁吁地赶到了。我问有什么事?

"我想送送你"。

我没反应过来,"你送我上学"?

小弟使劲地点头。

我说,"这有什么好送的,还怕我找不到自己的学校"?

小弟说,"反正我也没事"。

我想他可能的确无聊,就没再多话。

我们俩并肩向前走,行人不多,他们各自走着各自的路,并不打算和迎面错过的人相互交谈或者交换点什么。清晨离开家的人儿啊,都是不爱说话的人。

太阳出来了,一轮鲜嫩如蛋黄一般的朝阳从东边的某一幢楼顶缓缓升起,温润的阳光紧贴在城市的表面,在行人和车流中穿行,高楼、商店和道路两侧大型广告牌也处在行走中,即便运动中的车辆与行人停滞。

"你知道吗"？小弟突然问了一句。

"什么"？

"我以前住在一间小屋子里，有时一两个月都不出门"。

"那你不吃饭吗"？

"有时吃有时不吃"。

"为什么"？

"你吃的时候我就不吃，你不吃的时候我才会感觉到饿"。

"好奇怪！你还知道我们之间一些什么"？

"有一个算命的说我活不了多久"。

"活不了多久是多久"？

"三四十年吧"。

"啊！你三四十岁就死了"？

"不，我会到七八十岁才死"。

"可你刚才还说你只能活三四十年"。

"活三四十年并不意味着活三四十岁"。

"我应该怎么理解你的这句话"？

"不用理解"。

"可我总得对你的话有所反应"。

"我也不知道。反正算命的是这么说的"。

我突然担心起自己来，"是不是我也只能活三四十年"？

他摇头，"你可以活七八十年"。

下 部

我说,"你这就扯淡了!我能活七八十年,你为什么只能活三四十年"?

他看了看我,耸耸肩,"这有什么奇怪的,我是你的一半,自然只能活到你一半的时间"。

我说,"那就更不对了,既然我本来的寿命是七八十年,分了一半给你,之后我应该也只剩下另外一半,所以我应该和你一样活个三四十年"。

他还是摇头,"不是这么算的。这不是简单的加减法"。

"那究竟是怎么算的"?

"不用算,因为这不是数学问题"。

"那是什么"?

"我不知道,我知道我是你的一半,但是你却不是我的一半"。

随着朝阳冉冉升起,街道上的人逐渐多了起来。每个人都来去匆匆的,从表情到步伐。被这份节奏传染,我们也不由得加快了步伐,然后在一个十字路口被一盏红灯拦在了斑马线的一端。一大群人臃肿地站在一起,从一阵急促的行走中突然停下,每个人似乎都有一种不适感,都还处在刚才的节奏之中。有人频频看表,有人不停地原地踏步,还有的人嘴里叽叽咕咕地念念有词,也不知道他们说的什么,而后面的人还在不断地增加。几乎是在耐心丧尽的瞬间,红灯闪烁了两下转成绿灯,人群潮水一般涌向前去……小弟似乎没有预判到红灯会瞬间变换成绿灯,人群快速动起来后他愣怔了一下,这一会儿的迟疑就被我甩下了两步的距离。他慌张之下奋起直追，一抬腿踩到自己的鞋带，被自己绊了一个趔趄。他这才发现自己的鞋带松了，弯下腰想系了一下鞋带。人群汹涌的阵势让他有点慌，他感觉自己被某种生活抛下了，下意识站起身跟着人群向前走了起来，刚走了两步又踩了自己的鞋带一下，脚跟打了屁股似的，只好蹲下来继续系鞋带。路中央的交警朝他做了一个快速通过的手势。我这时正好走到交警的身边，跟着他的手势扭头看了看蹲在路中央的小弟……

在学校我一整天都在想着小弟。不知道白天里他都会干点什么？他一整天待在家里会孤独吗？会想家吗？他爸爸现在在哪儿呢？他为什么要抛弃小弟？我决定等晚上带他去吃一顿好吃的。

我是下午五点钟放学的，一出校门就看见了小弟。他站在门口引颈向校园内眺望，我夹在人群中走到他身边他都没发现。我叫了他一声，"你看什么呢"？

他一扭头吓了一跳，"你什么时候出来的"？

"我问你怎么来了"？

他说，"早晨送你来之后我就没回去"。

"我问你为什么不回去"？

他说，"我不认识回去的路"。

我愣了一下哈哈大笑。一拽他，"走！我带你去吃'必胜客'"。

"什么是'必胜客'"？

"'必胜客'就是'必胜客'"。

下　部

"很好吃吗"?

"当然"。

"那一定很贵吧"?

"好吃的东西都不便宜"。

"必胜客"里的人很多,大部分是年轻的母亲带着孩子来的;孩子多是刚放学,很多人都带着书包,有的孩子在等餐的过程中还伏在桌子上写着作业。我们等了十分钟后得到了一个位子,是一个临窗的桌子。负责给我们点餐的是一个年轻女性,二十岁上下,笑吟吟的。你们要点一些什么?说着话将一本菜单推给了我。

我潦草地翻了一下说,"我要一份披萨,50块钱一份的那种"。

她奇怪地扫了我一眼,拿过菜单用手指逐一指着从上至下滑动着,最后在靠近下方的一款停下了,把菜单转到我面前指着那一款披萨问,"是这个吗"?

我朝她点点头,"是的"。

"还需要点别的吗"?

我还没说话,隔壁一张餐桌发出刺啦一声响,一股迷人的肉香味扑鼻而来,这种香味有点呛人也有点诱人。我和小弟同时扭头看了一下。隔壁餐桌上刚上了一份铁板牛排,服务员将一壶酱汁浇了上去,激起香味和刺喇刺喇的响声……

小弟看了一眼就把头转了回来,脑袋刚转回来又迅速转过去看了一眼,再扭头问我,"这是什么"?

身边的服务员回答道，"是黑椒牛排。你们要不要也上一份"？

小弟含蓄地摇了摇头，两只水汪汪的大眼睛紧紧盯着我。我抬头对服务员，"给我们也上一份吧"！

服务员下去了，不一会儿又过来给我们布置了两副餐具。小弟对刀啊叉的很好奇，抓在手中玩个不停。我简单把这些餐具的用途和用法向他介绍了一下，他按照我的介绍一手握刀一手握叉地不停比画着。披萨一上来，小弟便将手中的刀叉扔下了，虽然很馋但是还算理智，伸手抓起一块披萨后吹了吹才咬了一口，然后就被披萨的美味惊到了，一边持续往嘴里塞着披萨一边含混地喊着，"这是什么呀？怎么那么好吃"？！

不多久牛排也上来了。滚烫的铁板上的一块褐色牛排，酱汁浇上去后滚烫的铁板刺啦啦地一阵响，一摊汁液开锅一般密集地冒着泡泡，香味从铁板深处升腾并弥漫开来。小弟的两眼就直了，披萨也不吃了，两眼直勾勾地盯着牛排，鼻子一抽一抽地，还试着用手要去抓牛排……

我们大概是五点半到"必胜客"的，一顿饭吃了半个多小时，出来大约是六点十分左右。那天我们没有乘车，一路走回家的。快到家门口时看到前面不远处有一个熟悉的人影，我头皮一麻，停下了脚步。

"小弟也跟着停下了，怎么了"？他问。

我说，"你看看前面的人是谁"？

下 部

小弟眼睛一亮,"那不是J校长吗"?

我问他,"你说他这是要去哪里"?

小弟说,"当然去你们家找你妈了……"

我一下就火了,放下书包,从脚下捡起一块石头,在手上掂量了一下,觉得不太顺手,于是扔了,重新拣了一块顺手一点的。我抓着石头对小弟说,"你准备跑"。

小弟问,"你要干什么呀"?

我说,"我要教训一下这个老浑蛋"。

"他怎么你了"?小弟问。

我说"这事你别管,准备好"!说着话我运足力气,向前两步助跑,一抡胳膊把石子掷了出去——石子一出手我低呼一声,"快跑"!掉头跑了。小弟反应稍慢了一点,完全是被我的奔跑带动起来的,跑开之前还弯腰替我拣了书包,然后背着沉甸甸的书包臃肿地跑在我身后,呼哧呼哧地——

这场戏是实时拍摄。秋天傍晚六点多钟天色还很亮,但是与拍摄所需光线相比还是弱了一些,需要灯光组进行补光辅助了。

当小演员一抬胳膊将手中半截砖扔出,冯骁立刻将中景切换成砖头的特写。砖头在半空中翻滚着急速向前,噗的一声正中五米外行走着的J校长的头部。J校长哼都没哼一下便倒下了……J校长面朝下倒卧在地,身边有两三个围观者,可能是附近的居民。他们与J校长保持着一定的距离,一副既怕惹事上身,又怕错过一次凑热闹的机会的样子。

183

一位小伙子走到 J 校长身边，蹲下身用手探了探他的呼吸，再用手探他的脉搏，那块半截砖就在他旁边。它比我料想中的要大，昏暗的光线下黑乎乎、分量很沉的样子。人如此脆弱，再智慧的脑袋也经不起一半截砖的……

"人没事吧"？一个围观者问。

小伙子说，"你们谁帮忙叫个救护车吧，或许送到医院还有救"。

那人说还是报警吧。

"救人要紧，先叫救护车"。

那人没理他，自顾自拨了是串号码，"喂！110 吗"？

……

离此不远的一处偏僻角落，两个孩子朝现场眺望着，一边眺望一边相互说着话。

小弟问，"你为什么要打 J 校长"？

我说，"这事你不懂，以后再告诉你吧"！

小弟又问，"你扔出的石头会不会把他砸死"？

我心里咚地一跳，嘴上说，"别胡说！一个小石子还不至于砸死人吧"？

小弟说，"那可不一定。我们数学老师有一次在课堂上说过，只要砸到致命部位，一颗黄豆都可能把人给砸死。你那个砖头比黄豆大多了，而且我听到石头砸到他脑袋上噗地一响，可能把脑浆砸出来了。如果真的出了人命那麻烦可就大了，说不定会抓起来枪毙的"。

经他这么一说我彻底慌了,也不计较他话的可信度了——隔了那么远他是如何听到石头砸在脑袋上的响声的。我说,"那可怎么办"?

小弟说,"要不我们过去看看他到底死没死吧"?

我说,"那不是自投罗网吗"?

小弟又说,"又没人知道是我们砸的!再说天都快黑了,谁认识谁呀"!

我心动了,"那我们走"。拔腿就要走。这时候突然响起警车鸣叫声,一辆警车闪着警灯驶向现场。我刚迈出的腿脚立刻停住了。

"J校长可能死了"。我说。

小弟问我,"那怎么办"?

"赶紧离开这里"。

"我们去哪儿"?

"随便,走得越远越好。等避过这一阵再回来"。

"家也不能回了吗"?

"不能"。

"可我们去哪儿呢"?

"不管去哪儿,只要离开这个城市就行"。

两道黑影撒腿跑了,中途一个声音喊了一声,"分开跑,去火车站集合"。

导演处女作

向前奔跑着的两道黑影倏地分开了……

晚上七点多的火车站人很多,售票厅每个窗口都挤满了人。我排了十分钟的队买到了一张去南昌的票。出了售票厅我掏出手机给小弟打了一个电话,我问他票买了吗?

他说已经买了。

我问,"你买的是去哪儿的"?

"镇江"。

我说,"什么"?

"镇江"。他重复。

我一下炸了,"你有病啊"?

他可怜兮兮地问,"怎么了"?

我说,"南京到镇江只有五六十公里,走都能走到,你这跟待在南京有什么区别"?

小弟可怜兮兮地,"我身上只有十块钱,买一张票就要八块……"说到最后他都有了哭腔。

我这才反应过来,心里愧疚不已。放软声音对他说,"你的票是几点的"?

"八点半的"。

我说,"我是八点四十的车,现在还有点时间。我们见个面,我丢点钱给你吧"!

我们约的见面地点是售票大厅外面的一个公用电话厅前。我

下 部

先到了。电话亭前人也多,都是一些拖着箱子拎着包的男女。有一位年轻的母亲坐在一堆行李中间旁若无人地给怀里的婴儿喂奶,我扫了一眼便赶紧把视线移开了。电话亭里一个年轻姑娘在打着电话,一边打一边微微笑着。从我所在的角度只能看到她的侧面。每当她笑起来她的嘴角就会显现在我的视线中,一停下我就看不见了。等了好一会儿都没见到小弟。我忍不住又给他打了一个电话。我问他,"你在哪儿呢?怎么这么久还没到"?

小弟说,"我在电话亭这儿呀"!

我说,"你胡说八道,我在电话亭前站十多分钟了也没见到你半个影子"。

他说"我真的在这儿"。

我说,"那你能看到我吗?我在电话亭侧面,我的旁边是一家超市"。

电话里传出嚓嚓地走动声,然后传来小弟的声音。"我现在已经到超市门口了,可没看见你呀"!

我说,"真见鬼了!你确定你在超市门口"?

"确定"。

我在超市门口来回走了两趟,没见到小弟。我不耐烦了,对着话筒说,"你把你在的位置拍个照片发给我,我就不信了"!

放下电话不一会儿,手机屏幕上叮地跳出一张图片。小弟的确是在超市门口,而且就在超市出口的中间位置,与我相距一米左右,但是我就是看不到他。我们俩之间仿佛被一张无形的帘幕隔离了，即便能感知彼此的温度，却无再见之日。我最后干脆站到照片中他所在的位置，就是说我完全覆盖了他，如果我这时向前伸一下脚都应该能踩到他的脚趾头了……超市门口不停地有人进进出出，在小弟连续发来的一组照片中我看到了一个秃头男人。我一扭头的瞬间，秃头男人恰巧从我的身边经过，甚至错过时他的肩膀还碰了一下我的肩膀。

此刻的我正经历着小弟所经历的生活，我们共享一份时间，遭遇同一批陌生人，但是我们之间却相互无视。他看不见我，我也看不见他。这一切怎么了？我们怎么了？时间怎么了？

人和人之间是一种奇妙的缘分牵扯。有的人你见一次就够了，有的人则百处不厌；有的人你交往一次就洞察了他的内心，有的人你终其一生也不知他葫芦里究竟卖的什么药；有的人初见时满心欢喜，再往下就是一个噩梦接一个噩梦。

纪方周之于我就是噩梦一般的存在。

我是在演员试镜的现场见到的纪方周。他第一次试镜是单独来的。我当时给出的条件是一个城市白领乘公交车赶去上班的生活片段，一个没多少难度的表演。就这么一个不具难度的表演片段却被他演得一言难尽。第二次再出现时他又摇身一变成了一名追捕逃犯的警察，坐下后煞有介事地跟我胡侃，不断暗示上次演白领的人就是他们追捕的嫌犯……这两次的表演极具反差效果，一次是另一次的铺垫，后一次却不是上一次的终结。他当时给我印象拘谨、内敛，对表演有自己的规划和计算，知道用什么样的方式能达到最好的效果。鉴于这样一份认识，加上他的变态一般的表演所激发出来的良好效果，他最终得到了男一号的角色。

后来的事实证明，我当时的决定有点草率。我承认我对他的了解有点片面，起码在性格上纪方周与拘谨、内敛这些词汇完全不搭。剧组集结的那天我召集全体人员开了一个会。那天大家在宾馆会议室逐一落座后，纪方周姗姗来迟，而且装扮出格。他的头上一顶棒球帽，帽檐朝后，脚上趿拉着一双拖鞋，下身一条大而肥的裤子，随着走动像两把扇子哗哗地兀自扇着风……演员艺人有时不太在意生活细节这点我能理解，会场也不是电影节盛大典礼，不需要盛装出席，但是起码收拾一下自己还是有必要的吧？你歪戴帽子也就罢了，趿拉一双拖鞋是不是有点不讲理（礼）了？进到会场后，他也没顾忌当时的氛围，热情地走到我身边给了我一个大大的拥抱，"谢谢导演把这么重要的角色给了我。谢谢"！

我就傻了。心想这孩子是不是傻呀？这时候你跟我说这个是什么意思？只是想在大伙儿面前刻意强调一下自己的男一号身份？

那天人多我也没多说什么。会后我专门跟萧乙男和戚少伟吐槽了一下。我说你们跟纪方周说一下，别成天整那些没用的，有时间多琢磨琢磨角色。我的告诫并没有收到效果，两天后又出了一件事。某天夜里纪方周把他同屋的另外一个演员打了。原因是

导演处女作

那个演员夜里睡觉打鼾。纪方周被鼾声搅得几乎不能合眼,刚要睡着就被鼾声惊醒。三番五次之后,他叫醒那位演员,两个人一言不合便动了手。两个人翻翻滚滚地从房间一直打到走廊上。那位演员是个身高体壮的西北汉子,不知怎么的却不是纪方周的对手,最后被纪方周压在走廊的地上一顿猛捶,捶得他鬼哭狼嚎的,等被人拉开已经鼻青脸肿的了……闻讯而来的戚少伟最后把那位演员安排到自己的房间,暂时解决了这场纠纷。

我是第二天早上才知道这事的,听到之后完全被震惊坏了。电影还没开拍呢剧组就乱成了这样?我压着怒火先去看了一下受伤的那位演员,赔了很多的好话并保证会严肃处理这件事。那位演员倒是挺懂事,一再抱歉说自己给剧组惹了麻烦了云云。

出了房间后我有点不解地问陪在身边的戚少伟,这人身大力不亏的,怎么会被身材单薄的纪方周打成这个惨样?

戚少伟说,"这你就不懂了。在圈内有一些陋习,主角和配角的地位是不一样的。如果两者发生肢体冲突,甭管配角多壮实多能打,他就只有挨揍的份"!

我说凭什么呀?

戚少伟说,"这很好理解呀!主角万一被打坏了,整个剧组还能拍吗"?

我说这也太欺负人了。你去把纪方周叫来!我在房间等他。

戚少伟警惕地,"你想干吗"?

我要跟他谈谈,不行的话就让他卷铺盖滚蛋!

戚少伟马上说,"你跟他谈可以,也可以骂他甚至揍他,但是你不能让他卷铺盖走人"。

为什么?

"这不明摆着嘛!两天后就要开机了,你这时候把男一号赶走,那戏怎么拍"?

我说外面的演员多着呢!重新找一个很难吗?

戚少伟说,"外面的演员是不少,但是戏好的演员并不是很多,戏好又能撑得起全剧的演员更是凤毛麟角。退一万步说,就算你能找到×××那样的演员,那天价的片酬你承担得起吗?再退一万步,等你找到了×××,也能承担他的片酬,那时间成本你考虑过没有?我们全剧组的人难道不吃不喝就这么干等着?五六十号人每天的吃喝住行需要不需要成本"?

那……那就不管了?

"管可以,但是不能赶他走。当然,你如果愿意听我一句话,这事睁一只眼闭一只眼让过去就行了。有那闲工夫不如安抚一下那个挨打的西北汉子老邢,给他发个红包,或者给他的角色加点戏……一切要以大局为重"!

我承认戚少伟说得句句在理,可就是咽不下这口气。我从小受传统价值观的熏陶,不欺负弱小、不畏惧强权是我做人的底线。也许我老了,已经跟不上这个时代的节奏……

当天我还是找纪方周谈了一次。我那天推心置腹地告诉他,我本来是写小说的,小说写得好不好说不准,勉强能吃上这口

导演处女作

饭。拍电影是半路出家，纯属业余爱好。因为是半路出家，我没有多少行业经验，也没有圈里的那些毛病。对于所有的剧组成员，不管工作分类、也不管角色大小我一视同仁。既然我能这样，我希望剧组里的其他人也能做到这一点。如果有人摆不正自己的位置，不管他在这部电影里是多么重要的角色我都不会姑息。也就是说这部电影我可以拍也可以不拍，如果大家合作愉快我就拍，如果有人自以为高人一等，搅得剧组鸡飞狗跳得让我觉得不开心了，这部电影我也可以不拍……

纪方周绝对是个聪明人，一听话锋不对立刻堆着笑脸说，"导演，是不是我有什么地方做得不好让你误会了"？

我怒不可遏地，这是误会吗？你究竟做了什么还要我提醒吗？

纪方周一拍脑袋，"导演你是说我和老邢的事吧？那是我们俩闹着玩的，你千万别误会。然后就是一连串道歉，不好意思啊！不好意思！不好意思"！

我简直快被他气出内伤了，压着怒气问，你确定你们俩是闹着玩的？

他大睁着眼睛说，"那还能有假？不信我叫他过来你亲自问"。他掏出电话就打，"老邢啊！我在导演房间呢！你能过来一下吗？说话时一副气定神闲的模样。果然是个好演员啊"！

挂断电话不一会儿老邢到了。纪方周大老远地迎上前，一只胳膊亲热地搂着老邢的脖子说，"老邢，咱们俩昨天闹着玩的

下　部

事情不知怎么让导演知道了,他有点不放心。你赶紧跟导演解释解释"!

老邢愣了一下,扭头看了一下纪方周立刻就明白了,顺着他递过来的话说,"导演!我们真的是闹着玩呢。你不用担心"!

演员就是演员,睁着眼睛说瞎话的功夫信手拈来。脸上的伤口历历在目,说出这种话伤口难道不会疼吗?昨天还在哭天抢地地要我为他做主,要严惩凶手,今天就变成闹着玩的了?

这件事最后不了了之。既然当事人都一口咬定是闹着玩的了,我不依不饶地为之强出头就是有病了!纪方周由此逃过了一劫,但是却给我留下了非常糟糕的印象。隔了很久了,我偶尔一想到他,还跟吞了一只苍蝇似的恶心得不行。直到电影开机了,我还在琢磨要不要制造一个借口,有限度地敲打敲打纪方周。虽然现在的条件不允许换掉他,我仍然不想就这么轻易放过他。就在我绞尽脑汁想着如何收拾纪方周之际,纪方周自己又闯祸了……

纪方周这次招惹的对象是一位女演员。这位女演员是南京本地人,在剧中担任女三号,纪方周与她有一场对手戏。这场戏是实景拍摄,拍摄地点是浦口火车站。

浦口火车站始建于清光绪年间,在当时是连接平、津、冀等11个省市的交通枢纽。站前广场、候车大厅、办公楼等相关的建筑均为英伦风格,大方厚朴庄重沉稳。1968年随着南京长江大桥建成通车,浦口火车站停办客运,但是候车大厅、站台以及纵横交错的铁轨等都被完整地保留下来,站内的几处铁轨上至今还停着几列保存完好的车厢。后来老火车站被打造成一处旅游景点，一直是网红打卡地。从世界各地慕名而来的游客络绎不绝，还吸引了众多影视剧都来此取景拍摄。刚上初中那一阵儿，我隔三岔五地就会和几个要好的同学从下关码头坐渡轮来老火车站玩，经常能遇到一些影视剧组在此拍戏。我记忆最深的一次是看见达式常和一个女演员演对手戏的场景。达式常穿着一袭浅色风衣和一个漂亮的女演员在火车站台上缓慢地走动……可能是来车站接人，也可能送某人远行。那天的拍摄不大顺利，被不断要求重来，他在我面前重复走了七八次……

那天我和两个同学坐在一列货车甲板上，远远看着达式常和那位漂亮的女演员一遍又一遍地在我们眼前走过去，又走过去。每次几乎都一样。反正我看不出有什么不同。那个镜头拍到第七遍时，我已经没了兴趣。我环顾了一下四周，对身边的同学说，以后我如果拍电影一定要在这个站台上拍一场戏……

2013年之后，浦口老火车站被国务院列为第七批重点文物保护单位，从此不再接待影视剧进站拍摄。我的电影决定开拍后，我确定的第一个拍摄地点就是老浦口火车站，而且就是当年拍戏时的第二站台。当我们剧组拿着"拍摄许可证"第一次来联系拍摄时，就被车站管理部门一口拒绝了。

"我们早就停止接待影视剧组来此拍摄了"。

我掏出"拍摄许可证"对负责人说，我们是正规剧组，你看这是国家广电总局颁发的"拍摄许可证"。

负责人看都没看一眼说,"你这个没用!我跟你这么说吧,前些年有个顶级大导演要来这里拍戏都被拒了。你觉得你比他如何"?

他这话一说出口我就没话可说了。可少年时立下的誓言总不能就这么轻巧地打了水漂了吧?我不甘心之下又辗转找了很多的关系,甚至还找到了一位相当级别的离休老领导,让他帮忙给浦口区政府打了招呼。区政府那边的人答应得挺爽快,还热情地把手机号码给了我,让我有事直接给他打电话,不要麻烦老领导云云。说得我心头热乎乎的。两天后等我再给他打电话,电话就没人接了,不接也不回。事情到了这一步我彻底没辙了。有一天晚上我和几个写东西的朋友喝茶时说到这件伤心事,在座的一位诗人小丁对我说,"这个事你其实没必要四处托人的,找的人越多事情越难办"。

我问他为什么这么说?

小丁说,"你想啊!既然有关部门已经制订了相关规定,你私下再找人帮你,违反规定肯定不行的,脑子稍微正常的人都不会帮这个忙的"。

可区政府的那人当时是答应的呀!

"那不过是给请托人一个面子。何况老领导早已经不在位了……"

我喃喃自语,那这事就没办法了?

小丁笑嘻嘻地说,"赵哥你为什么不找我呢"?

我说你又不是领导。

"但是我是班主任啊"!

小丁嬉皮笑脸地似乎话中有话。我问他,你什么意思?

"我们班上有个学生的爷爷是浦口火车站看大门的,你说我能不能帮上忙"?

我说一个看大门的有这么大的权力?

小丁说,"赵哥你怎么忘了县官不如现管这句老话呢"?

既然这样那赶紧带我去跟那个学生家长打个招呼吧!

小丁摆摆手,"不用提前打招呼。你告诉我你哪天去拍,我直接带你们进去就行"。

尽管小丁信誓旦旦,我心里还是有点不踏实。但是除了信任他,此刻我也没别的办法了。

等到拍摄那天,我领着剧组拖着器材浩浩荡荡来到浦口火车站,五六辆大大小小的车停在了站前广场一片空旷区域,原本答应在此等着我们的小丁却没出现。我掏出手机给小丁打电话,连打了数次都没人接。我就慌了,许多不良情绪瞬间涌现。自从一脚踏入影视圈,我总是遇到一些不靠谱的人和事……就在我胡思乱想之际,手机响了,是小丁。小丁一连声地给我打招呼,"赵哥不好意思!学校临时有事我没法赶过去,但是火车站那边我都联系好了。你们在哪里?我让人去接你"!

挂了电话没一会儿接应的人来了。是一个五六十岁的老人,瘦瘦的,戴着一副老式眼镜。"请问哪位是赵导"?

下　部

我赶紧迎上前,你好!我是小丁老师的朋友。

老人说,"都到了吧?那我们进去吧"!抬头扫了一下几辆车。"对了,站内地方不大,你们的车就停在这儿不要进去了"。

我说其他的车停在这儿都没问题,可是器材车上有一些升降机、大摇臂等大型器材,搬上搬下得很不方便,能不能让器材车跟我们进去?

老人犹豫了一下,点点头,"那行吧"。

老人领着我们绕过站前广场,从一侧的一条土路绕到一处大铁门前,然后打开大门把我们二三十号人放进去了。等人和车子都进去之后,他默默地进了警卫室。这是一个不善言辞的厚道人。我有点过意不去,跟着进了警卫室给老人塞了两包"中华"香烟。出来后正好小丁打电话询问情况,我告诉他一切顺利,我们都进来了,马上就准备开拍了。还说了那位老人家对我们很好,我刚刚送了他两包烟。

小丁说你其实不用这样的,"太客气啦"!

这些都是题外话了。咱们还是言归正传说说纪方周吧。

那天进了火车站后,全剧组人立即忙活起来。演员开始化妆,器材组开始架设机器,摄影师在调整机位……趁着这一点空闲,我在附近溜达了一会儿。我们的拍摄区域就是达式常当年拍戏的第二站台中段。铁轨上停着一列火车,车厢门敞开着,没有上下的旅客和离别的亲人……这两节车厢几乎就是达式常当年拍戏时的车厢,这么多年来似乎一直停在这里没有动弹过。四周那么安静，只有阳光无声地穿过铁轨旁边的碎石子，在暗中抽去了时间的重量。眼前的一切与记忆中的场景渐趋融合，而时间已然不再……看着眼前既陌生又熟悉的场地，我的内心微微有些激动。多年前一个莽撞少年在这里许下的愿望，多年之后的今天真的成为现实，而少年已经老了，那么他是该为此高兴呢，还是该黯然神伤呢？

今天拍摄任务不是很重。主要是男一号和女三号的一场对手戏。一处火车站的站台上，一对情侣在一列即将启动的火车前依依惜别。他们自此一别将不会再有重逢之期，两个人的分别犹如骨肉分离，至痛至悲，最终泪洒片场。然后火车鸣着汽笛载着其中一人缓缓远去，空无一人的站台上只留下一个悲伤孤独的身影。我还计划在后期制作到这一段时，外加一曲伤感催泪的音乐……

这场戏难度不大，按统筹的计划一个上午就能完成。开拍后的进展也的确如我的预期，前面两条拍得挺顺，一二三咔嚓就过了。最后拍到一段哭戏时出问题了。因为分手在即且后会无期，男女演员深情拥别时，我需要女演员的泪水瞬间夺眶而出，二机位的摄影机已经准备好了抓女演员的脸部特写，就等着两行清泪顺着脸颊滚滚而下……

应该说纪方周的这段表演没有任何问题，情绪饱满，表情准确，动作明确，留给对手的表演空间充裕，必要的铺垫和渲染丝丝入扣。女演员只要顺着他的表演轨迹进行下去，不费吹灰之力就能完成自己的表演。可不知道怎么回事，面对纪方周给出的空间和台阶，女三号视若不见，迟迟进入不了状态，怎么挤眉弄眼的眼泪都下不来。我数次叫停，强压住情绪上前亲自启发。我说你就要和最爱的人分别了，内心是不是很难过？还提示她，想象一下你的至亲至爱因为病症在你的面前咽下了最后一口气。他最后一眼看着你，眼里默默涌出两行浑浊的泪水……她被我的启发带入情境之中，两行眼泪不知不觉地滚落下来。她抹了一把眼泪对我说，"导演我明白了，我们再来一遍吧"！

我以为这次应该没问题了，回到监视器前，拿起对讲机喊准备！开始！

场记举起场记板，"第五场三镜六次"，啪的一声……

纪方周拖着行李厢向一节车厢门前移动，背景是一列火车，周围是拖着行李抱着孩子的上下车的旅客。不远处传来一声呼喊，"俊生"！女三号从人群中追上来向他飞奔而至。纪方周放下行李伸开双臂，将女演员揽入怀中。女演员悲伤地将脸贴在他的肩膀上，然后尴尬的一幕重现。她无论如何使劲都无法从眼睛里挤出眼泪。监视器上都能看到她把牙根部位的肌肉都咬硬了，两只眼睛更是睁得滴溜圆，眼珠都快掉下来了，眼泪始终下不来……

等了一会儿，确定她依然无法挤出眼泪后，我腾地起身，气急败坏地就要冲过去，可正在这时，纪方周抢先一步炸了。他一把推开怀中的女演员。"这演的什么玩意儿？究竟还能不能演？不能演就换人"！

导演处女作

女演员蒙了一下,接着勃然大怒,"你凭什么说我?你演得有多好吗"?

两个人瞬间吵得不可开交。

我本来起身要过去的,见纪方周已经和她短兵相接了,便又坐了下来,点上一支烟从监视器上看着他们在镜头前恶吵。说实话,女演员的吵架功夫比她的表演水平强多了,自信、松弛、有力度、斗志昂扬……我甚至想把她吵架的镜头保留下来,剪到以后的成片中去,说不定也有意外的效果。正想着,摄影师已经掐停了机器,监视器变成了黑屏。我暗暗骂了一句笨蛋。即便如此我依然坐在座位上悠闲地抽着烟,身边的工作人员被眼前发生的一幕惊得目瞪口呆,一起朝我看,似乎希望我过去把他们劝开。但是我没这个想法。即便我此刻过去,也是帮纪方周骂女演员一顿。既然纪方周已经代我骂了,我还有什么必要再过去呢?

在艺术上我从不重复别人的发现和劳动。

一根烟很快抽完了,那两个人还在恶吵,短时间没有停下的意思。我打开对讲机,老戚!你那边完事了吗?戚少伟带着另一组人员在附近布置场地,那是我们下一个要拍的场景。

不一会儿对讲机里传来戚少伟的声音,"导演!我还有二十分钟就好"。

我说你先把那边的事放一放,过来一下。

戚少伟很快过来了。"怎么了"?他问。

我朝恶吵着的两个人努了一下嘴,戚少伟朝那边瞟了两眼,

下　部

压低声音问，"这两人怎么掐起来了"？

我就把前因后果说了一下。

戚少伟为难地皱了一下眉，"这么吵下去也不是事。一个演员如果有戏，一举手一投足就都有了，没戏你逼死她也没用"。

我说你这话的意思就是没辙了呗！

戚少伟说，"我是说哭不出来强求也没用，找人去买两瓶眼药水，给她上眼药水"。

可我想要真实的效果，上眼药水根本达不到我要的效果。

戚少伟又说，"事急从权，不能在这块儿再耽误时间了，再耽误下去今天的拍摄任务就完成不了了，这样一来会影响整个拍摄的周期"。

我们正说着，那边的恶吵突然停下了。女三号哇的一声突然号啕大哭起来，捂着脸跑开了，一直跑到片场的边缘，掏出手机边哭边打起电话……

纪方周怒气冲冲地快步走到我身边，"导演！这戏没法拍了，要不把她换了，要不就换我"！

我说这事我看得很清楚，你不用多说，先去休息一下，我来处理。

这件事闹得我心烦意乱的，身上隐隐有一种灼热感，很不舒服的一种感觉，抬头一看，是太阳正当头烤着。我们是早晨八点左右开拍的，当时朝阳初现，映照着漫天的朝霞，大街上的行人、车流以及街边的建筑都沉浸在一缕潮湿中。拍了六七条之后

导演处女作

太阳已经升到头顶,一上午就这么过来了。我看了一下手表,已经快中午12点了。四周的人此刻已经完全松懈下来,三五成群地抽烟或聊天。远处的女三号还在一把眼泪一把鼻涕地抱着手机说着什么,因为离得太远也听不清她在抱怨什么……看样子一时半会儿也拍不成了。我打开对讲机问,后勤,盒饭到了没有?

后勤连忙说,"到了,导演"。

让大家先吃饭吧!半个小时后继续拍。然后我扭头对咸少伟说,你一会儿过去安抚一下她(女三号)。让她收拾一下情绪,半个小时后咱们继续拍。下午两点之前这场戏无论如何要拍完,实在不行就给她上眼药水。

大家开始吃饭了,有人蹲着、有人坐着、有人站着,还有人一边走动一边吃着。咸少伟拿着两盒盒饭朝女演员走过去。就在这时有两辆小车开着最大马力,朝我们所在的方向驶了过来,吱的一声停下了。车门打开,从车里跳下七八个男子,有光着头的,有光着膀子的,很多人身上都有文身,手上都拎着棍棒、提着砍刀什么的的,气势汹汹、杀气腾腾朝我们疾扑而至。整个剧组的人顿时傻了,一个个停下嘴,傻傻地看着这伙人,不知道他们究竟想干什么。我也是一头雾水,还以为又来了一个拍犯罪片的剧组……

当时纪方周正蹲在一个角落吃着饭,被突兀的汽车轰鸣声惊动,一抬头看到从车上跳下来的那伙人。完全是本能的反应,他腾地站起身,一把扔掉手中吃了一半的盒饭,撒腿从一个意外的方向窜了出去。那种迅捷的反应速度简直没法形容，我只觉得眼前一道黑影闪过，人已经不见了踪迹。等他完全消失，被抛向空中的半盒盒饭才洋洋洒洒地缓慢落向地面……

可能是受纪方周影响，径自朝女演员走过去的戚少伟发现情况不对，立即返身回到我身边，一手拎着一盒盒饭挡在了我身前。

那五六个人四散开来，遇到人便用手中棍棒和砍刀指着，"这事跟你们没关系！我们只找纪方周"。

远处的女演员则快速迎向那伙人，手指着一个方向对一个领头模样的胖子叫道，"他跑了！从那边跑的"！

她手指的方向空空如也，纪方周已经完全消失。

胖子手一挥，"追"！率领手下朝着纪方周消失的方向追了下去。

他们追下去的方向是铁轨铺设的远方，一眼望去只有荒废的铁轨和一望无际的荒野，视线所及之处连个鬼影子都没有。果然没一会儿一伙人又骂骂咧咧地回来了。跑了和尚跑不了庙！他们很快围住了后勤组的两个小姑娘，凶神恶煞般地问道，"谁是你们的头"？

两个小姑娘都是电影学院的大学生，是来剧组实习的，年轻稚嫩的她们哪里见过这阵仗，一边瑟瑟发抖一边朝我所在的方向看。

这一切都发生在电光石火的一瞬间，最初的一刹那我几乎被吓傻了。我怎么也没想到只在电影电视里出现的场面会在现实中出现。那一刻我意识全无脑袋一片空白，直到戚少伟挡在我面前我才稍稍恢复了一点意识，但是内心还是很害怕。看到两个小姑娘瑟瑟发抖惊惧的样子我突然镇定下来，伸手拨开挡在身前的戚少伟走了过去。

你们别难为小姑娘，有什么事跟我说吧！

这伙人随即转过身将我团团围住了，那个胖子用手中的棍棒抵在我的下巴上，狠声恶气地问，"你是这里的头儿"？

我还没说话，女三号冲过来对他说，"他是我们导演，跟他没关系的"。

不知道是不是女演员说情的效果，抵在下巴上的棍棒垂下了。胖子道，"冤有头债有主，只要把姓纪的小子交出来，我们也不为难你"。

我没理他，转脸问女演员，他们是谁？

胖子抢答，"我是她表哥！顿了一顿，你也别废话，赶紧把姓纪的小子交出来"！

我问他怎么得罪你了？

"他欺负我妹"！

我说他们是演员，在表演的过程中可能有一些争执。这属于正常的业务探讨，你们没必要这么大动干戈。

胖子蛮横地，这事你说了不算。"今天你必须把他交出来，不然没完"！

我说你们也看到了，他跑了。我也不知道他跑到哪儿去了，没办法帮你们。

"你不是导演吗？你可以打电话叫他回来"。

我说他是我的演员，我不能保护他内心已经很歉疚了，你还想让我把他交出来，这事我做不出来。咱们俩换个角度，如果你是我，相信你也不会这么做的，对不对？

"那我们就对不住了！你如果不把他交出来我们就不走了。看谁能熬过谁"？说着话胖子真的一屁股就地坐下了。其他几个人看胖子坐下了，也纷纷跟着东倒西歪地散漫地坐了下来。

我没辙了。我天生缺乏与泼皮无赖打交道的技能。

一直跟在我身边默不作声的戚少伟这时有了动作。他越过这群人走到女演员面前，将攥在手中的两盒盒饭中的一盒递给她，和善地说，"时间不早了，趁热吃一点，一会儿还要拍戏呢"！

一直被某种情绪孤立的女演员没想到这时候会有人主动上前来嘘寒问暖，而且还是戚少伟这么一个身份特殊的人，因此显得很激动，伸手接过盒饭喋喋不休地对戚少伟说，"戚导！你也看见了，这事不是我的责任……"

剧组的人一般称我为导演，称其他几个副导演时会以"某导"称之，譬如对戚少伟就称戚导。这是一般剧组区别导演和副导演的通用方式。

戚少伟说，"这是正常的业务探讨，你们都是为了要把戏演好。不用在意，赶紧吃两口，也辛苦一上午了……"转脸问后勤组的两个小姑娘,"盒饭还有吗"?

两个小姑娘这半天都没缓过劲,戚少伟连叫了两声才反应过来,两个人拼命点头,"有,有"。

戚少伟也不打话,走过去掀开箱包,从里面又拿了几盒盒饭,曲起一只胳膊将几盒盒饭抱在怀中,回身走到席地而坐的那一伙人面前,开始分发盒饭。这一番举动整得那伙人直接蒙圈了,接也不是不接也不是,一起朝胖子看。戚少伟知道他们的心理,却始终对胖子视而不见,嘴里说道,"你们倒是接着呀!不管你们想干什么也不影响吃个饭。吃过饭该干吗干吗,我们不拦你们"。

胖子坐不住了,不住打量着戚少伟,眼里充斥着挑衅。旁边的女演员适时地说了一句,"哥!这是戚导"。

胖子看了一眼女演员,眼神缓和了一些,朝戚少伟伸出手,"给我一盒"。戚少伟转身递了一盒给他,两人还互相点了点头。"你这人有点意思"!胖子追了一句。

胖子以身垂范的效果明显,他手下的几个人纷纷接过盒饭。

戚少伟的这一波操作让我大开眼界。这本来是一道无解的死结,却被他三言两语地轻巧化解。虽然没有完全解开,起码缓解了双方的敌意,代价只是20元一盒的盒饭。无论如何这都不失为一记妙招。

我觉得戚少伟身上有太多值得我学习的东西了。

一圈分发完成之后,戚少伟手上还剩下一盒盒饭。他走到我身边大声地说,"导演!你也吃一点吧!一会儿还要工作"。

我理解他这话的意思。他是借机告诉这帮人,我们下面还要继续工作……

我说就剩一盒了吧?你自己吃吧!说完拔腿要走。

戚少伟问,"你去哪儿"?

我小声道,我去找找纪方周,总不能不管他了吧?一剧组人还等着呢!

戚少伟说,"我跟你一块儿去"!

我说你在这儿想点办法把这群人打发走,有他们在,就是把纪方周找回来也没法拍。

"那行!我想想办法。对了,要不你去问问刘师傅。纪方周今天是坐刘师傅车来的,他的服装什么的都在刘师傅的车上"。

出了火车站我直接去了停车场。刘师傅正在驾驶座上抽着烟。我问刘师傅见到纪方周没有?

刘师傅说,"他刚才来过,拿了自己东西就走了"。

他说去哪儿了吗?

刘师傅摇头,"我问了,他没说。看样子挺生气的。我问他要不要我送他,他也没吭声,拎着包就走了"。

我暗叫一声不好,急忙掉头返回片场,然后被片场呈现的一幕惊呆了。片场所有人席地而坐围成一个圈子,正玩着"击鼓传花"的游戏,每一个人都玩得喜笑颜开的,那几个地痞流氓也夹杂其中。那边男一号下落不明,这一侧敌我之间却玩得不亦乐乎。

我铁青着脸走过去说，都停下！

游戏停下了，众人纷纷站起身，摄影师问，"导演！要开工吗"？

我说开什么工？男一号都走了还开什么工？转脸对众人，纪方周刚刚拿了自己东西独自离开了，有可能回市区了。你们赶快分头出去找一找，一定要把他找回来……

一些人走开了，女三号站在一边欲言又止的。我看到了，但是没理她。这一切都是她惹出来的。一想到这个我就来气，整个就不想给她好脸色。她最后还是走上前对我说了一句，"导演对不起"！

我看都没看她，指着那几个地痞说，纪方周走了，他们几个也可以离开了吧？

戚少伟赶紧上前对我道，"导演！借一步说话"。把我拉到一边说，"那几个人我刚安抚好，是不是可以留下他们"？

我不客气地问，留下他们干吗？

戚少伟说，"我刚才跟他们说好了，让他们演几个群众角色，他们都很高兴……"

我一时没回过神，看了那几个人一眼，问戚少伟，你是说……？

戚少伟重重地点了一下头，然后朝胖子招了一下手，"你过来"！

胖子堆着一脸的笑意谄媚地走过来。戚少伟对胖子说，"导

下 部

演已经同意留下你们了,以后一切都要听从导演安排"。

胖子点头哈腰地,"一定!一定"!然后对我说,"导演!找纪老师的事你交给我们吧,我们保证把他找回来"!

我没好气地,人都不知道去了哪儿,你怎么找?

胖子笑呵呵地说,"从浦口这地方出去只有两条路,一条是坐轮渡从水路走,一条是坐车从长江大桥走。轮渡一小时一班,现在距离下一班还有二十多分钟,他要从水路走,现在一定在码头等轮渡;如果他要坐出租车走,这边开出租车的都是我们的人,就算他已经上了大桥,我打个电话司机都得把纪老师给我送回来"。

我说你真有这能耐,就快去把他给我带回来。

"行!这事您交给我"。说完抬腿要走。

我说等等!咱们可说好了,他如果掉了一根头发我跟你们没完!

胖子连忙说,"哪能呢!咱们现在都是一家人了……"

胖子领着一众手下离开了。

二十分钟后胖子果然领着纪方周回来了,两个人勾肩搭背状极亲密地从远处慢慢走近,边走边聊着什么。初见时两人不共戴天杀气腾腾,再见时两个人搂肩搭背状极亲密,此番情景看得我一愣一愣的。

后来我才知道,纪方周本来打算从水路离开的,因为下一班轮渡要等40分钟,就回头叫了辆出租车,准备从陆路离开。出租车还没开出浦口区域,司机就接到胖子的电话……

事情就是这样。

接下去的拍摄非常顺利,一条就过了。女三号根本不需要眼药水,纪方周刚一捧起她的脸,她眼里的泪水便滚滚而下……

这件事之后纪方周稍稍收敛了一点,接下去的拍摄过程也还算顺利,但是拍到一场"酒戏"时又出问题了。

准确地说这一次的问题虽然出在纪方周的身上,却不是纪方周的问题,问题在"酒"。

在这一段情节中,纪方周扮演的男一号因为意外卷入到一桩碎尸案中,遭遇到了人生的"至暗时刻":女朋友离开了,工作也丢了,他整天醉生梦死般地沉溺于酒精中,犹如行尸走肉一般……

深夜两点,一个从酒吧出来的酒鬼东倒西歪地走在大街上。大街上的行人寥寥,主车道上的车也不多,偶尔一辆车经过,激起一片轰鸣声后,整个城市又陷入了寂静之中。醉鬼走了一会儿后下了人行道,径直走到快车道上。夜晚快车道比白天更为宽敞,醉鬼走得手舞足蹈欢欣鼓舞,还平伸双臂似乎想要丈量黑夜的宽度。一辆汽车迎面驶来,醉鬼张着双臂迎上前去想要拦下汽车……

我们是在深夜两点准时开拍这场戏的,选择这个时间段拍摄倒不是为了更贴近现实的时间——电影里深夜两点与现实中的深

下　部

夜两点并不需要完全一致，电影只需要模拟出现实时间段的情境和元素就可以了。我们之所以定下这个时间开拍，是出于安全的考虑。深夜两点的大街上车流稀少，能增加拍摄时演员的安全系数。毕竟演员大部分的戏份需要在快车道上进行并完成，来往的车辆太多既不利于演员的表演，也会威胁到演员的人身安全。

纪方周最初表演没有什么问题，进入机动车道之后，他的表演开始生疏拘谨了许多。尤其当一辆汽车迎面驶来，按照要求他此刻应该张开双臂迎上前去试图拦下这辆车，最后逼着来车一个急刹车，司机一打方向盘，刚好绕过他快速驶离，毕竟谁也不会和一个醉鬼纠缠不休的。司机还从车窗探出脑袋朝着纪方周恶狠狠骂一句，"有病啊"？！事实上，汽车出现时纪方周张开双臂迎上前去了，随着汽车越来越近，他的身体开始变形，张开的双臂软耷耷地，身体也畏缩着，下意识地侧开身子，随时准备跑开一般。

我大叫一声，停！气急败坏地走到纪方周身前呵斥道，你怎么回事？

纪方周说，"这车的速度也太快了吧？拐弯过来一下就到跟前了，看着都害怕。你能不能让车开慢一点"？

说实在的，汽车的速度并不快，比我最初的设计还慢了。只是出于安全的需要才要求司机放缓了速度，准备在后期制作时再用技术手段加快车速，要把这辆来车渲染得风驰电掣一般。就这样纪方周还嫌快。我也不跟他废话，说你开什么玩笑？你现在是

导演处女作

一个醉鬼,大脑和身体都已经被酒精麻醉了,对周遭的一切并不具备正常的判断力。重来一遍!

这一夜我们连拍了三次,结果都一样。最后一次结束天已经快亮了,只得鸣金收兵。

回到驻地休息两三个小时,我又起来带领萧乙男所在的一组拍摄。即使在拍萧乙男的戏,我的脑子里还在琢磨着纪方周,加上睡眠不足,状态极其萎靡,萧乙男有两处表演失误我都没看出来,还是在一旁的戚少伟提醒下才注意到。又坚持了一会儿,我实在坚持不住了,对戚少伟说,你帮我盯着吧!我要到车上睡一会儿。

戚少伟关心地问,"你怎么了?是不是夜里的戏拍得不顺"?

我说岂止是不顺,整个就没拍起来。就把夜里发生的事情大致跟他说了一下。完了我还跟他感叹了一句,你说我这人是不是很背啊?连拍个电影都那么不省心。

戚少伟说"这有什么呀!好办"。

我说你说得轻巧,你帮我找个解决的法子?!

戚少伟眼睛骨碌碌一转,"今天拍摄前你灌他一点酒,让他带着酒劲上去拍,应该没问题"。

我一拍大腿,对啊!我怎么没想起这招儿呢!看了看他,怎么什么事都难不倒你?真想把你的脑袋剖开看看里面是怎样的一种结构!

戚少伟一笑,"你是关心则乱"。抬头看了看现场,说,"下

下　部

面的活儿不重,你抽空去歇一会儿吧!这边我盯着"。

看到难题解决有望,此前的疲惫一扫而空。我说不用了,我现在又不困了。对了,今晚你跟我一块儿吧!有你在身边我心里踏实。

这两场戏到下午五点就拍完了。回去的路上我给后勤组打了一个电话,告诉他们夜场戏的拍摄要用到酒水,让他们给我准备一些。

后勤问具体要那种酒?需要多少?

我说我也不知道,你们掂量着办吧。

回到驻地吃了饭后我抓紧时间躺了一会儿。九点钟被一阵门铃惊醒,打开门一看是后勤组的人送酒来了。各种酒都有,中国白酒、法国红酒、德国啤酒、日本清酒、苏格兰威士忌……品种之丰富出乎我的意料。我睡意全无,立刻打电话叫来戚少伟。戚少伟进门后看到这么多酒也很高兴,在一堆漂亮的酒瓶中叮叮当当挑拣着,嘴里不停地絮叨着,"导演大气!太给力了"!说着就抓起了一瓶苏格兰威士忌。

我一把把他手中的酒瓶抢了下来,又不是给你喝的,瞎激动个啥!

戚少伟说,"这么多呢!他一个人喝得完吗?来来来,让我先帮他尝个味道"。

我说别!等他来了再开。他喝哪种就开哪种。

戚少伟"切"的一声,"你真够抠的"!

白天没有纪方周的戏,他一整天都窝在宾馆里休息,走进房间时精神气十足地说,"导演我准备好了,我们现在就去现场吗"?

我说还有点时间,来!坐下我们喝点酒。

纪方周一愣,"这时候喝酒?晚上不是还要拍戏吗?要不我就不喝了吧"!?

我说这几天大家不分昼夜地连轴转,都很辛苦。今天难得有点时间,咱们喝点放松一下。

纪方周为难地,"可我不会喝……"

我说喝一点没事的,从下面拎出一瓶红酒和一瓶白兰地,你挑一瓶吧!

纪方周神情艰涩地看了看茶几上的两瓶酒,搓着双手,吞吐着话语道,我真的……不能喝的!

我没理他,转脸对戚少伟,你帮忙挑一瓶吧。

戚少伟摩拳擦掌早已等不及了,闻言拎起一瓶白兰地砰的一声拔开了瓶塞,先给我倒了一小口,又给纪方周倒了小半杯,给自己倒了大半杯。

我故作生气地说,你给自己倒了那么多,给我们倒了这么一点,也太抠了吧?抓过酒瓶就要给纪方周加酒。纪方周伸手死死捂住杯口不让倒,"导演我真的不能喝"!

戚少伟也说,导演你先让他喝一点试试,说不定喝了一口上瘾了,他还跟你要酒呢!

我只好放下酒瓶,端起酒杯与他们两个挨个碰了一下杯。这几天辛苦了!一仰头把酒灌了下去。戚少伟则轻轻摇晃着酒杯,轻摇两三圈之后将杯口凑到鼻子下深深地闻了一口,抬起脸闭着双眼长长吐了一口呼吸,然后张开大口一口把大半杯酒吞了下去,吞下去后还连连咂嘴,一脸陶醉地大叫,"好酒!好酒啊"!一副欠揍的样子。

我们喝酒时纪方周一直举着酒杯陪着,等我们喝完放下酒杯,他闻都没闻一下自己的酒就把杯子放下了。

我问你怎么不喝?

"我看你们喝,我就不喝了"。他说。

这话说得我差点气疯掉。如果不是为你,我会这么大动干戈地买了这么多酒?我是钱多还是闲得没事干?尽管心里有气但是脸上还不能表现出来,我说那不行,我们都喝了,你怎么着也得喝一口吧?

纪方周说,"我是真不能喝,只要你们喝好了就行"。话越说越不上路子了。

我渐渐有点压不住火了,呛声问了一句,如果喝了一口酒你是怕你会飞呢?还是怕自己会爬树?

纪方周没料到我突然翻脸,一时不知该如何回答,颤声道,"导演……我……"

你什么你!此前一直压抑着的情绪被瞬间点爆,无数恶毒的话顶在唇齿间,张开嘴巴就会成吨地飞出来……见势不对的戚少

导演处女作

伟急忙拽了我一下，抢在我开口之前对纪方周说，"导演今天请你喝酒是另有用意。这不是私下聚会，是工作的一部分。你呢就给我们一个面子，喝一点总可以吧"？

纪方周愈发疑惑起来，说，"戚导我不大明白您的话"！

戚少伟就看我，"导演！我能说吗"？

我抓过酒瓶又倒了一点，仰头干掉了，恶狠狠地，说！

你昨天在拍摄现场的表现一直没有达到自己最好的状态，导致当天的拍摄任务没有完成。今天就你的问题我们商量了一下，觉得问题出在酒上。在这场戏中你扮演的是一个醉鬼，但是你的表演自始至终都很清醒，完全没有一点醉酒的状态……所以导演今天专门备了酒，准备在拍摄之前让你先喝点酒，找一找醉酒的感觉，这样或许对你今天将要进行的表演会有所帮助。

纪方周听了这番话后稍稍有点激动，朝着我和戚少伟突然深鞠了一躬，"谢谢导演！谢谢戚导！我昨天的表现不在状态，这的确是我的问题，我也很自责。本来喝点酒找一找醉酒的感觉确有道理，但是我的体质对酒精高度过敏，完全不能沾酒。一小口酒都会让我心跳加速，一二分钟之后就会达到每分钟160~180下，此刻如果没有救治手段介入，三五分钟后就会出现窒息并有生命危险。所以……所以……"

这个局面是我完全没有料到的。我和戚少伟面面相觑，一时间不知如何是好。我转过头问纪方周，按你的说法那我们的电影也没法拍了是吧？

下 部

纪方周说,"导演我不是这个意思……"

那你是什么意思?能演就演,不能演我们趁早散伙得了,也别浪费时间了。

戚少伟插话道,"导演!要不我们这样。今天晚上再让方周在不喝酒的状态下试一下,如果表演过关那什么都不用说了。再转向纪方周,如果还是不行,明天开始你必须喝酒。身体上的问题自己克服,我们不承担任何责任。你看这样行不行"?

虽然说好了只试一次,出于某种利害关系的衡量,我领着纪方周所在的一组人马一连试了三个晚上。不知是压力过大还是别的什么原因,纪方周竟然"晕"镜头了,像一个没有从业经历的菜鸟演员似的。没有镜头时一切都还正常,跟周围的人有说有笑的,只要一面对镜头,人立刻秒怂,脸色煞白,冷汗涟涟地,就像即将虚脱一般。这种情况下根本没办法开拍。我大部分时间都用来安抚他的情绪,我跟他说你不用紧张,你的能力驾驭这场戏没有问题的,尽量放松。我好话说了一箩筐,可是一面对镜头他依然如故。

连续三天的尝试就此宣告失败。接下去只剩下喝酒这一种选项了,这也是纪方周当时承诺过的。虽说是纪方周承诺过的,但是最终能否兑现我心里也没底。第二天我早早醒来,躺在床上盘算着该如何提醒纪方周兑现承诺,这时接到后勤组的一个电话。电话那头说纪方周要他们提供两瓶啤酒和一瓶红酒,说要练习一下喝酒,问我要不要给他?

我说这还要问吗？他要什么酒就给他什么酒，哪怕要"茅台"都行。

挂了电话后，我悬着的一颗心放松下来觉得纪方周还是挺靠谱的一个人。

我们这部电影计划中一共有三个拍摄地点。南京是主要拍摄地，另外有一些冬天的戏份定在东北拍摄，还有一部分夏天的戏份定在海南三亚。按统筹的计划，昨天应该是在南京拍摄的最后一天，今天一早，整个剧组就应该挥师东北。我们要在东北的冰天雪地里拍摄两个星期左右，然后再飞赴三亚，最后在三亚杀青。纪方周的这场夜戏本来并不是我们在本地拍摄的最后一场戏，但是因为种种原因拖延至今，也就是说纪方周的表现严重影响了剧组的拍摄进度。我觉得不能再这么拖下去了，必须要强权干涉，否则由着纪方周的节奏，可能拍到明年都不一定能杀青。今天无论如何要让他喝酒。只要纪方周开口喝酒，这事就已经成功了一半；如果不成功，那就让他多喝一点……

南京本地拍摄任务已接近完成，这一阵剧组成员都很辛苦，考虑也没什么重要的事情，白天我给剧组放了假。没有拍摄任务的人员可以自由活动，晚上要拍摄的人员则随时待命。突然从紧张状态中脱身出来，所有人都有点手足无措，也不知道应该如何打发从天上掉下来的这一段空闲时间。一时间楼道、大厅满是无所事事，四处乱晃的人。

这个白天是电影开机以来最为悠闲的一天。上午起床后我拽

下 部

着戚少伟等相关人员看了一下这几天拍摄的素材。中午吃过饭后我在楼下的沙发小坐了一下。本来打算坐一会儿就回房间午睡的,一坐下来就有两三个演员凑了过来,然后不断有人加入进来。大家七嘴八舌聊着天,话题宽泛随机,无论什么样的话题,大家都能聊得情绪亢奋。可能是这些日子都憋坏了。

即便在热火朝天的聊天中我也没有忘记纪方周,我中途抽空给他打了一个电话。问他准备得怎么样?

纪方周情绪高昂地回答,"放心吧导演!我刚才喝了两口酒,感觉特别棒,身体也没有不适,晚上拍摄肯定没问题"。

我说好!好!末了还跟他开玩笑地说了一句,那几瓶酒你悠着点喝,很贵的!

我挂断电话不久,跟我们一起聊天的化妆师小雪接了一个电话,说了两句话后她捂着话筒问我,"导演!纪老师需要一些化妆用品,说要为晚上的拍摄做点准备。要不要给他"?

我当时正在和两个演员探讨一个表演问题,聊兴正酣,扭头说了一句,纪老师需要什么就给什么。

在我们聊天的过程中一直有人来来去去,有的人聊几句离开了,又有人立刻加入进来。虽然话题宽泛跳跃,无论什么人挑起什么样的话题,总有人能接住并就此展开。然后有两个女演员因为最近舆论上一名男性导演的花边新闻争执起来,然后一起问我的态度,问我支持哪一方?我对那个导演及其作品并不熟悉,基本上就没看过,所以根本插不上话,也不想发表意见。就说我要先上个洗手间，起身离开了座位，暂时逃离了现场。在前往洗手间的途中我差点和一个头戴礼帽身着西装的绅士撞个满怀。我赶紧向他道歉，对不起！

戴着一副金丝眼镜的绅士微微欠身。进了洗手间后我还有点奇怪，这个酒店是我们包下来的，什么时候又有新的客人住进来了？一念至此，心中咚咚咚连跳了数下，我总觉得哪里不对，但是又不能确定。在洗手间若有似无地撒了一泡尿之后，我回到座位前。我的座位已经被新来的人占了，正是化妆师小雪。看到小雪的瞬间，我头脑里嗡的一声。我问小雪，刚才纪老师要的东西你给他送去了吗？

小雪说，"早送过去了"。

你都送了些什么？

"有一套西服、一根领带、一副眼镜和一根文明杖"。

……

纪方周就这样从我的眼皮底下溜走了，以其自带的演技并辅以化妆等招数骗过了包括我在内的剧组一干人员。在此之前，我还天真地以为他在房间里刻苦练喝酒，在为晚上的拍摄精心地做着准备。而事实上这一切不过是他放的一颗烟幕弹，在麻痹、松懈、迷惑我的注意力和警惕性的同时，瞅准时机悄悄地溜走了……而为他提供便利和条件的人恰恰是我。滑稽不滑稽？用一句俗话说就是"自己被卖了还在帮人家数钱"。我在有限的几十年的生命中有过多次被"卖"的经历，但是这一次尤其让我丢脸。纪方周是我"钦点"的男一号。在一个剧组，男一号和女一号与导演是一种类似"家人"的关系。女一号是家里的什么角色暂且不论，男一号肯定就是导演的兄弟——亲兄弟。现在好了，我钦点的"兄弟"凭着演技愣把我给卖了，你们说是不是很打脸？而在影视圈，纪方周的这一举动是典型的"炸组"行为。"炸组"是指剧组的某个重要成员——主演、导演、摄影师因为某种原因在拍摄中途撂挑子走人，并导致剧组的拍摄工作无法继续的行为。也就是说是纪方周这次出卖的不是我个人，而是整个剧组。他如何下得了手的？另一个让我想不通的问题是，为什么有的导演拍了一辈子戏都没人"炸组"，怎么我第一次拍片就被人"炸"了？我是人品有问题吗？或者我就不适合干这一行？

说到"炸组"，有必要再说一下"吉祥物"。她也是中途离开的，表面上与纪方周一样也属于"炸组"，但其实区别很大。"吉祥物"是在未开拍之前离开的，并没有造成剧组的事实上的损失，而且因为不是主角，她的缺位随便找一个演员顶上即可。纪方周则不然，他是在拍摄中途逃离的。他的离去导致了剧组此前所有与他有关的拍摄素材"失效"。即便另找一个演员替代，也要将他拍过的戏份重新拍一遍。关键他还是主角，与很多的配角都有对手戏，一旦重拍，其他配角的戏也一并要重新来过，所以二者性质有别。用圈内的话来界定，"吉祥物"的行为叫"辞演"，纪方周的行为则是实打实的"炸组"。

确定纪方周离开之后，我掏出手机给戚少伟打了一个电话。

在哪儿呢?

戚少伟说,"在房间睡觉。这几天连轴转,有点儿顶不住了"。

我说别睡了!快给萧乙男打个电话,让她立刻到你房间,我有事要跟你们说。

"发生了什么事"?

见面再说。

三五分钟后我到了戚少伟的住处。萧乙男已经到了,人站在门口没进房间,表面上是在等我,实际上她是不想与戚少伟单独面对。因为此前两个人有"短兵相接"的一段亲密关系,萧乙男后来十分谨慎地与戚少伟保持着一定的交往距离。这种情绪一般人很难体会,我对此却十分理解。人这种奇怪的物种私下里有着很多古怪的行为方式,你不知道当初的一段突兀的感情经历会给自己的未来带来何种程度的不适,你也不知道如何避免这种不适带来的某种尴尬。

戚少伟已经起来并将房间简单收拾了一下。"出了什么事"?见到我后他问。

我就把纪方周的事情简单说了一下。萧乙男一听就炸了,"怎么回事?你这人怎么回事?你还能不能好好做点事情"?

我说发生这事确是我的责任。我很抱歉!

"抱歉有用吗?你除了会抱歉还会什么"?萧乙男咄咄逼人。

我正要说话,一旁的戚少伟抢先岔开话题问我,"现在你有什么补救措施吗"?

下　部

　　我说我已经布置人员去搜寻和堵截他了,但是结果如何不能确定。如果能把他找回来当然皆大欢喜,如果不幸被他溜了,这事就会很麻烦,最终可能要考虑换演员……

　　"换个屁"!萧乙男愤愤地爆了一句粗口,"戏已经拍了一多半了,钱也花得差不多了,这时候你忽然要换演员,你告诉我怎么换?你说"!

　　我本来就憋着一肚子气,只是考虑她是投资人的身份才一直忍气吞声地好言相劝,经此一刺激压抑着的火气腾地就上来了,出言反讥道,说来说去不就是一个"钱"字吗?不行的话这一点钱我自己掏!

　　萧乙男哈哈一阵怪笑,"一点钱?这是一点钱吗?你掏得起吗"?

　　其实话一出口我就被自己吓着了。这的确不是"一点钱",我也根本不可能掏得出这笔钱,但是话已出口我也没有再吃回来的道理,而萧乙男咄咄逼人尖酸刻薄地一点面子也不给。我彻底火了,不管不顾地追加了一句,我就是砸锅卖铁,卖房子卖肾也给你补上这笔钱。

　　"那行!我等着"!萧乙男扔下一句话掉头走了。

　　"哎呀!大家都是为了工作……"戚少伟向前追了两步,似乎想把她留住。萧乙男根本没理他,噔噔噔地走了。戚少伟回过身道,"不是我说你,你跟她较个什么劲?多让着她点"!

　　凭什么?

"人家出钱了呀！没有她的钱电影能拍成吗"？

我哼了一声反唇相讥，不出钱她能演女一号？

"好好好！我不跟你说！下面你准备怎么办"？

我说不知道。你能给点建议吗？

戚少伟说，"建议谈不上。我觉得还是应该把纪方周找回来。现在拍摄接近尾声，再换演员不现实"。

如果他执意不演怎么办？

"那就要看你的手腕了。世界上很多的事情并非一成不变。有很多时候你走着走着前面的路突然没了，走不通了，这时候你怎么办？总不能掉头回去吧？这时候需要你再努力一下，或者需要你适当的变通才能越过阻碍继续前进。所以呢听我一句话，找到纪方周后跟他多谈谈，看看他究竟想要什么，如果要价不是太离谱就答应。再怎么样也比换人强吧"？

我说我就是咽不下这口气！

"你呀！还是太书生气了。人生在世倏忽而过，哪有时间生气呀！该低头的时候还是要低头，该妥协的时候要妥协。电影不就是妥协的艺术嘛！另外你对萧乙男也要放尊重一些。人家毕竟是投资人，说你两句你就受不了了？你也不想想，你一个没有任何专业准备的菜鸟，凭什么一起步就能拿到投资拍一部自己的电影？还不是萧乙男惜才爱才！你已经非常幸运了，别因为一点可怜的自尊心浪费你的幸运。在艺术面前，自尊什么都不是"！

一开始我觉得戚少伟的话还有点道理，可说着说着就没有逻辑了。现在的主要矛盾不是我与萧乙男之间的关系问题，而是男一号跑了，"炸组"了。你跟我谈如何与投资人搞好关系又有什么用呢？ 如果连戚少伟都是这样一种理解力，我还能指望谁呢？虽然内心有点厌烦戚少伟的絮絮叨叨，又不想离开——离开之后我能去哪儿呢？我斜靠在床头，抓起床头柜上的一本"酒店使用手册"漫不经心地翻着。翻着翻着突然困了，我张嘴打了一个哈欠后闭上眼就睡了。一直絮叨着的戚少伟见我突然睡着了，顿时慌了。他停下说话，走到床前伸出手推了我两下，嘴里说着，"你别睡啊！你别在我这儿睡啊！你能不能去你房间睡？你在我这儿睡了我睡哪儿"？

我睡着了，但是能听见他的话，虽然能听见他的话，却没有力气回答，因为我睡着了。见实在没办法让我醒过来，戚少伟停止了努力，一屁股坐在地上，一边抹着眼泪一边声讨我，"你太欺负人了，你凭什么在我这儿睡啊？你们合伙欺负我一个，你们不得好死……"

我觉得他的反应有点滑稽。我在他房间睡一会儿怎么了？我又没动他的"奶酪"，至于这般哭天抢地的吗？不过见他哭得如此伤心还是于心不忍，在心里默默说了一句，在你这儿睡一会儿至于这样吗？实在不行你去我房间睡不就得了。怎么感觉你吃了大亏似的？

不知道戚少伟是不是听到了我的心声，他中断了哭诉，一骨碌爬起来面目狰狞地盯着我说，"你不仁别怪我不义"！

我吓得内心一哆嗦,不知道他想干吗?难道想杀了我?如果这时候他要动手杀我,我是完全没有反抗能力的——毕竟我睡着了。我不可能在睡眠中与他展开殊死搏斗,并最终战胜他或者逃之夭夭……

戚少伟并没有攻击我,而是伸手触碰了一下我的口袋。我面朝外侧的衣服口袋里装的是手机。现在这个时代手机对于一个人的重要性不言而喻,手机里有近乎所有的个人信息甚至财产。尽管在熟睡中我的意识依然清醒,我察觉到他的不怀好意,觉得无论如何都不能把手机交给他……我避开他的手,向外翻了一个身,将仰卧改成了侧卧,同时将另外一侧的衣服口袋暴露给他;这一侧的衣服口袋里有钱包,钱包里大概有两千块钱,我的意思是宁愿损失两千块钱也不想他染指我的手机。钱包有灵,我刚一侧过身,钱包便从口袋里滑落下来。看到钱包,戚少伟愣了一下,说,"怎么着?试探我呢"?顺手从床上拿起钱包打开看了看,"我的天呐!那么多钱啊"!掏出钞票,当着我的面开始数钱,一五一十、十五二十地连数了两遍。中途手指干了,感觉捻动起钞票来不够利索,他还将两根手指伸到嘴边沾了一些唾沫。数完之后,他捏着一张钞票左看右看的,似乎怀疑是一张假钞,侧过身将钞票迎着窗户的光线仔细查看了一番,还无聊地鼓起腮帮朝钞票侧面猛吹了一口气,接着把那张钞票凑到耳边,意欲听见钞票发出"叮——"的一声长吟,像被折叠起来的一股海潮,又像一根被弹奏的琴弦发出的低回的颤音……他的举动让我有点

下 部

纳闷，不能确定他是在证实一张钞票真假，还是在测试一股海潮在一个熟睡者内心的激荡……这是钞票又不是银圆，他跟我演什么呢？然后听见他自言自语道，"闲着没事身上带那么多现金干吗？都什么年代了？真土"！

我在心里冷笑了一声，我如果不带点现金在身上，今天能不能活着醒过来都成问题了。

戚少伟数完钱之后简单地整理了一下便装回到钱包里，再将钱包塞进我的口袋之中。我顿时疑惑起来，他是不是看不上这点钱？如果他不要现金，那么他要的又是什么呢？我又担心我的手机了。果然，戚少伟开始摇晃我的身体，你的手机在响。你手机在哪儿？最后装手机的口袋还是被他发现了。他使劲把我的身体推平，然后从另一侧的衣服口袋里掏出了手机，右手一划接通了电话。"哪位？哦哦，导演刚睡下。我是戚少伟，有什么事情可以跟我说。没找到纪方周是吧？那行！你们先休息，有事再通知"。

挂了电话后戚少伟对我说，"去火车站那一组人没有找到纪方周，我让他们先吃饭休息了"。

接下去一个小时的时间戚少伟用我的手机接了好几个电话，都是下午派出去寻找纪方周未果的回复。电话消停了没多久，新一轮的嘈杂之声骤起。先是戚少伟和萧乙男小声交流着什么，具体说的什么我没听清，只零零碎碎地听到戚少伟在说什么都一天了，一点东西没吃，叫也叫不醒……

萧乙男就问,"有没有叫丁医生来看看"?

丁医生是一个剧务的亲戚,原来是一所大学的校医院医生,今年刚退休。剧组建组时考虑到演员拍戏时难免挂点彩受点伤什么的,想找一名跟组的医生以防万一。剧务就推荐了丁医生。丁医生背着药箱很快赶到了房间。了解情况后丁医生给我大致看了看,还翻开我的眼睑用手电筒观察了一番,然后对戚少伟和萧乙男说,"导演可能是累了。应该没事,你们不用担心。如果明天还不醒,我给他挂一点营养水"。

有一段时间,只有萧乙男一个人在房间里陪着我。她坐在床边,双手抱着我的一只手无声地流着泪,嘴里喃喃道,"你得起来呀!我不能没有你……"她的眼泪一滴一滴地落在我的掌心,每一颗泪滴都那么沉重,沉得我负担不起。

从那天之后,剧组里的人一拨接一拨地来到我床前,或者陪我坐上一会儿说说话,或者抱着我一顿痛哭,那感觉像跟遗体告别似的。

其中有一个人的表现让我诧异。他进门后扑到床前号啕大哭,哭得上气不接下气,握成拳头的一只手使劲擂着地面,手都擂破了……鼻涕和眼泪更是蹭了我一脸,我暗中左避右让也没逃过。

这个人是女三号白莹的胖子表哥,也就是前面说到的浦口一带的那个地痞。因为在拍戏时与纪方周产生了矛盾,女三号打电话向表哥求援。这位表哥一怒之下领着七八个手下强闯拍摄现场准备教训一下纪方周。幸亏纪方周机灵,一见情势不对撒腿跑了……为了安抚对方,我在戚少伟的授意下最终留下了这群地痞,后来的拍摄中也给了他们一些戏份,让他们本色出演一群地痞流氓,骚扰女性,打砸饭店,强买强卖。这群人演得得心应手,兴高采烈,头脑灵活的还会择机给自己加戏……这些在生活表面漂浮着的人根本没想到有一天自己还能成为演员,每个人都很珍惜这个机会,即便没戏拍的时候也会自动地维持拍摄现场秩序,遇到有人调戏女演员什么的,他们往外一站就把事情摆平了,根本不用剧组出面。半个月后,剧组转场到了东北某地的一个小镇拍摄。在连续几天的夜戏拍摄过程中,总有一个自称中央音乐学院毕业的酒吧老板尾随着。如果是对拍摄感兴趣也罢了,他的兴趣点全在女演员身上。只要有机会他就和女演员搭讪,介绍自己是中央音乐学院毕业的,歌坛上某某大腕是他的师哥,某某天后是自己曾经的表嫂,自己的酒吧就在边上,想邀请女演员去他的酒吧喝喝酒什么的。女演员拍了这么长时间的戏也都挺累的,何况人生地不熟的怎么可能随随便便和一个不认识的男人去外面喝酒呢?对于他的邀请基本一口拒绝。那个酒吧老板也不介意,一个拒绝后便去约下一个。然后某一天晚上,拍摄结束后那个酒吧老板竟然强行要拽一个女演员去酒吧,理由是开拍前和那个女演员说好了,等拍完了就跟他去酒吧坐坐的。我当时在帮场务归拢器材,听到纷争就跑过去问那个女演员,你是不是答应人家了?我当时想如果她真的答应了我就陪她去。反正不能让她一个人跟这些人走。

女演员说,"我当时出于情面只说等拍完了再说。我什么也没答应"。

我就对那个小老板说,你也听到了。演员拍了一天戏挺累的,就不过去了。

小老板蛮横地说,"那不行!她答应去的,我把朋友都请来了,现在说不去就不去了,让我的面子往哪儿搁"?

我见这人不可理喻,也就不再理睬他,对女演员说,你别管了,先回去休息吧。

女演员答应了一声转身要走。酒吧老板一下就急了,直接上手一把抓住女演员,"你不能走"!

女演员吓得连声尖叫。

我就朝身后喊了一声,胖子!

早就等在一边的胖子领着三个手下风一般卷向那个老板。

酒吧老板是有备而来,有七八个同伙潜伏在周围,一见情况不对立刻冲了上来,两边顿时交起了手。那天的战况惨烈,胖子只有两个手下,加上一个自动加入战团的器材组的人员,一共四个人对阵对方十多个人,双方拳打脚踢,打得昏天黑地的,很多的女演员吓得呜呜直哭……

那一战虽然战况惨烈但是战果辉煌,胖子率领四个人在以一打三的态势下勇猛奋战最终大获全胜。

说到打架我得再说一个事。东北的拍摄完成之后剧组又转场至海南的某地拍摄。因为一次就餐,剧组也与当地人发生了斗殴。

下 部

那是一个黄昏,剧组收工后想找一个饭店吃饭。不知怎么回事,店家突然和胖子等人起了冲突,并迅速引发了群殴。当地人身材瘦小,感觉两公斤的拳头一拳就可以打穿他们。真接上了手却发现完全不是那么回事。他们个子虽小却机动灵活,辗转腾挪地异常灵动,幽灵一般飘忽不定,而且他们说话使用的还是方言,根本听不懂他们是在念咒语还是在骂人,只能被扰得心烦意乱。这样一来,我们的人根本打不到他们,反而时不时遭受到他们的拳脚。胖子等人很快败下阵来且异常狼狈。

话扯远了,我们继续说胖子。

因为在东北的英勇表现,胖子在我心目中的重量陡然增加,几乎超出了他的体重。后来闲暇时我们经常一起散步聊天。有一天我问胖子,这部戏拍完了你准备干什么?

胖子一脸郑重地,"我以后跟着导演拍戏,做演员……"

每个来到我床前的人表现得都很情真意切,我却不知该如何回应,只好装睡蒙混过关。

大概是在熟睡到第三天的中午前后,有那么一会儿我差点醒过来。当时只有戚少伟一个人在陪着我。他坐在窗户边上一边抽烟一边玩着我的手机。我怀疑他这几天一直想把我手机里的钱转走,只是苦于不知道转账密码才未得逞。房间里一派寂静,只有他抽烟时呼吸加重会发出些许响动……突然手机叮一声收到一条短信。戚少伟用一只手竖起手机看了一下,"啊"!跳了起来。扑到床前对我一阵怪叫,"醒醒!快醒醒!是纪方周的短信"。

我心里想你傻呀！犯得着那么大声吗？我又不聋。

他还在一声接一声地大叫。我就生气了，心里想，他真是个傻瓜，有这个时间还不如看看短信是什么内容呢！

戚少伟似乎听到了我的心声，掐掉了手中的烟头，双手捧着手机开始查看短信，一边看一边读了起来，"导演你好！原谅我不辞而别。我实在不能饮酒，再待下去自己遭罪也耽误大家的时间，所以只能用这种方式离开了。我肯定无法继续出演了，请你们另寻替换的演员。非常抱歉"！

一阵激烈的情感从身体内部升腾，我感觉自己快要醒过来了，只要大呼一口气便可以翻身下床了。可是突然出现的一个人中断了这一切。

"老田！你怎么来了"？戚少伟问道。

"听说导演出事了，我特地来看看他"。

来人是田留文。他是一位老演员，在我们的戏里饰演一个中年警察的角色。因为他的戏份很少，两三天时间完成了拍摄任务后便离开了剧组。

见到老田我也很激动。不是因为感动他来看我，而是出于他的另外一个身份，他是纪方周的舅舅。纪方周是他带进我们摄制组的。

那天田留文坐在床边不住地对我道歉，"不好意思啊导演！我刚刚听说方周的事。这孩子不懂事啊！您给了他多好的机会，他怎么能这么报答您呀？戏比天大这个道理他不能不懂的啊！您是一个好导演,这部戏也是一部好作品。您把这么重要的角色给了他,那是他祖上积德。您放心!我今天就去武汉,无论如何一定把他带回来见您"。

这话说得我差点流下眼泪,我紧紧抓住他的一只手,生怕这一切只是一个梦,一松手便灰飞烟灭。

田留文坐了一会儿便起身离开了。他已经订好了今天去武汉的火车票,要立刻去赶火车。他起身时我在心里不停地呼喊,带上我跟你一块儿去啊!请带上我!

他还是离开了。戚少伟一直把他送出房间,两个人站在房间门口又聊了两句,他就走了。我听见他的脚步声在走廊上越走越远,直到消失。

而我还在挣扎,我想跟他一起去,我怕他说服不了纪方周……于是我腾身而起,跳下床就往外跑……戚少伟正在给丁医生打电话准备安排给我输液……我冲出楼下大厅时,看见田留文正拦下一辆出租车。我大叫一声,等等!

田留文拉开车门弯腰钻进车里,听到喊声扶着车门回过身,"哎呀!导演你怎么起来了"?

我说这事太过重要,我跟你一块儿去吧。

他犹豫了一下,似乎很担心我的身体,说"你撑得住吗"?

我说你放心吧!

"那行"。

我们就这样上路了。我们没有坐高铁,而是让剧组的一名驾驶员开着一辆小车去的武汉。为了防止纪方周闻风而逃，我还将一行的三四个人都虚拟了一个身份，还根据特定的身份化了妆。我化妆成了一个卖假货的，让另外一个气质比我更像导演的中年演员化装成了一名导演。

田留文一开始不明白我的意图，问我为什么要如此安排。我告诉他我们伪装成另外一个剧组的人员，以邀请纪方周出演一部电影的重要角色的借口去找他，这样他才不会怀疑。

记者：不好意思导演！我有点没听明白。

导演：什么？

记者：你上面说你是处在沉睡中（或者昏迷状态），怎么又领着演员们开车去了武汉？那你究竟是在沉睡中还是已经苏醒？我应该如何理解？

导演：事实上我一直在沉睡中，领着几个演员去武汉只是我的想象……

记者：你是说事实上并没有人去武汉？

导演：不，你说得不准确。田留文的确去了武汉并最终带回了纪方周，我只是在意愿中与他同行。

记者：这像是小说而非现实。

导演：这的确是一种虚构，但是是一种基于现实的虚构。你不能用真实或者虚假来判断它的性质。何况虚构本身并不等同于虚假。

下 部

记者：我得慢慢捋捋这句话。你请继续！

汽车一路前行，进入湖北黄梅境内之后，我让田留文给纪方周打了个电话，看看纪方周在不在家，不然我们跑了几百公里再扑空，就太劳民伤财了，也浪费时间。

电话里的纪方周听到舅舅带着朋友来了，喜不自禁地一再说要准备一些酒菜，晚上陪我们喝点。

情况发生了一些细微的变化。先是萧乙男突然打来一个电话，她在电话中告诉我，剧组里发生一桩盗窃事件，整个剧组的人员关系都变得很怪异，有好几个人都准备离开，让我先回去处理一下。对她的要求我并不以为然。首先我觉得某个人丢点东西不算个事，另外觉得这一路我们已经走了三分之二，怎么可能在最后一刻放弃呢？于是我没理睬她，领着大家继续前行。

在一个服务区我们稍事休息了一下。上卫生间时，我遇到一个逆向而来的车主，当时我们并排站在小便池前。他看看我问，"是拍电影的"？

我诧异地问，你怎么知道的？

"你身上有一种特别的气质，特别像电影里的人"。他说。

我笑笑，你是做什么的？

"做点小生意"。

我说原来是大老板啊！

他说，"真是小生意，不敢称老板"。

从洗手间出来后我们俩还站在门口抽了根烟。我挺喜欢这家伙的。

又开了一个多小时后我们到达了纪方周的所在地,那是黄梅下面的一个小镇。到达目的地后又出现了新的问题。小镇正在修路施工,镇口设了关卡,禁止车辆进入。田留文下车和在关卡的执勤人员交涉了一下,说我们大老远过来找一个朋友,希望工作人员能行个方便。

工作人员摇头,"车辆一律不许进入"。

田留文说,"我们是拍电影的,能不能通融一下"?

工作人员说,"你就是拍X光片也不能进去"。

田留文旋即转换方式,堆起一脸笑意说,"同志啊!我们跑这么老远也是为了工作,让我们进去说两句话就出来。行个方便好吧"!

工作人员说,"真不太好办。思考了片刻说,要不这样,你们给要找的人打个电话,让他到镇口来一趟,有什么话就在镇口说一下可以不?这样我们两边都说得过去"。

田留文还想争取,我使了个眼色,接话道,这也是个办法。老田!要不就按这位同志的意思办吧!

田留文意领神会,答应了一声,掏出手机开始拨打电话。电话里纪方周没想到我们这么快就到了,说他正在烧一个菜,能不能等他烧完这道菜?

田留文就说,"你别磨磨蹭蹭的,你不来我们就走了"。说完立刻挂断了电话。

我有点担心田留文的态度,怕他激怒纪方周而不肯出来见面。田留文说,"放心吧,我了解他。天有点冷,你先上车歇一会儿吧"!

田留文大概是怕纪方周看到我不肯露面,我就说,那行!转身上了车。

大约五分钟左右,纪方周出现了。他穿着一件加长的羽绒服,头上戴着一顶品牌毛线帽,一只口罩遮住大半张脸。田留文一开始都没认出他来,还是纪方周主动叫了他一声,"老田"。

田留文仔细一看才认出他。

"你怎么这时候跑过来了"?纪方周一边问一边走过了关卡。

田留文走过去搂住他的肩膀,"过来!有点急事找你"。边说边把纪方周带到了车旁。

"车是你的?从哪儿弄的"?纪方周看到车后好奇地问了一句。我一开车门一把抓住纪方周向里一拽,田留文在下面适时一推,两股力道一合就把纪方周拽上了车。我随手关上车门。

这一变故大出纪方周的意料,被摁坐到座位上老半天都没反应过来,大张着嘴巴,"导……演"!

我说别废话!赶紧把外套脱了。

纪方周完全被吓傻了,乖乖地脱下了羽绒服。

他又依言摘下了帽子和口罩。

在纪方周脱衣服的同时,早已准备好的演员小宋换上纪方周的衣服，最后戴上纪方周的帽子和口罩下了车。等在车下的田留文亲热地搂着他的肩膀，大声地说着，"谢谢啊！你真帮了我们的大忙了，没有你我们还不知道忙乎到什么时候呢"！絮絮叨叨地一路把他送进了关卡。进了关卡后小宋头也不回地走了。田留文返身疾走。

"完事了"？在关卡的工作人员问。

田留文朝他挥挥手，"完了。谢谢啊"！拉开车门一屁股坐在了副驾驶座位上。司机迅速发动车子，一轰油门便窜了出去。

我是在昏睡了四天之后的一个下午醒过来的。那天萧乙男和戚少伟、丁医生三个人正在房间里商量要不要把我送医院，中途戚少伟接了一个电话。挂了电话，戚少伟扑到床前，疯狂地推我，"导演！快快快……"

萧乙男在旁边不明所以问，"怎么了？怎么了"？

戚少伟没理她，拼命摇晃着我的身体，"是纪方周……纪方周回来了"！

我的脑子嗡的一声，下意识一把抓住戚少伟的一只手，腾地坐了起来，"他在哪儿？他人呢"？

可能是起身太猛，或者是昏睡太久，大脑的供血不足，我刚坐起来眼前一黑，又一头倒了下去。

但是我还是醒过来了。

发现我清醒过来后，萧乙男和戚少伟激动地又叫又跳，"你醒了？你真的醒了"？萧乙男扑过来对着我的脸一阵狂吻。而我却饿了,感觉自己的肚子空得不行,饿得挠心挠肝的,都没力气维持呼吸了。我强忍着饥饿问了一句,纪方周呢?他人在哪儿?

戚少伟说,田留文带着他坐高铁从武汉刚赶到南京,电话里说他们刚下高铁,马上打车过来。

就这样,纪方周在潜逃96小时之后又回到了剧组。

纪方周回来了,困扰我的难题却没有变化,这个难题还是酒。纪方周对酒的敏感和畏惧深入骨髓也超出我的理解,短期内似乎也找不到解决的办法和途径。照理说,一个男性在社会生活中无论喜欢不喜欢,终究会有与酒遭遇的一天,不是因为初恋就是因为失恋,不是因为开心就是因为伤心,不是昨天就是今天……纵观历史,我们不难发现酒在人类的社会生活中扮演着的重要角色。譬如"杯酒释兵权",譬如"鸿门宴",譬如青梅煮酒论英雄,酒不醉人人自醉,李白斗酒诗百篇,葡萄美酒夜光杯,一行白鹭上青天,借问酒家何处有,牧童遥指杏花村,把酒问青天;还譬如一壶浊酒尽余欢,酒壮怂人胆,三碗不过冈,关公温酒斩华雄,酒干倘卖无;以及"青青子衿,悠悠酒精""对酒当歌,金门高粱""老来得子,唯有杜康""曲尽酣畅处,灯火照酒香""少小离家老大回,几人烂醉街边摊"……酒与男性具有一种必然的相关性,你高兴会喝失落也会喝,发达了会喝落寞时也会喝,出生时会喝离世时依然会喝,有朋自远方来会喝,孤枕难眠时更是渴望一醉方休……某种意义上酒就是男性无法逃脱的宿命，纪方周却是一个例外。纪方周今年28岁，28年来他在生活中滴酒不沾，既没有享受过酒精带来的快感，也没有遭受过酒精的伤害。如果不是因为拍这部戏，他的余生也依然会在一种没有酒的作用下平庸地度过。但是他还是与这部电影遭遇了。此刻在他的面前就放着一杯酒，剧情和表演都要求他端起这杯酒，义无反顾地一饮而尽。可是他能做到吗？前面因为我逼得太紧，他为了逃脱这杯酒，不惜铤而走险逃之夭夭。为了避免重蹈覆辙，这次我采用另一种办法，努力为他营造一个宽松的氛围。见面时满脸笑容，说话时和风细雨，平时嘘寒问暖，没事就找几个人一起陪他聊天、玩游戏，纪方周却岿然不动……最后我实在黔驴技穷了，情急之下干脆直接领他去了夜总会。我觉得娱乐场所自带一种畅饮的气氛，也许到了那种场所纪方周自然就喝了。

在一众努力下，纪方周一仰头将大半杯红酒尽数灌了下去。

所有人瞬间愣住了，一直弥漫着的音乐似乎也被屏蔽，只有一片巨大的寂静逐渐覆盖住时间，一秒、两秒、三秒，然后听见一个女孩夸张地"啊"的一声尖叫……尖叫声中纪方周一路趔趄着朝我走过来，边走边朝我兴奋地大叫，"导演！我喝了！我喝了"！怪异的神情中有一半难过还有一半幸福，接着身体急促摇晃了两下，一头栽倒在地。

我大叫，快叫救护车！

阻碍着我的最后一道难题就这样被攻克了——起码一开始我

是这么认为的。可随即我便发现,我高兴得有点早了。

第二天下午过后,我让统筹发了当晚的拍摄通告,让摄影、器材、服化道等部门和人员做好拍摄准备,同时布置戚少伟拎着两瓶红酒,寸步不离纪方周,准备晚上八九点钟左右让纪方周开始喝酒,要喝到人有酒意,却意识清醒的状态。一句话,必须保证拍摄的顺利进行。

晚上七点一切准备停当,器材组已经出发,戚少伟那边却传来噩耗——纪方周老毛病又犯了,死活不肯喝酒。

我当时还奇怪,说他昨晚上不是喝了吗?你也看到了。

戚少伟说,"可是他现在又不肯喝了"。

我说你等着,我马上过去。

我赶到房间时看到戚少伟正在窗口抽着烟,纪方周则双手抱头蜷缩在沙发上,面前茶几上放着满满一杯红酒。

我说方周你怎么回事?

纪方周抱头不语。

我说你昨天不是已经喝了吗?事实证明身体也没什么不好的反应,今天为什么又不喝了?

纪方周一言不发。

我说现在已经到了关键的时候,不能因为你一个人耽误整部影片的拍摄进度。这一点你必须明白。

纪方周还是一言不发。

我放软了口气,你不为电影也得为我想想。当时来试镜这个角色的演员有三十多个，那些演员中有的正当红，有的愿意带资进组，还有一个演员承诺可以帮我们进院线排片，无论从哪方面你都不是最优秀的。我还是顶住压力，把这个角色给了你。你难道就是这么报答我的吗？

纪方周开始抽泣，"导演！对不起"！

我说你别说对不起，直接说你喝还是不喝？

"对不起"！

我说少来这套！转头对戚少伟，把胖子给我叫来，让他带上他那帮浦口兄弟……

戚少伟吓了一跳。导演你来我跟你说句话。他把我拽出房间，反手带上房门。"你想干吗"？他问。

我说情况你也看到了，既然放着敬酒不吃，就让胖子他们上吧。该动手就动手，出了问题我承担。

戚少伟着急道，"你这么一闹还怎么拍戏啊？事情没到那一步"。

那你有什么好办法？

戚少伟说，你昨天也看到了，是夜总会那个女孩让他喝的酒。我建议把那个女孩找来试试。既然昨天她能让纪方周喝酒，今天没准也能。

我说那万一他还是不喝呢？

"那到时任你处置，我决无二话"。

我来回走了两步，行！我马上打电话。

下　部

　　我掏出手机打了一圈电话，最终联系上了"奥黛丽·赫本"。我跟她大概说了一下情况，让她过来帮帮忙，费用照付。她很干脆地答应了。

　　在等人的时候，戚少伟问了一个无聊的问题。你说那个女孩儿用什么办法让纪方周心甘情愿地喝酒的？

　　我说我也纳闷。看他们当时跳的舞还是"健康"的，应该不存在什么低俗招数吧？

　　戚少伟说，"等会儿那个女的来了你问问她，真要有什么'妙招'，你也学一学"。

　　我问为什么要我学而你不能学？

　　戚少伟说，"那不是你强项吗"？

　　滚！

　　"奥黛丽·赫本"很快到了。看到她进来，纪方周似乎很吃惊，从沙发上站起来，"你怎么来了"？

　　对方笑着说，"我来看看你呀"！走过去一屁股坐在了纪方周身边，很自然地伸手摸了一下他的脸，"你看你都瘦了"。

　　这番寒暄看得我差点没笑出来。昨天晚上刚见过的，分手还不足 24 小时的一个人能瘦到哪儿去？

　　纪方周看着她，"是他们找你来让我喝酒的"？不等她回答，抓起面前的酒杯一口把半杯酒喝了下去，然后放下酒杯挑衅地对我喊道，"导演！你满意了"？

　　我看都没看他，对戚少伟说了一句，带他们去片场。

导演处女作

说着，我转身走出了房间。

当夜的拍摄较为顺利。我的判断没错，有了酒的助力，纪方周瞬间找到了表演的状态。从酒吧出来的那场戏，他起步便是"王炸"。当时他可能是酒喝多了，刚出了酒吧便原因不明地脚下一滑，身体向前一倾一收，两条胳膊顺势打开，维持住了身体的平衡。整个动作一气呵成极具镜头感，像一段舞蹈。这一段表演并非事先设置，完全是意外的收获。万事开头难。有了一个良好的开端，纪方周接下去的表演怎么来怎么有。他向前的每一步都踏在节拍上，每一个形体动作的打开与收起都恰到好处，随便招招手都会有灵魂从手指间飘过；情绪的表达也很准确，没有丝毫多余的成分，经得起特写镜头长时间的考验且不会变异。其中灯光的辅助也起了关键作用。在摄影机抓拍纪方周面部特写时，灯光师将微弱的一层光冷冷打在他脸颊的一侧，形成了面部的另外一侧的阴影部分，不仅丰富了画面的层次感，也极大地拓展了人物的内心活动空间。反映在导演监视器上这幅特写画面甚至让我有了一丝痛感，令人震撼。呈现在镜头里的是一张普通的面部特写吗？不！这是一个城市中的无数张脸堆砌而成的一张脸，它展现的是这个城市无数人的喜怒哀乐等一切的情绪。让我感动的另外一点还在于，接踵而至的下一组主观镜头依然延续上一组画面的情绪，夜幕下的大街、昏暗的街灯、街边空寂的商场橱窗……支离破碎又滋生万物的大街，蕴含并萌发新希望的生活，

下 部

不过是一个醉汉眼中的城市镜像。

这一组画面让我思绪万千也无限伤感。

传话人不停地来回传话,纪方周磨磨叽叽地始终不肯配合。我就恼了,直接跑去小车前。小车的车窗四闭,我走过去压着车窗户玻璃的反光探头看了一下,后座上有两个人正抱在一起……纪方周则孤独一人坐在副驾驶座位上一边用手拍打车挡板,一边摇头晃脑地唱着歌。隔着车窗隐约听见他深情的歌唱。说实在的,他唱歌的水平比他的演技差多了。

我转到纪方周一侧敲了敲车窗。他停下歌唱摇下车窗,伸出一根手指竖在嘴唇前,"嘘"!

后面的两个人倏地分开了。女的垂着头默默整理衣服,戚少伟则尴尬地朝我招呼,"导演"!

我没理他,对纪方周说,你下来我跟你说点事。

纪方周推开车门身形不稳地下了车,"导演你也上来坐坐吧"!

他一开口就是一股浓烈的酒味,我立刻意识到他是喝多了……

我说小王跟你说了用替身的事了吧?

纪方周醉醺醺地说,"导演这场戏我能演,我能演好"!

我说你别废话!赶紧换衣服。

"我不"!我能演。

我说给你三分钟,不换我就让胖子来。你想清楚!

纪方周恶毒地看了我一眼,然后当着我的面开始脱衣服,脱一件朝我扔一件,一边脱一边喊,"给你!都给你"!三下

导演处女作

五除二瞬间就把自己脱了个精光,最后全身上下仅剩下了一条短裤……

车里的"奥黛丽·赫本"和戚少伟看到纪方周突然耍起了酒疯便坐不住了,两个人一起下车想劝阻他。"奥黛丽·赫本"冲着纪方周,"你干什么?好好跟导演说话"!转向我,不无歉意地道,"不好意思啊导演"!

感觉她是纪方周的家长。

戚少伟实在看不下去了,对我说,"导演你别这样,他喝醉了"。

纪方周不知好歹地扭头朝戚少伟呵斥,你才醉了!你全家都醉了!

纪方周现在只穿着内裤,看着他这蠢样,我终于忍不住哈哈大笑起来,弯下腰从一堆衣服当中捡了一条裤子、鞋子和上衣就走了。走了两步后才想起来,我转脸对戚少伟他们说,"天冷,让他把衣服穿上吧"。

我抱着衣服哈哈哈笑着离开了。

这天的拍摄我很满意。

"奥黛丽·赫本"后来一直跟着剧组,直到南京这边的拍摄任务结束。只要有她在,纪方周喝酒就没有问题。我私下问过她,你是用什么办法让一个滴酒不沾的人爱上喝酒的?

"奥黛丽·赫本"说她没用什么方法。此前遇到纪方周不肯喝酒,她就走过去问他,"你能喝一点吗"?纪方周就喝了。对她的话我不是太相信,但是也没心思深究。只要纪方周能喝酒,其他的都是小事。

无论如何,酒对纪方周有决定性的意义,对其演技的提升也有目共睹。没喝酒的纪方周是一个好演员,喝了酒的纪方周是一个出类拔萃的演员,就是这样。

酒对纪方周的积极作用还在持续。

有一天,在拍一场与萧乙男的对手戏时,剧组照例给他准备了两瓶红酒。开拍前半小时,纪方周突然找到我提出要换酒。他说自己不想再喝红酒了,想换一种酒。

我问他为什么要换酒?

他一言不发。

我以为他是嫌红酒贵,想给剧组省点费用,说没必要,红酒你喝惯了,突然换酒可能会让你不适应,影响你的发挥。

纪方周说,"我想好了,应该没问题"。

看他态度严肃不像开玩笑,我说那行吧,一会儿我让剧务捎两箱啤酒去片场。

纪方周吭哧吭哧地道,"导演,我也不想喝啤酒"。

我一愣,你想喝什么?

"我想喝茅台"。

我的脑袋嗡的一声又大了。我心里想,这个纪方周到底和我什么仇啊?一次又一次没完没了地折腾我,他是不是觉得我好欺负啊?还是觉得欺负我是一件开心的事?剧组经费本来就不宽裕，开拍以来各种意料之外的开支层出不穷，已经严重超支了。为此我和萧乙男也有过多次争执，她总觉得我在经费使用上太过铺张，因此才造成现在的局面。她说得没错，但是我也没办法，为了抢时间，拍摄中一旦遇到问题，能用钱解决的我当然用钱解决。我是在用金钱换时间，而节约下的时间其实都是钱……

虽然我心里苦涩，可脸上还要装着若无其事的样子。我微笑着问他，你喝过茅台吗？没喝过的人会觉得很难喝的。

纪方周说，"我喝过呀"！

我更诧异了，我说你什么时候喝过？

"昨天晚上拍完戏之后，戚导带我去参加一个朋友的饭局，喝的就是'茅台'。我觉得那酒不错。说着话他还吧唧了两下嘴"。

我在心里骂了戚少伟一千遍。

……

这场戏的大致剧情是讲一对城市里的青年夫妇，丈夫是一个游手好闲的酒鬼，没有理想也没有工作，在家里整天喝酒，能从上午喝到晚上。妻子白天上班，下班回家还要烧饭收拾家务。这一天她下班回来一边烧饭一边数落着丈夫，而丈夫坐在门前持续地喝着酒。

摄影机开始转动，导演监视器上呈现出一幅画面，一个男人坐在自家门口的台阶上，身边放着一瓶茅台酒。他的双眼眺望着远方，落日的余晖洒在他的身上，光线将他的面容切割成阴暗两块，迎着阳光的一面神色坚毅，对生命依然充满热情；阴影部分

下　部

则神色暧昧、迟疑，正在承受生活的某种重力，即将呻吟出声一般。这一幅画面让人感触良多又难以明言。在他身后的房间里，女主人正在收拾家务。她一边乒乒乓乓收拾着，一边不停地抱怨，"你成天就知道喝喝喝，不出去工作也不帮忙收拾收拾家里，你看看家里都成什么样了？我当初怎么看上你这个窝囊废的？真是瞎了眼了"！

男主人对身后的噪声充耳不闻，似乎这一切都与他无关。他举起酒瓶，嘴对着瓶口灌了一口酒，使劲抿了一下嘴唇"咕嘟"一声咽了下去，眼睛就被酒精熏红了……

身后的唠叨声持续着，"你不要觉得自己不说话就有理了，谁还不会不说话呀！我打结婚第二天就后悔了。我实话告诉你，这么多年我是因为孩子才忍气吞声地跟你过到今天。今天就跟你坦白了吧，孩子不是你的，是我和我单位同事的……"

男人还是没说话，默默举起酒瓶将最后两口酒全倒进了嘴里，一边倒一边咕嘟咕嘟地喝着……

我举起步话机对摄影师说，抓他喉部一个特写。

导演监上呈现纪方周喉部的特写，随着持续的吞咽动作，喉结滑鼠似的上下滑动，伴随着喝酒的声响（音效应该是后期配音完成，此处的描写仅为方便小说的表达）。酒很快喝干了，他贪婪地举着酒瓶往嘴里又抖出了两滴，放下酒瓶意犹未尽地咂吧了两下嘴唇，眼睛又投向远处。他默默注视着远方（摄影机逐渐推近至特写），眼睛里忽然涌出一层泪光，眼泪在眼眶里急速转着圈，迟迟不愿落下……

这一段表演有一种深入骨髓的痛感，随着表演的持续，身边有人开始抽泣，先是一个，然后又是一个。眼泪还在眼眶里滚动，纪方周终于坚持不住了，神情难过地抽搐了一下，眼泪顺着脸颊滚滚而下，硕大的泪滴无声地落在地面上，一滴一滴，一滴又一滴……

我觉得自己的眼睛痒痒的，随手揉了一下，揉到了一把眼泪。我叫了一声，咔！

我起身朝着纪方周鼓掌，周围所有的人一起向他鼓掌。沉浸在戏中情绪里的纪方周这时才开始抽泣，像个孩子似的泣不成声。他含着眼泪缓缓起身向大家屈身还礼，嘴里说着，"不好意思！不好意思"！顺手抹了两下眼泪，摇摇晃晃地朝我走过来，离得很远便张开了双臂。我迎上去，和他紧紧拥抱在一起。

"演得太过瘾了"！他说。

你是一个伟大的演员！谢谢你！

接下去的一场戏依然是纪方周和萧乙男的对手戏，拍摄地点是一个老式的居民小区。为准备这场戏，剧组半个月前就预先制定出了拍摄计划。计划的具体内容是让纪方周以个人名义租下了这个小区中的一套房子。他的人设是一个大公司中层，单身、多金，与人为善，偶尔会带陌生女人回来过夜。这主要是给邻居们造成一种风流成性的印象，以此为这场戏埋下伏笔。除此之外，

下　部

他平时还要积极和邻居们搞好关系，遇到节假日时会给要好的邻居送一点小礼物，一束花或者一些土特产之类的。一旦这场戏正式开拍，邻居的反应是我要抓拍的一个重点。

天刚蒙蒙亮，萧乙男准时出现在小区内。她今天穿着一身假名牌，脖子上、耳朵上、手腕和手指上戴满了各种光鲜夺目的珠宝首饰，一看就知道是地摊货。化妆师和造型师不知用了什么奇异招数，将萧乙男"塑造"得比真实的样子足足胖了一圈。现在呈现在我们眼前的萧乙男就是一个俗不可耐却自以为很有品位的中年妇女。

化妆师真是一个神奇的职业！

萧乙男还在高声骂着，楼上一扇窗户打开，一个中年男人探出头没好气地朝楼下喊，"干什么呢？大清早的还让不让人睡觉了"！

萧乙男根本不理他，继续叫喊，"王世界你这个缩头乌龟！有种的给我站出来。我给你三分钟，你如果不出来我挨家挨户地搜也要把你揪出来！我今天豁出去了，你既然不要脸我就陪着你不要脸了"！

楼上怒气冲冲的中年人似乎从萧乙男叫骂的内容中琢磨出一些什么，默默地从窗户中缩回了脑袋。

镜头转换，监控器上出现房间的画面。熟睡中的纪方周被楼下突兀的叫骂声惊醒，他猛地睁开眼睛，眼神涣散地四处张望了一下，起身凑到阳台前隔着窗户朝楼下张望，一眼看到楼下的女人。他顿时傻了,人贴在窗户后面愣怔了一会儿,蹑手蹑脚,生怕惊到对方,走回到床前躺下了,还用被子蒙上了脑袋,似乎想以此隔断传来的阵阵咒骂声。

楼下的咒骂还在持续,骂词也越来越难听。"王世界你个吃软饭的!你白睡了我三年还骗了我50万。你如果还要一点脸就像个男人一样站出来……"

纪方周终于被激怒了,掀开被子跳下床,一把抓起桌子上的手机开始拨电话——

我抓在手里的手机突然亮了,显示的是纪方周的号码。我摁下接听键,方周怎么了?

"导演!她在楼下瞎喊什么呢?都不是剧本上的台词"。

我说方周是这样。这场戏我想做一点新尝试,不要求你们完全按照剧本的设定进行表演,可以自由发挥。我想将电影中的时间还原到现实的时间状态,所以剧情的发展也是即时性的,可以随时打破。这一点我昨天已经跟你们说过了。你是不是没记住?

纪方周说,"导演你说的我都记着呢!但是不管剧情如何改变,她不能诋毁人吧?我什么时候睡她了?还污蔑我骗她50万,又说我是吃软饭的,这也太侮辱人了吧"?

我说这毕竟还是剧情表演,并不是现实。而且你也看到了,这次我们没有进行现场收音。等后期时再进行配音,剧情内容和台词肯定会不一样。你不用担心,放心大胆地往下演,下面的剧情怎么发展,台词如何设置,全靠你们自由发挥。好吧?

下 部

纪方周又说,"导演你可能没明白我的意思。我是说她不住在这里,这么说当然无所顾忌。可是我住这儿的,这么半个月下来跟很多邻居都处成朋友了。她这么胡说八道一番,不是败坏我名誉吗?这个我不能接受……"

我说你傻呀!你就是一个演员,你来这儿租房居住目的是为了拍好这场戏,这场戏拍完你就离开了,跟这儿的邻居这辈子可能都不会再见面。犯不着为此担心……实在不行,拍摄结束后剧组出面向小区邻居说明情况。这样可以吧?

纪方周说,"那行!不过我还是希望她不要把话说得那么难听,跟泼妇骂街似的,我们这是艺术"!

我说你们先把这场戏演完,我找机会跟她说一下。

纪方周被我安抚了一下情绪缓和下来,说了一声,"谢谢导演"!主动挂断了电话。

萧乙男还在楼下声嘶力竭地叫骂着,"王世界你个流氓,现在想甩了我门儿都没有。你个猪狗不如的东西……"

纪方周刚刚缓和的情绪瞬间被点燃了,他套上一件外套就往外跑。在他拉开房门的一刹那整个人愣住了,门外站着四五个邻居,邻居们正小声讨论着什么?看到纪方周瞬间全停下了,将目光全部聚焦到他身上,目光中有疑惑、担心等各种情绪。纪方周短暂愣了一下,绕过邻居们准备下来,被其中一名老人一把拽住了。

"你不能下去"。老人说。

纪方周说,"她污蔑我。我根本就没拿过她的钱"。

老人更紧地抓住他,"我们相信你"!

老人的话让纪方周很感动,他紧紧握住老人的手,"谢谢你云叔!不过我还是要下去跟她把话说清楚"。

"你看不出来吗?她就是来闹事的。你现在下去能说清楚吗"?

"那我也不能任由她在这儿污蔑我"。

老人说,"你听我一言,跟这种人别太计较。这种人就像疯狗一样,逮着一个人就胡乱咬。你先出去避一避吧。只要你不出面她就找不到你。只要她见不到你,闹一会儿就会自己走了……"

其他邻居也附和,"你就听云叔的,出去避一避吧"。

纪方周苦笑,"她堵在楼道口,我就是想走也走不掉的"。

老人说,"我住一楼,我院子里有一个门,你可以从我院子出去"。一拽纪方周,"走!我带你去"。

纪方周连忙说,"不用,不用"。身体使劲地挣扎着。

老人有点力不从心,对纪方周说,"这会儿你真不能下去,扭头对同来的几个人说,你们来帮帮我"!

几个邻居一拥而上,不由分说连拖带拽地将纪方周架走了,根本不容他挣扎……

纪方周是早上 6 点半左右离开的小区。在楼道出口被萧乙男堵住的情况下,他借助邻居家的院门溜了出去。来到这里时还是

下 部

冬天，离开时就已经是初夏了。南京这个城市基本没有春天，冬天一过瞬间进入夏季，转换之快让很多人都感觉有些措手不及。

纪方周穿着一件浅色衬衫，头上戴一顶棒球帽。天气有点热，刚走了两步他把帽子摘下了，一路都攥在手里。沿着北京西路走了十分钟到了鼓楼地铁站，他乘上了一号线地铁，准备去新街口转二号线去目的地仙林。那里有他的"老年生活"。

地铁上的人不多，他身边的一个座位上坐着一对母子，年轻的母亲和一个四五岁的孩子。看到纪方周站到面前，年轻的母亲抱起身边的孩子让出一个座位。

纪方周说，"我就两站路，你给孩子坐吧"。

年轻的母亲笑笑没说话，纪方周只得坐下。孩子很调皮，似乎不甘心自己的座位被占，一直嘟着嘴瞪着纪方周。纪方周没有哄孩子的经验，也不管他。车过珠江路，孩子忽然朝纪方周笑了起来，"咯咯咯"地。他妈妈说，"闹闹不许调皮"！叫闹闹的孩子指着纪方周的胳膊，"一个洞，一个洞"。边说边笑个不停。

纪方周弯起胳膊一看，靠近胳膊肘部位果然破了一个指甲盖大小的窟窿。他不好意思地朝小家伙笑了笑……

接下去的时间里，因为衬衫上的一个破洞，孩子与纪方周玩得亲密异常。孩子还伸出一节手指一个劲地戳那个破洞，边戳边"咯咯"地傻笑。他妈妈拦都拦不住，最后小家伙干脆爬到纪方周身上去了……

很快到了新街口，纪方周告别了那一对母子下了车。他本来要在这一站转乘二号线地铁的,但是新发现的衬衫上的破洞让他改了主意。他乘自动扶梯升上地面后,想都没想便一头扎进了一家大型商场。

商场里人群密集、光线昏暗,一部分人在柜台前挑挑拣拣,不时和营业员交流几句。另有一些人在不停地游行,并不在任何一家商铺或柜台前停留,所有人都背朝着纪方周——每个人都面向柜台——商场里的无数张柜台前的无数的人,他们所做的一切似乎只是为了背朝纪方周,从纪方周所在的角度看不到他们的正面,也分辨不出他们当中是否有自己的熟人或者亲戚。商场中央的一架电动扶梯缓慢地转动,像一根不停动弹着的大舌头,将一个又一个人席卷而上,再吐到地面上。电梯是并排的两股,按常理每层楼的自动扶梯应该是一上一下交错而行,但是这两道电梯都是上行的,人们上去就不再下来了吗?如果他们下来又从哪里下来?难道从楼上跳下来?上面又是什么意义的上面?

在自动扶梯前犹豫了片刻,纪方周还是抑制住了登上扶梯的冲动。他绕过扶梯又胡乱逛了一会儿,最后在一个卖衬衫的柜台前站下了。他身上的衬衫穿了很多年,现在破了一个指甲盖大小的洞,也许该为自己买一件衬衫了。陈列架上的衬衫有十多种,各种样式颜色的都有,营业员是个短发姑娘,正弓着身子在整理货柜。纪方周在她身后站了很久,都没等到她的一次转身,只好咳嗽了一声,说,"那件蓝色衬衫有 L 码的吗"?

女营业员停下手中的活儿,转过身来说,"有的先生,要不

下 部

要拿一件"？

眼前的营业员戴着一副硕大的墨镜，半张脸都被遮住了。纪方周瞧着怪异，愣怔了一下。营业员察觉到了他的不安，解释说，"我这两天害眼睛，怕光"。

纪方周哦了一声，"请拿一件L码的我试一下吧"。

营业员返身从衣架上取下一件衬衫翻开商标看了看，递给纪方周，"这是L码的，你试试"！

纪方周脱掉身上的旧衬衫把新衬衫穿上，扣好扣子后伸了伸胳膊，低头看一下。女营业员说，"还挺合身的"，指了指柜台一侧，"试衣镜在那边，你自己看看吧"！

纪方周兴冲冲地走到试衣镜前，镜子里呈现出的是一个老人的影像，一个老人穿着一件L码的新衬衫。纪方周吓了一跳，电打了似的一缩脚退出了镜子的范围。纪方周站在镜子外围愣怔了许久，脑子里一片空白。他不知道这究竟是怎么回事，是镜子问题还是自己真的老了？他应该更信任镜子本身，还是相信镜子里呈现的自己？也许是镜子的问题，就像那些凹凸镜，会有变形的功能……他鼓起勇气重新走进镜子的范围，镜子里呈现的依然是刚才那个老人。他老态龙钟，脸上肌肉松弛，上身穿着一件崭新的蓝色衬衫，领口一侧的商标纸牌赫然在目……这是一个完全与自己无关的陌生老人，他如何会出现在自己的镜子里的呢？纪方周以为自己看花了眼，为了求得某种证明，故意挑了一下左侧的眉，镜子里的老人也跟着挑了一下左眉，从镜子里也看不出问题。纪方周又怀疑镜子中的老人是贴在镜面上的一幅画，疑惑间伸手摸了一下镜面。镜面触手冰凉，的确是一面镜子。在他触摸镜面的同时，镜子里的人也同时抬手伸向前来，手指都快触碰到另一方的手指了，然后也被一块镜面阻断。想必对面的冰凉也与自己的触摸相等，他想。

　　那天纪方周在镜子前站了很久，面对着镜子里陌生的老人一筹莫展。谁能想到呢？一个人活着活着就老了。当某天你对着一面镜子，发现镜子里的人怎么看都不像自己了。他肌肉松弛，活脱脱就是一个老人了，像儿时你的爷爷、外公以及巷口卖茶叶蛋的徐叔、扫马路的老王头等等。你像所有的老人，你像从未年轻过一样。要命的是就在那一刻，纪方周清晰地知道自己已经70岁了。在确定了这一点之后他没有惊恐、慌乱，更没有失去理智地大喊大叫，仿佛命该如此。他对着镜子理了理衬衫的衣领，努力挺了挺身板。衬衫的确挺合身，他也不再犹豫……交了费之后他让营业员剪掉了衬衫上的商标，直接穿上了身。

　　营业员好心地提醒说，"大爷！新衣服最好洗一下再穿，这样卫生"。

　　纪方周没理她。讲卫生的确是个好习惯，可自己都70岁了，这些好像都无所谓了。最后他对着镜子理了一下衣领，叹了一口气离开了。镜头追着他转过两节柜台，登上一列上行的电梯。电梯缓缓上升，他在镜头中一点一点变小，最终消失了……

下部

小说插页 2

这场戏是 J 先生第一场戏,整场戏由他和纪方周共同完成,也是男一号由纪方周向 J 先生过渡的一场戏。关键节点就是一面镜子。纪方周从镜子里发现一个老人(J 先生饰),然后那个老人走出镜子正式接手男一号余下的表演。

这场戏中纪方周的表演没有任何问题,J 先生的表演中却出现了一个大缺陷。纪方周照镜子时挑了一下左眉,镜子里的 J 先生也跟着挑了一下左眉,而镜子里的影像与现实是相反的。如果要保持一致,镜子里的 J 先生需要上挑右眉。可惜我当时并没有注意到这一点,等我发现这个缺陷时已经是后期制作阶段了。其时纪方周已经意外身亡。J 先生虽健在,人却严重脱形已经卧床不起,无法出镜补拍了。这是整部电影最大的遗憾且无法弥补。

这场戏拍摄结束了,器材组的人开始收拾器材。纪方周有点落寞,坐在一扇窗户前发呆。我走过去陪他坐了一会儿。纪方周看着窗外不无伤感地说了一句,"都结束了,我是不是也该走了"?

我说剧组在南京还要再待几天,这几天你如果没什么事可以继续在剧组里待着,也算我给你的福利吧!

纪方周扭头朝我笑了一下,"对了导演,我有个事情一直没弄明白。你在这部电影里一共为男一号设置了三段戏,少年、青年和老年。少年和老年都需要一人分饰二角,为什么到我这儿却没有？是疏忽吗"？

我笑了，你还挺细心的，剧组没有一个人注意到这一点。

他也笑，"能告诉我为什么吗"？

无论如何，男一号成为一个老人已是不争的事实。随着衰老瞬间而至，男一号的名字也变了，变成了J先生。J先生确定自己以前不叫这名儿的，他有另外一个更富有意义和嚼劲的名字，但是已经想不起来了。现在他必须叫J，因为他老了，因为他70岁了。也许每一个70岁的老人都会有另外一个名字，真没想到，一个人的变老首先从名字开始的。

J先生就这样摇身一变到了70岁。70岁的人生与此前任何一个年龄段的自己都不一样了。没有朋友，没有饭局，你有电话有手机，却不再有人找你。你的电话有时一连半个月都不会响，偶尔响一两次还都是广告……70岁之后就没几个人会打电话给你了。你已经不再被人需要，就是说你对社会和亲人、朋友都不再有那么大的价值了。

人老了之后能去的地方已经不多。J先生常去之处是小区附近的一处湖边，他没事时喜欢在湖边随便走走——他大部分时间都是没事的。那是一处环形湖泊，约有一个足球场大小，沿着湖边走一圈需要十五分钟至半小时左右。J先生一上午可以走上十圈，走累了就在湖边的椅子上歇一会儿。反正这个世界上没人在等自己了，自己也不需要赶时间。

下　部

　　上午来湖边漫步的人多为无所事事的老人，大部分腿脚还算利索，也有腿脚不便的。有一个老人80多岁了，每天坐在轮椅车上由他们家的保姆推着来湖边走上两圈。保姆40岁出头的年纪，人收拾得干净利索。有一次走湖走累了，她和J先生坐到了一张椅子上休息，轮椅车就停在旁边。J先生先跟轮椅上的老人打招呼，"老先生今年高寿啊"？

　　老人板着脸没理他。坐在椅子另外一端的保姆小声对J先生说，"他听不见，你跟他说话得让他看见你"。

　　J先生问保姆，"他怎么坐轮椅了"？

　　保姆说，"两年前中风了落下的"。

　　随着见面次数的增多，J先生和这位保姆逐渐熟悉起来，在湖边遇到总会聊上几句。保姆是从甘肃农村来的，虽然没什么文化，对人情世故却很了然。有一天她看见J先生的外套有一个扣子快掉了，问，"老先生是一个人生活"？

　　J先生很诧异，"你怎么知道"？

　　保姆指着外套掉了扣子的位置，"你的扣子已经快掉了，好几天了都没缝上，想你可能是一个人"。

　　J先生说，"我的确是一个人"。

　　"老伴是跟孩子过"？她问。

　　J先生说，"不是啊！我没结过婚，没妻子也没孩子"。

　　她哟的一声，"早年咋不找个人呢"？

　　J先生叹了一口气，"一言难尽"。

两天后两个人在湖边又遇到了，那个保姆隔着老远就朝J先生招手，"老先生！老先生"！

J先生走过去，"你们今天来得挺早啊"！

她说，"今天早饭吃得早就早来了一会儿"。一边说一边从口袋里掏出一团线，从线团上抽出一根针。"我今天带了一点针线，你把上衣脱下来，我给你把扣子缝一下"。

J先生连忙说，"不用，不用。等会儿回去我自己缝一下就行了"。

她说，"这事儿你们大老爷们做不来，赶紧脱了给我"。

在她帮着缝扣子的当儿，轮椅上的老人一直用一种很奇怪的眼神看着J先生。J先生对他笑了笑，他把脸扭向了一边。

这事让J先生感动了很长一段时间。他一个人生活久了，平时缺乏与别人近距离相处的能力，也欠缺日常生活中与别人互动的经验。人与人相处中自然迸发出来的热络和亲密情绪，对于J先生而言都是一种稀缺的体验，拿缝扣子这种事情来说吧，记忆中只有母亲为他缝过衣服扣子。那也是很久远的事了，那时他还年幼，母亲也未老……

J先生后来一直想送点礼物表示一下对这位保姆的感谢。只是礼物不大好挑，太廉价的拿不出手，贵重一点的又容易让人心生不安。J先生逛了好几家商场和超市，从小首饰、香水、梳子一直到指甲钳、腕表、化妆品、围巾等等，甚至有一天还在一家超市看中了一副日本产的带自动清洁装置的马桶垫圈。J先生绕着那只马桶垫圈思忖良久还是觉得不大妥当。毕竟自己跟她还没熟到可以互赠卫洁用品的程度，况且她只是一个暂居在主人家的保姆，从外面突然带回去一个高级马桶垫圈，主人会怎么想？

　　J先生后来依然会在湖边和那位保姆频繁遇到，有时还会结伴走上一两圈，相互聊聊天什么的。有一天保姆问J先生，"老先生你是做什么的"？

　　J先生说我是一个演员。

　　保姆啊的一声，停下脚连声道，"你是演员？你真是演员"？然后对轮椅上的老人喊，"朱老你看！我说他不是一般人吧"？

　　轮椅上的朱老不屑地"哼"了一声，看都没看J先生一眼。

　　他们后来的交谈一直锁定在这个话题上。保姆问J先生演过什么电影？拍电影好玩吗？J先生逐一给了解答。最后保姆又问，"那你现在怎么不拍电影了？是不是没人找你拍了"？

　　J先生说，"不是呀！我来这儿就是拍电影的"。

　　保姆就四处张望，说，"我怎么没看见拍的人呢？他们都藏哪儿了"？

　　J先生，"剧组让我先过来熟悉一下环境，体验体验生活，他们三天后就过来拍"。

　　保姆想了一下，"那你来了也不止三天了吧"？

　　"我来快半个月了"。

　　"那他们咋还没来呢"？

　　"他们那边可能还没拍完。拍电影过程中会有很多不确定的事情出现，早几天晚几天在咱们这行很正常"。

"那他们给你钱了吗"？

"一般都是拍完才拿钱"。

保姆摇摇头，"我可跟你说，你得让他们先付你钱，哪怕先付一半都成"。

"为什么"？

"这你都不懂？你拿到钱你就主动，你没拿钱他们就主动。万一哪天有个什么事儿，他们一转脸说不要你就不要你了"。

J 先生哈哈大笑。

有一天保姆和朱老来得比较晚，保姆推着朱老走了一会儿内急了，手扶着轮椅四处张望，看见 J 先生正在一张椅子上休息，遂将车子推到近前对他说，"老先生我要去一下洗手间，请你帮忙照看一下"！

J 先生还没说话，轮椅上的朱老"咿呀咿呀"地发表起意见来。保姆说，"我去去就来，很快的"！朱老似乎不想让她离开，一直叽叽歪歪。保姆急得满脸通红。

J 先生见状对她说，"你快去快回，这边我帮你看着"。

保姆感激地看了他一眼，一溜烟地跑走了。

朱老急了，双目圆睁冲着 J 先生又喊又叫。他言语不清，说什么 J 先生根本听不懂，但是从他的语气和表情来看肯定没什么好话。

J先生说,"你别这样!人家上厕所天经地义"。

朱老"呀呀呀"地一阵咆哮。

J先生说,"你这就不对了,人吃五谷杂粮,谁还没有个内急的时候"?

朱老又是一阵"咿啊呀"的。

J先生火了,"就算她是你们家保姆她也有上厕所的权力。我警告你,你如果敢因为这事辞了她,我就带她去维权,去法院告你"。

轮椅上的朱老气得全身乱颤,出乎意料地从轮椅上突然站了起来,朝着保姆跑去的方向迈开了脚步。J先生还没反应过来,他扑通一声摔倒在了地上,连带着身下的轮椅"哐当"一声倒下。摔倒在地的朱老仍执拗地向前爬着,朝着保姆的方向。

J先生吓坏了,反应过来之后赶紧起身上前,先把轮椅扶好,然后伸手想把朱老扶到轮椅上去。朱老却不领这个情,赖在地上根本不配合。J先生试着将他抱到轮椅上,他的身体死沉死沉的,整个人像栽在地下的大树一样,根本无力撼动。

就在J先生手忙脚乱之际,保姆回来了,老远看见这边的情景,三步并作两步飞奔而至,朝J先生大声呵斥,"你怎么回事?让你帮忙看一下都看不好"!

J先生还没说话,倒在地上的朱老已经抽抽噎噎地哭将起来,哭得全身抽搐,一只好腿难过地贴着地面不停蹬踏,似受了天大的委屈。保姆蹲下身抱着朱老的头,一边为他擦拭泪水一边说,"以后我不会离开你了,再也不离开你了"!安抚了一会儿,她胳膊一使劲将朱老抱了起来放到一旁的轮椅车上了,然后推着轮椅就走,没看J先生一眼。

这天之后保姆就不理J先生了,再遇到也跟不认识似的,专注地推着轮椅,抑或低头和朱老说上两句什么,所有的一切都是为了避开、错过、不理睬J先生似的。可她越是不理自己,J先生就越想和她说话,想和她套近乎,想傍着她一起走走。也不知道自己哪服药吃错了,反正老是想着她,满脑子都是她的身影。她就像树上结出的一颗美好的果子,色彩艳丽芬芳扑鼻。J先生能看到它却够不到,稍有接近的意图,那颗果子就会匪夷所思地朝更高的树梢上攀登一截,始终保持着令他够不着的高度。然后J先生就疯了,数次尝试未果之下,有一天干脆在公共厕所前守株待兔起来。

公园里有一处公共卫生间,专为游人方便而设。据J先生观察,朱老家的这位保姆每天九点半左右来湖边,十点钟左右会上一次卫生间,而且非常规律,比时钟还要精准。那天上午,J先生九点半就守在女厕所门口,等到十点钟左右果然看到保姆出现了。她面色绯红一溜小跑过来了。看见J先生站在女厕门口,她短暂地愣了一下,一埋头就要往里闯。

J先生移步挡住她。"请等等"!

"你想干什么"?她色厉内荏地问。

J先生说"我想问问你干吗总躲着我"?

下　部

　　她说，"我躲着你干吗呀？笑话"！

　　J先生说"你明明就是躲着我，不然为什么连话都不跟我说一句"？

　　她说"我不认识你，请你让开"！一扭身想从一侧过去，J先生移动半步死死挡在了她前面。她急了，微微欠着身，脚不停地轻踏着地面道，"你再耍流氓，我要报警了"！

　　J先生笑了，说，"我都这把年纪了，你说别的可能还有人信，说我耍流氓警察能信吗"？

　　见来硬的不成，她转换态度道，"大爷！有什么事情等我出来再说行不行"？

　　J先生注意到她此刻的身体状态，也知道她越是着急自己就越是机会难得，如果轻易地放过此刻的机会，以后就再难得到。有感于此J先生对她说，"不是我这人不通情理，实在是你做得太不对了。你帮我缝扣子我很感激，也想着要好好报答你，请你吃个饭或者送你点礼物什么的。可你突然就不理我了，这让我无论如何接受不了。我今天就想知道你为什么不理我"？

　　保姆咬了咬牙，"这能怨我吗？那天我让你帮忙看着朱老，可你是怎么照看的？人摔在地上不说，脸还给磕破了。回去后他们一家人都骂我，还扣了我50块钱。我一个月才挣多少呀？他们一下就扣了我50块……"说着说着突然哭了起来，边哭边抹着眼泪……

　　J先生没想到自己一次失误会给她造成这么大的麻烦。从开

267

始交往到现在，自己完全忽略了她其实只是一个保姆。她的命运并不完全掌握在自己手上，她甚至会为雇主扣了自己 50 块钱而伤心……

J 先生站在她面前满心愧疚，想说点什么却开不了口，默默站了一会儿后转身走了。

他累了。

接下去数天保姆还是不理 J 先生，上卫生间时宁可把朱老一个人放在一边，也不找 J 先生帮忙。J 先生为此很郁闷。

有一天乘着保姆上卫生间，J 先生悄悄凑到朱老身边。"朱老你好啊！好久没见了"！

朱老"哼"了一声，将头扭到一边。

J 先生说"你这是干什么？我又没得罪你，至于这样吗"？

朱老持续别扭着脑袋不肯理他。

本来 J 先生还想跟他聊聊的，见他这么一副不爱搭理人的架势就没了兴趣。

J 先生点起一根烟抽了起来。不远处两个女人手执着手满脸笑容地互相说着什么，说了一会儿话后两个人忽然把手放开了，然后各自掏出手机，不知道是加微信还是互留号码……他隐隐觉得有什么地方不对劲，刚要迈腿过去看看什么情况，发现有人在拽自己。低头一看是朱老。

J 先生问，"你干吗"？

朱老朝他竖起两根手指，竖起的两根手指还微微动弹着。

J先生反应过来,"你想抽烟"?

朱老点点头。

J先生把正抽着的烟从嘴唇上摘下来,掉转屁股递了过去。

朱老没接,伸出的手也缩了回去,很不高兴地翻了J先生一个白眼儿。

J先生笑了,"还挺讲究的"!从烟盒掏出一根烟给了他,再用打火机给他点上。朱老长长地吸了一口烟,一口几乎将一根完整的香烟吸了三分之一,吸到嘴里的烟在口腔和胸腔里逗留并玩味了一小会儿才呼地吐了出来。那一刻他浑身上下都透着一股舒服惬意劲。

J先生说,"很久没抽了吧"?

朱老点点头,朝J先生竖起三根手指。

"三个星期"?

朱老摇头。三根手指继续竖着。

"三个月"?

他还是摇头。

"三年"?

他继续摇头。

J先生有点不敢猜了,"三十年"?

朱老点头,嘟着嘴唇使劲地点头,都快哭了。

J先生拍拍他的背,以后想抽烟就来找我。

朱老很感动,张嘴说了一句,"谢谢"!

J先生吓了一跳,"你会说话"?

朱老又翻了他一个白眼。

J先生发现朱老一不高兴就爱翻人白眼儿。

J先生说,"你会说话为什么不说话"?

"我不想说行不行"?

"行行!不想说就不说,好了吧"!

停了一会儿朱老还是开口了。他问,"你真是拍电影的"?

J先生一愣,"当然!这还能有假吗"?

朱老说,"那你现场给我演一个"。

J先生怀疑自己听错了,"你说什么"?

"你现场演一个给我看看"。

J先生内心气哭,说,"你当我是耍把式卖艺的?我是国家一级演员,不是跑江湖卖艺的"。

朱老说,"别那么废话,不会演就说不会演。还演员呢!我看你就是一个骗子"!

J先生指着自己的鼻子,"我骗子?你说我是骗子?我骗你什么了"?

朱老"哼哼"冷笑了两声,"你骗我肯定是骗不到的,你那两下子也只能骗骗那些没文化的中老年妇女"。说着话还朝卫生间的方向扭头看了一眼。意思再明显不过。

J先生伸手指着他,气得手都哆嗦了,"你这么大年龄,居然能说出这么没素质的话,我……我……"

朱老慢条斯理地说,"事实胜于雄辩"。

直到此刻J先生才悲哀地发现,打嘴仗自己根本不是朱老的对手,气急败坏之下愤愤地骂了一句土话,掉脸走了。

朱老在身后喊,"明天别忘了给我带两包烟"。

J先生根本不理她,心里暗暗骂了一句,"我给你带两泡屎"。

说归说做归做,第二天再来到公园时,J先生还是给朱老带了两盒香烟,但是却没见到保姆和朱老。他等到快吃中饭了也没见到他们出现。接下去连续三天朱老都没有出现。第四天他刚进公园就见到了保姆。保姆一见他就哭了。

"怎么了?怎么了"?他以为朱老一家把保姆辞退了。

保姆说,"朱老……走了"。

J先生脑子嗡的一声,试探着问,"你是说他死了"?

保姆一边哭一边点头。J先生彻底傻了。

那天J先生和保姆在公园里坐了很久。J先生问保姆,"你下面准备怎么办"?

保姆说,"我准备再找一家雇主"。问J先生,"要不我去你家做吧?我们知根知底的"。

J先生说,"不行啊!我家在北京,来南京是拍电影的,电影一拍完我就得回北京了"。

保姆说,"这么说你还真是拍电影的"?

J先生说这,"还能有假"?

导演处女作

保姆说朱老说,"你可能是骗子,他觉得你跟那些偷看广场舞大妈的老光棍是一伙儿的"。

J先生差点又要骂娘,想到朱老已经死了就算了。他对保姆说,"我的确是一个演员,我没骗你"。

保姆说,"你一开始说隔个三五天就会有人来这儿拍你的电影,这都快一个月了怎么还没来拍呢"?

一语惊醒梦中人,J先生一想对呀!当时导演说给他三天时间来此体验生活,三天后剧组就来此开拍,现在快一个月了怎么一点动静没有了?

他就慌了,勉强说了两句话后赶紧走了。他要去问问剧组那边究竟怎么回事?

J先生记得剧组的驻地是在鼓楼的北京西路附近,他决定亲自跑一趟。半个小时后他坐上地铁一号线。这趟地铁可以到鼓楼。到了鼓楼离剧组的驻地就不远了,步行十分钟就能到。

可能是过了出行的高峰期,地铁上的乘客并不多,座位都没坐满。J先生找了一个空位子坐了下来。

地铁到了下一站下了一个乘客,上来了一对母子。母亲四十岁左右,孩子大概十三四岁。他们上来后看到J先生身边有两个空位便顺势坐下了。J先生礼节性地向另外一边挪了挪身子,母亲朝J先生笑了笑,道了一声谢谢!

地铁启动了。J先生问母亲,"请问到鼓楼还有几站"?

下　部

母亲还没说话，坐在他们中间的男孩儿没好气地说，"车厢上有站名，你自己不会看吗"？

母亲说，"小元，不许这么没礼貌"！对J先生说，"不好意思啊！孩子不懂事"。

J先生连忙说，"您别客气！我出门时忘戴眼镜了，车厢上的字看不大清"。

母亲说，"到鼓楼还有三站路。快到站了我提醒你"。

J先生说了谢谢！头靠在椅背上闭目养神。地铁还在快速行驶着，速度中有呜——呜的电流声。

这时从另外一节车厢走过来一个戴着棒球帽的女人。她站在两节车厢过道口朝这边车厢里喊，"小元来了吗？小元到了没有"？

和J先生坐在一排的那位母亲起身答道，"来了！来了"！

"快过来准备化妆，下一场就是你们的戏"。戴棒球帽的姑娘说。

"好的！好的"！母亲拽起小元跟着戴棒球帽的姑娘走了，三个人渐次进入另一节车厢后就从J先生视线里消失了。

地铁又开了一会儿，J先生似乎意识到了些什么，他睁开眼睛打量了一下周围，突然起身朝着小元母子消失的方向追了过去。他走过一节车厢，又走过一节车厢，在第三节车厢终于看到了一群熟悉的人——

一个化妆师正在给小元化妆，摄影师正在调整机位，导演在一旁翻着剧本……戴棒球帽的姑娘朝他走过来,"对不起!这里是拍摄现场,请不要进来"。

J先生说,"我找导演有话要说"。

戴棒球帽姑娘态度生硬地,"导演在忙,没时间,请你赶快出去"。一边说一边往外推他。

棒球帽看着文文弱弱的,手上的力道却不小,J先生一点一点地被她推了出去。就在他即将被推出车厢的一刹那,他鼓足劲大喊了一声,"导演——"

正翻着剧本的导演抬起头朝他们看了一眼,攥着剧本走了过来。"这人是谁?导演问棒球帽"。

棒球帽说一个乘客,不知怎么闯到我们这节车厢来了。

这时候小元妈妈也走了过来,对导演说,"不好意思,他可能是来找我的"。转脸对J先生说,"下一站就是鼓楼了,老人家你快去准备下车吧"。

J先生说,"我不是乘客",对导演说,"你不认识我了?我是J呀!是咱们剧组的演员"。

导演满脸疑惑地问道,"你是谁"?

J……J先生伸出一根手指在空气中一笔写下了自己的名字。

"我怎么一点印象都没有"?导演转过身朝车厢深处喊,"老戚你来一下"!

戚少伟从一群人中走出来,"导演你叫我"?

导演指着 J 先生说,"这位老人家说是我们剧组的演员,你认识吗"?

戚少伟看了一眼 J 先生,摇摇头说,"不认识"。

J 先生直接急出了鸭叫,"戚导,你怎么能不认识我呢?我来南京就是你去机场接的我呀!你怎么能不认识呢"?

戚少伟再次打量了 J 先生一番,"我真不认识,你肯定记错了"。

J 先生觉得自己快原地爆炸了,说,"这一车厢演员和工作人员我都认识,伸出手指朝人群中指指点点,那是纪方周,是男一号。他旁边那位是萧乙男,女一号……越说越上火,然后被一口呼吸呛了一下,不由自主地咳嗽起来,咳得腰都弯了"。

导演上前轻轻拍了拍他的后背,等咳嗽停下后对他说,"老人家你先别急!你刚才说你叫什么来着"?

J 先生缓了一口气回答,"J",甩着手指又虚写了一遍。可能怕导演记不住笔画,停下手说,"你有笔吗?我在纸上写出来给你看"。

"不用,不用。你说你是我们请来的演员,那你知道自己在剧中扮演的角色吗"?

J 先生说,"当然知道。我在剧中饰演老年的男一号",看了人群中的纪方周一眼说,"纪方周是青年男一号,那个正在化妆的小男孩叫什么的",一拍脑袋,"对!叫小元。他扮演少年时期的男一号……"

导演笑了,"对不起 J 先生!你可能还是记错了,我们这部剧的的确有少年和青年两个时期的男一号的角色,但是肯定没有老年男一号一角。剧本就在我手里,你要不信可以自己看——"!

J 先生彻底傻了。

记者:这是整部电影的结尾?

导演:是。

记者:太不可思议了!

导演:你是说好还是不好?

记者:不是好坏的概念,就是不可思议。

导演:谢谢你对这部电影的评价!

记者:现在回头再看,这部电影对于你意味着什么?

导演:应该说拍电影的过程像极了一次美妙的旅行,我沿途领略了现实生活中领略不到的美妙风景和体验。我觉得这一切很棒!

记者:电影现在是什么状态?

导演:后期制作已经完成,正在申报欧洲的几个电影节。

记者:申报的几个电影节有反馈的消息吗?

导演:两天前刚收到威尼斯国际电影节的通知,我们的电影入围了主竞赛单元。

记者:这是一个好消息。祝贺你!你会亲临电影节现场吗?有没有考虑过带谁一起去威尼斯?

导演：肯定要去，没有任何一个导演和演员愿意错过这样的机会。至于带谁同往还在斟酌之中。但是有两个人选已经确定，一个是萧乙男，另外一个是小元。

记者：名单中为什么没有纪方周？

导演：他去世了。

记者：怎么会？他不是很年轻吗？

导演：具体我也不清楚。

记者：你怎么会不清楚？

导演艰难地舔了一口嘴唇，情况是这样。完成了南京的拍摄工作之后，剧组就转移到东北继续拍摄。因为后面没有纪方周的戏，东北之行就没有带他。

记者：那他回湖北了？

导演：他在南京逗留了一个星期左右的时间。

记者：纪方周在南京并没有朋友，他为什么要在南京逗留？

导演：是因为一个女孩。

记者：是那个叫"奥黛丽·赫本"的女孩？

导演：是的。

记者：后来究竟发生了什么？

导演：我不知道。剧组出发前我问纪方周什么时候回武汉，准备让剧组给他订票。纪方周说他要在南京玩两天，让我别管他，到时他自己走。我就让剧组给他加了三天的住宿，然后我们就离开了。一个星期之后我在东北接到南京的电话，被告知一天夜里，

导演处女作

纪方周在那个女孩的住处酒后失足坠楼身亡了……

记者：坠楼身亡？

导演：是的。这是南京警方经过多方调查勘验后给出的最终结论。

记者：这个结论一出就不需要有人为他的死负责了。

导演：你这话什么意思？

记者：纪方周和那个"奥黛丽·赫本"是什么关系？从你前面的叙述来看，她似乎和剧组一个副导演关系暧昧，而纪方周最后是从她的住处失足坠楼的，难道你认为这是一种正常的关系？

导演：这是他们的个人隐私，我不想对此发表意见。他们都是成年人，有能力对自己的行为负责。

记者：好！我们且不说这个。说说"酒后失足"这一条吧。据我所知纪方周之前从不喝酒。是你为了追求所谓的表演真实性，动用了各种非常规的手段让他喝的酒。这一点你不否认吧？

导演：我这是为了艺术创作的需要。事实证明酒对提升纪方周表演是有帮助的，对我们的作品创作是有积极和正面作用的。我至今也忘不了那个下午，夕阳西下的黄昏中，一个醉眼迷离的男人，妻子的唠叨如风似刀，扎的人难过得想哭，那个男人却充耳不闻，坐在那里平静地喝着酒，仿佛这一切都与他无关……整段的表演没有一句台词，却演活了一个男人面对现实时的无奈和内心的刺痛。

记者：但是酒也毁了他，他后来的身体和心理对酒产生了一种病态的依赖。在南京的最后几天，他每天从中午就开始喝酒，一直会喝到夜里或者凌晨。

导演：这我不知道。我当时在东北拍戏，我的工作非常紧张……

记者：当然，你是导演，艺术家，可纪方周呢？他除了是一个演员，更是一个人，他有自己的家庭，有自己的朋友，有自己的生活……

导演：对一个演员而言，无论生活中他是怎样的一种身份和状态，一旦站在镜头前他就只是一个演员。有的演员生来就是要照亮舞台的，因为他像火焰一直在燃烧……

记者：燃烧的结果是他死了，是你用所谓的艺术绑架并杀死了他！

导演突然意识到了什么，盯着记者看了好一会儿，试探着问："你似乎并不是记者。你究竟是什么人？"

记者：我的确是记者，但是我也是纪方周的妹妹。

导演腾地从椅子上站直了身体，"你——"